猛犸译丛 SIGIZMUND KRZHIZHANOVSKY

不存在的国度

COUNTRIES
THAT DON'T EXIST

[俄] 西吉茨蒙德·科尔扎诺夫斯基 / 著

王一笑　艾特 / 译

广西科学技术出版社

· 南宁 ·

格物以为学，伦类通达谓之真知

目 录

爱作为一种认知方法 / 001

思想与词语 / 014

阿尔戈和埃尔戈 / 028

戏剧的哲学（节选）/ 042

瞬间辑 / 060

标题诗学 / 069

不存在的国度 / 126

埃德加·爱伦·坡：逝世九十年祭 / 157

萧伯纳和书架（节选）/ 163

棋盘上的戏剧：以悖论为依据 / 186

战争初年的莫斯科：生理学特写（节选）/ 222

未竟文学的历史（提纲）/ 233

夸张的历史 / 244

作家手记（节选）/ 250

译后记 / 286

爱作为一种认知方法

通过使用各种词语，人将其灵魂分化出多种能力，并赋予其自主性。然而，他会被这些过细的词义区分引入迷途，常常会忘记，所有这些能力不过是些分流，是出自灵魂这一干流的暂时性分流。

我们区分心智和感觉，在认知与爱之间画定界线，造成的只是两者的对立：可以说，前者是被动的、开端的，而爱是活性本身，其意义在于创造和创造力。

我们认为，人的理性能力垄断了认知。我们认为，将认知精魂的其他能力纳入认知行为，会被视为要么是非法的，要么是由一种过于宽泛、不精确的指称——"直觉"所决定的。

然而，将这些或那些理解方法强加于这一精魂并非易事。

本质上，**唯有真理本身**才能教授我们完全正确的方法，而唯有能让我们掌握真理的方法，才能被认为是经过充分检验和证明的。也即，严格来说，只有在不再需要真理时，人才能发现此完全正确的方法，因为真理已被发现，任何对方法的需求都消失了。

因此，我们不可能预先决定，真理得以在人前显明是通过思辨性思考，还是借助经验性知识，即神秘的体验。

根本上，在人的精神生活中，哪怕是最轻微的活动也带有认知的特性，因为即使是最微不足道的灵魂颤动也会将经验的微粒——即使是极细微的微粒——沉淀入意识。而且，它们一个接一个地累积，然后成为可见并可理解的、关于世界的某种真理。无论人是渴望真理，还是惧怕真理，真理都会慢慢地、不可抗拒地在他身上结晶，因为"生命"和"认知"这两个词在某种意义上密切相关。因此，在"认知"这个词的本义中，认知将自身宣告为生命最强烈的表达，生命将自身倾注到一种极其活跃且有力的形式中。

每一种鲜活的、**鲜明的**① 认知中都包含着爱的元素：它充满了某种自我克制，因为认知者必须以客观本质的声音来压过自己的"我"的声音。那么，在理解某些事物时，我们会努力将认知者与可认知对象融为一体，这一过程不仅仅是简单地与爱的本质建立亲缘性。

谈到神秘主义的认识论意义，谈到作为认知的神秘主义时，尼古拉·别尔佳耶夫给出了如下定义："神秘主义是一种建立在主体和客体的同一性上的状态，是人的存在与普遍存在的融合，是与世界的交流，它不以任何方式预先设定世

---

① 原文为拉丁文 explicite。

界"（摘自《新宗教意识与社会》，第十三章）①。如果我们用"爱"来替代"神秘主义"这个词，可以看到，这个公式并没有失去它的意义或说服力。

然而，有必要证明这样的替代是合理的，并研究爱自身包含多少认知，以及爱是否可以作为一种特殊的、无意识的方法，帮助人理解周围的世界，并区分真实和虚假。

人们习惯于将爱视作**既有知识的结果**。

表面上，我们研究认知对象的不同面向，然后对其进行评价，如果得出积极的评价，爱——一种对此对象的仁爱之情，一种对其存在的内在肯定——就会出现。

我们的爱出于一种"**因缘**"，基于认知对象这样或那样的某些积极特质。很难反驳这种直截了当的经验真理式描述。然而，整个问题在于，这种爱的途径是否是迂回的，是否与爱的本性不一致，是否推延了爱的显现，是否模糊了爱的永恒意义？

毋庸置疑，爱与知识天然相通，但时间序列不同，也即，爱不是知识的结果，相反，**知识源于爱**。

---

① 尼古拉·别尔佳耶夫（Nikolai Berdyaev，1874—1948年），俄罗斯宗教哲学家，俄罗斯白银时代存在主义和个人主义的主要代表人物。科尔扎诺夫斯基的这段话出自别尔佳耶夫的《新宗教意识与社会》的"导言"而非第十三章，其中有一章专门讨论了性与爱的形而上学（译者注：本书所引词句除特别标注外均为译者自译）。

这个过程最好这样展现：某种片面的理性认识将我们推向作为研究对象的爱，而爱完成这种认知，把片面的理性认识从部分和随机转化为完整和完全。通过费力的长期观察和心理经验，我们对一个人的认识突然明耀了；获得的知识点燃了我们的兴趣，我们持续观察这个人，对他内在真我的每一表现都深感兴趣，采用细密难辨的步骤，对他那波谲云诡的灵魂迷宫进行复杂的探索。如果不是大自然以**爱**的神秘工具相助，迅速而无痛苦地完成我们的认知劳动，谁知道我们热切的努力会有何种结果？

在这种情况下，经验知识起着简单的催化酶的作用，诱发了爱的伟大反应；经验知识是一种二流知识，而爱的认知将其完全吞噬：它是一星火花，消失于它唤醒的火焰中。爱出现的那一刻，认知从表面潜入深处。

爱使一切隐藏的和不合逻辑的事物变得可理解，揭示了所爱对象的秘密意义。

在爱中，我们走向所爱对象，忘我地向其交付自己，竭力与之融合。

正是这种融合为人带来了可能的真理，因为认识一个对象就是**尽可能地接近它，把它转化为自身，与它完全一致**。

事实上，无论我们如何趋近认知，这个过程都不应被想象为相异于"人类与普遍存在的融合"，它假定了主体和客体之间最初的同一性，正是这种同一性使得融合成为可能。

爱精确地提供了灵魂与所爱对象之间最充分的融合，爱是它们原初同一性、亲密关系的结果。

爱摧毁了"我"和"非我"的划分，倾覆了旨在将存在原子化或离散的、逻辑定义的人造隔墙。如果任其发生，爱就会整合被理性原子化的生命，并提供一种神秘的整体感，融合存在的离散表征。极力**将世界视为一个整体，每个独立对象都在其中，你自己也是其一部分，与整体不可分割地结合在一起，这是对存在的认知态度**。如此一来，爱就理所当然地成了认知的载体。

我极力强调，**这个观点无法被逻辑地证明**。我们的**内在经验**是其唯一的验证：我们以不同角度观看世界，时而以思想之力审视它，时而退回我们自身，以在自身之"我"中寻找真理。但是为什么不试着爱上这个世界呢？我们会立即注意到，它的可理解性会随着时间的推移而开始提升；我们会注意到以前没有留意的生命和意义，周围的一切都会变得**更亲密、更珍贵**。

爱使世界变得充盈、更易被理解。它赞美世界，因为它消除了虚假的可耻伪装，同时也让世界变得简单，因为大道至简，即"多元中存在统一"[1]。换句话说，真理本身是爱的最大回报。为此，人只需敢于去爱。

例如，在研究阿西西的圣方济各[2]的生平时，你一刻也不会忘记自己面对的是一位拥有伟大神秘知识的人，一个了解他人所不知的庞大事物之人。是什么教会了他渊博的、我们借助辐射才能感知的知识呢？[3]

爱，对于这个世界，对人类、花朵、鸟类来说不可估量。我们不知道他灵魂中不可传达的真理[4]，但我们能看到那些伟大的标志：人类关系中复杂而纠结的一切，都被圣方济各的爱的简朴意义化解。同时，所有我们不经意略过的微不足道、不起眼的东西，如家用物品，都可以为了圣方济各，在爱的认知光芒下变化，变成伟大的象征，它们变得有意义，逐渐具有了灵魂，成为他的"兄弟姐妹"。

爱是一种秘密、神秘的行为，它摧毁了挡在灵魂和世界

---

① 柏拉图哲学的主要关注点是多元中存在统一性这一哲学问题。

② 阿西西的圣方济各 (St. Francis of Assisi，1181/1182—1226年)，意大利天主教修士和传教士，1209年他创立了方济各会。他对世俗事物超然，穿粗糙长袍，赤足，乞讨。他努力通过自己的谦逊、简朴及对穷人和被排斥者的同情来更新教会。他是动物、环境和意大利的守护神。

③ 辐射被发现于1896年，比科尔扎诺夫斯基的文章早十几年。在此，它被喻为绕过知觉的知识。

④ 诡辩学派教导说："即使真理可被认识，也不能被传达。"真理的可沟通性问题有待彻底调查，科尔扎诺夫斯基表示自己倾向于认为逻辑的沟通方式是完全不够的。

之间的"欺骗性的现象"之网。

人必须敢于通过爱来恢复自己的视野，认识到利己主义是自愿孤立、封闭自身于自我之内，等同于愚昧无知。

如果与冷漠的利己主义相结合，与其研究对象的内在疏离感相结合，再多的心智劳动也无法揭示其研究对象的意义。

真理存在于它的整体性中，因此，为了与真理融合，即认知它，人必须将自身不可分割地依附于普遍存在，包括他的整个灵魂、全部的"我"，而不仅仅是心智观点。只有爱才能慷慨地献出自己的灵魂，不隐藏丝毫；只有爱——作为真正的认知——才能将所有分离的、零散的精神活动合而为一。

但是，如果我们把爱视作一种认知能力，那么，就如智性一样，它必须具有自己的"逻辑"，是关于在消耗其宝贵力量时采用最有利、最合理的方式的理论。

揭示世界之意义的爱必须是：（a）**没有动机的**（如理性主义的、性的），且必须是（b）**包罗万象的**。

我们已经注意到，在观察到个体偶然感觉到爱的萌出时，先要熟悉观察的对象，不仅观察，有时甚至要研究它。但按照这种方式行事，我们会在细致的心智劳动上花费太多不必要的精力，那将引致一种可能不会产生爱的评价（由于心智之误，正如我们将在下文提到的）。

宗教的"逻辑"教导我们用演绎评价来代替归纳评价：我们不要分别评价每一个对象和人，而应一劳永逸地接受世界上所有的事物，它们在本质上都是善的，值得去爱，并且要"预先"爱它们，要记住，爱的动机会在事物的发展过程中出现。

完美之爱的第二个条件是其包容性。我们不应随机选择——爱必须像射线一样向四面八方扩散，这是爱产生的完整认知的保证。

爱一个特定的人，爱某个特定的现象，是人为地阻碍其成长，是缩减的爱。爱，应是自然而然地趋于扩展，拥抱整个世界，盈满所有存在。对一人之爱是**去爱整个世界的借口**，敢于爱的人不会让这个机会溜走。

被束缚在最难以忍受的形式里，天然的形而上的爱包容一切，总是如此表现：对相爱之人来说，"世界似乎变得更好了""它新生了"，等等；当他们对某个人的态度改变时，他们对生活的态度一般也会发生根本性变化，从逻辑上讲，这似乎很荒谬。

斯宾诺莎说："爱，乃是为一个外在的原因观念所伴随着的快乐。"[1]

———————————

[1] 此句出自斯宾诺莎的《伦理学》（贺麟译，商务印书馆，1997年）。

我选择的这个定义是最无独创性的、不带任何个人成见的。事实上，每一个试图定义和描述爱的感觉的人——每一个人，从柏拉图到托马斯·肯皮斯（Thomas à Kempis）——除了指出它的认知意义（对斯宾诺莎来说，爱是"为一个外在原因的观念所伴随着的快乐"；也可参见柏拉图《会饮篇》中对狄奥提玛的描述①），都把爱描绘成一种巨大的快乐，一种甜蜜之光，一种对完美灵魂的奖赏。

如果爱给予我们对世界的真实感觉，如果这种感觉首要的是快乐，那么难道不该假定世界的基底是快乐，在永恒的相下②，所有被感知的都是从纯净的观念系统中折射出来，被视为一种结晶的善，一种善的理念，化身为芸芸众生，被我们的不完美遮蔽了吗？

当我们研究快乐感觉的起源时，我们看到问题的表述本身也在发生变化。快乐是一种主观的感觉，但本质上，它表现着对现实的感知。当我们体内原始的、真实的存在的总和增加时，我们就会体验到快乐的感觉，因为快乐不过是存在的充实感和力量感，而痛苦和悲伤则标志着空虚、不存在和

---

① 在柏拉图的《会饮篇》中，古希腊女预言家兼哲学家狄奥提玛向苏格拉底传授了"爱的哲学"。

② 原文为拉丁文 sub specie aeternitatis，斯宾诺莎语，意为从超然的、客观的、永恒的角度看待事物本身，不考虑个人情感或环境。

停滞，阻碍了生命的流动。

对于一个人来说，每一次纯粹的肉体以及精神存在层面的削弱，都会导致悲伤和压抑；但认知，是真实在认知主体内的无限增长，会带来巨大的、神秘的愉悦[1]，这种愉悦证明了认知主体所选择的道路是忠实和准确的。

认知是心灵的最高级运作，在此意义上，**每一存在都是快乐，而爱——作为最高的快乐——给予最为全神贯注的存在感（即认知）**。

但爱在进入世界时，常会遭遇妨碍它显现的阻碍。

流动的生命洪流由真实和幻象两种元素组成，看似不真实。这两股洪流融合为一，形成一条变化丰富的感觉之河，思想徒劳地试图分开它们。

但爱只有在与真实存在接触时才会出现——这是**它的分析能力**：我们爱某一个人或某物时，爱的是其本身的真实，对不真实则没有这种情感回应，我们对它们不闻不问，不加留意。爱的人看不到被爱者可憎的一面，不是因为他不想看到，只是因为真的无法看到，因为它们是虚幻、消极的：它们只为思想而存在，而思想支配着对它来说无关紧要的概

---

[1] 库诺·费希尔（Kuno Fischer）在《乐观的悲观主义》（*Cheerful Pessimism*）一文中强调了叔本华悲观主义发现所带来的精神愉悦。很明显，每一种认知，即使导致一种完全的逻辑悲观主义，作为认知时自始至终都是光明和快乐的。

念，但当生命至关重要的元素被感知到时，它们就不存在了，就像虚构乏物、虚量一样不存在。

以这种方式，爱给予被爱者存在的权利，确认了其存在的真实性。

"我被爱，故我在"，这是那些沐浴过真爱光芒的人所理解的公式。这就是为什么灵魂始终强烈要求爱：它希望在爱中发现自己，通过神秘的方式确信自己的真实存在。

经由爱进行的认知不仅仅反映事物的本质，它也是事物创造行为本身的回声，因为在确立被感知的世界时，爱表达了其所爱和乐于接受的事物的存在意愿。这种反映似乎重复并完成了它们本身的创造行为。对每一给定事物的爱都会再度创造它，因为每一事物都因受**大爱的召唤而存在**①。

由此，我们接近了"爱是创造者"的宗教奥秘：爱并不是在世界诞生之后才出现的；不，起初，爱是作为对尚未被创造之物的**爱**而存在，爱只能通过自身**意志**的力量创造其所爱之物。

这世界由唯一伟大的**爱**所创造，是透明的，并再次映照于认知着它的爱中，诚然，这种爱的认知不完美且脆弱，但努力感知和重复那**大爱**。

———————

① 笛卡尔坚持认为，上帝无数次创世，因为每一刻都表达了他对世界延续的意志。

我们要爱这个世界，而不要检验它的价值，不要理性地研究它的优点，这不完全地反映了爱的伟大创造力和意义。

由此，人类精神开始意识到，不是世界的价值赋予对世界的爱以意义，而是爱本身增加，也许，是爱创造了世界的价值。被爱的对象不可能是微不足道的，因为爱——作为创造性的开端——赋予了它力量和美。

尘世之爱并不完美：它被激情扭曲，激情经常隐藏在"爱"的神圣之名背后；它被恐惧削弱，惧怕勇敢地追随情感的伟大召唤……但此处有一个简单的、不断被观察到的生活事实：一个人爱着另一个人，他看到后者明显缺乏积极的品质；但这位爱人并没有自欺——通过他的爱的力量，他逐渐在爱人身上培养出这些良好品质。一个人有双重之"我"——经验的"我"和先验的、原始的"我"，经验的"我"每个人都能看到，而先验的"我"只有爱人才能看到。通过凝思爱人的超验之"我"，我们看到蕴藏于所爱之人的全部的无限可能性，这些并没有在其经验之"我"中呈现。

爱总是"消除敌意"，它迫使人们服从它和它的创造力，例如，我们经常说到那些懂得将他人"提升到自己的高度"的人。

在这里，**爱**的创造力以一种扭曲和虚弱的形式显现自身。

只有创造才能从整体上认知，因为**认知是对先前创造的**

回忆。认知和创造是同一力量的不同面向。

爱无形地存在于每一种认知中，甚至存在于纯粹理性主义和狭隘经验主义的认知中，它的诞生往往与研究者的意愿无关，它的成长却与研究者工作的强度和难度相称。

研究文化史，我们会遇到灵魂的**伟大**伴侣，以"爱科学""忠诚于智力工作"等为谦虚的假名，然后就有了科学发现和形而上学体系。我们拜伏在科学家的逻辑或发明能力前，却从来没有自问科学发现应当归功于谁，是逻辑运算，还是对研究对象的爱？是爱教会了研究者破译存在之书的神秘语言。

心智的工作越是微妙，越是激烈，爱的程度就越深。

理解思想是对天上的阿芙洛狄忒①的纯粹献祭，也是探索真理最高、最精致的形式。平心而论，"哲学"之名意味着"对智慧的**爱**"，它不应该是经验主义，也不应该是理性主义的认知，而应该是**爱**——作为与真实存在最充分融合的至高无上的法则。

1912年

---

① 天上的阿芙洛狄忒，或称阿芙洛狄忒·乌拉尼亚（Aphrodite Urania），是天上的爱神，与更高尚的思想和灵魂的吸引有关，有别于感官享乐女神阿芙洛狄忒·潘德莫斯（Aphrodite Pandemos）。柏拉图将她描绘成出自希腊乌拉诺斯神的女儿，无母而生；赫西俄德将其描述为从乌拉诺斯被割下的生殖器中诞生，并从海的泡沫中浮现。

思想与词语

I

在此文中，我想触及一个古老而模糊的痛点，那就是总能在心灵中感觉到的思想与词语的联结之点。

一个简单的事实是，我将自己的想法体会为**我自己的**，是在"我"之中且由"我"培育。虽然我注意到母语是**给定的**、外来的，并非恰好适合我个人的天性，但它迫使我的思想居住在某种"词语宿舍"①里，造成了词语和思想之间的不和谐。

幼年时期，我们都试图把自己独有的语言带给这个世界，那不规则的咿呀声映射了思想生长出词语的不稳定节奏。但是，孩童仍脆弱的独特儿语，会被家庭和外部世界普遍而惯常的现成语言遮蔽，无法自由地形成分枝。于是，那些刚刚勉强萌出的词芽就枯死了。

---

①"宿舍"一词 obshchezhitie 由"一般、共同"和"居住"两个意思组成。科尔扎诺夫斯基形象地说明了这些词语必须找到某种方式，才能在一个非个人化的空间里相处。

质朴的民间语言没有受到报刊、书籍和"字母"（词语的标本）的影响，因为它是本土野生的，我们仍可从中观察到一些自由构词的残存，仿佛发音方式[①]仍然主宰着语言。

但是，普通人日常流转的用语（如当前这篇文章）多达4000—4500个符号，单调地散布在谈话、演讲、报纸的万花筒和小魔盒中。一个有经验的排字员可以预估一张打印纸上会出现多少个"r"和多少个"i"。

然而，哪怕是最轻微的尝试，将任何有意义的想法（**自己的想法——这是最重要的**）转化为文字，就不可避免地会导致这样的论断：对于纯粹的思想而言，所有的人类语言都是外语。

"思想在化身为语言的那一刻就已经死了"（叔本华）[②]。

II

提出异议的时间到了：心理学实验尚未从任何人的

---

① 例如，"各种野兽，这些和那些"（出自民间故事）。在科尔扎诺夫斯基的例子中如此表达 zveri vsiaki, i takí i táki，意思是民间语言出于节奏和意义的需要，会将重音从一个音节移到另一个音节。当我们阅读伟大的俄国词典编纂者弗拉基米尔·达利（Vladimir Dal，1801—1872年）的《通用俄语大词典》（*Explanatory Dictionary*）时，会发现自由构词法的矛盾性和奇想特质十分明显。

② 出自叔本华的名篇《论作者与风格》。

"我"中发现任何"纯粹的思想"。只有"内心语言"(借用波利尼西亚人的生动释义,是"肚子里的对话")才是有意识的。只有抽象的利刃才能切分思想与词语。

霍布斯区分了"signa"(对他人说的话语)和"notae"(对自己说的话语)[①]。有一点没有逃过他的注意,那就是尽管在"内心语言"[②]中,我们也使用了普通的、外部的、词典中的词语,但我们仍能以异乎寻常的方式来使用它们:"为我们自己"思考时,我们会在词语中注入一种独特的、使它们更微妙的亲密含义;从外界获取的"signa"——接入心灵,成为密语(内心语言),成为只有此心灵可以理解的"notae"(符号)。但是,如何将内心的语言符号变成外部语言[③],如何将心灵之语的内容注入街头的日常语言中,还能滴水不漏,霍布斯对此只字未提。

即使避免使用"纯粹的思想"这一人为的概念,我们仍然无法回避这样一个问题:个体如何才能既符合文法,又足够忠实于文本地将"内部语言"转化为特定社会群体的"外部语言"呢?

---

① 在霍布斯的《利维坦》和《论物体》(尤其是这本书)中都可以找到这种区别。
② 原文为拉丁文 lingua interior。
③ 原文为拉丁文 lingua exterior。

III

对诗人来说，人类语言太抽象了；对形而上学者来说，它太感性了。显然，在语言的构建中，形而上学者的头脑和诗人的心灵都被忽略甚至被遗忘了。

哲学家有权利说：这些词不适合用于思考，给我与众不同的词语。

语言只服务于实用，即动物性和社会性的本能。[①] 语言完全是关乎**此地的事物**，对生活于万物中（而非观念中）的人，也就是以某种方式将自己的利己主义轭套在社会之上的人来说必不可少。语言学家将发现，在原始语言的一百七十个动词形式中，只有一个词根与人体的功能和需要没有直接联系："飞翔－高翔"。

因此，一把粗糙的词语被扔入诗人和形而上学者的心灵中，他们的心灵因无数精微的差别而颤抖，心灵被剥离了声音的意义。那么，这些词语如何能与美和真理联结？

诗人一定会嫉妒，当他听说原住民"笛耶里"部落里有两个发音完全不同的词——"贡嘎啦"（coongarra）和"噼呀酷嘟呐"（piyacooduna）：第一个词表示"一群鸟从大地上飞

---

① 作者提出语言具有功利主义目的，它服务于与动物本能（基本生存和个人需求）和社会本能（社区内的沟通）相关的实用功能。

起来的声音", 第二个词表示"一群鸟降落到大地上的声音"
(E. Curr) [1]。

对形而上学者来说, 他会悲哀地注意到类似问题。例如, 在古代俄罗斯教士的语言中, 有一个词"реснота", 它曾经存在, 现已消亡(以前只用于修行小室, 如今在公开场所不需要了), 它指只能透过微张的睫毛[2]来领悟的肉身的真理(现象), 当睫毛闭阖, 它就会消散, 以便为"истина"(来自"истнити", 意为更精炼或更精确的)腾出空间, 对事物进行灵性提炼。

随着人类社会从"好战型"到"工业型"的转变(斯宾塞) [3], 后者喜爱简单、耐久和廉价的事物和词语, 对这类词语就再无需求。

---

① 作者在这里似指澳大利亚牧场主、田园作家爱德华·米克尔斯维特·科尔 (Edward Micklethwaite Curr, 1882—1889年) 的著作《澳大利亚种族: 起源、语言、习俗、登陆地点以及其在该大陆传播的根源》(*The Australian Race: Its Origin, Languages, Customs, Place of Landing in Australia, and the Roots by Which It Spread Itself Over That Continent*)。笛耶里 (Dieri), 澳大利亚南部的一支原住民部落, 笛耶里语被归类为卡尔尼克语系 (Karnic), 笛耶里人也拥有完整的手语系统。

② 俄文中的"睫毛"一词是ресница, 科尔扎诺夫斯基将其与教会斯拉夫语中的реснота 联系, 将其定义为肉身的真理。他对俄语的истина(真理)和教会斯拉夫语的истнити(他将其解释为"提炼", 但通常意更接近于"粉碎")也做了同样的解释。

③ 对"好战"和"工业"社会类型的描述出自赫伯特·斯宾塞的《社会学原理》(*Principles of Sociology*)。

在俗语中、在新闻报纸中再也没有这类词语的位置；它们被藏在字典和专业辞典中，专供稀有珍品爱好者和词典编纂者使用。

一位美洲原住民第一次看到一个人把头埋在报纸里，兴许会问："那是能治眼病的方巾吗？"

这位原住民错了：那是一块用来绑缚眼睛的纸方巾。

IV

字里行间充满了思想，（在我看来）就是好的风格。

提取 $\sqrt{3}$，只能得到或多或少的近似值。从头骨下萃取思想时，词语与思想的近似度取决于作者笔锋的敏锐度。偶尔，最有经验的大师会耐心地用笔尖在自己内心深处搜寻，他能截断某段极其痛苦的思想，把它从"我"之上撕下来。"无论死活"，大师竭力抓住这一**思想**——真实的——即便**僵化成了一个词**，但仍然是它。

从一个意象至另一个意象之间最短的线，是词的艺术。

它能画出比直线更短的线条；毕竟，A———————B 之间点的总数比 A——————————————B 中的少。对于数学家来说，线状的连续性对于运算点的运动是必要的；而对于那些用笔刷或词语进行创作的人来说，则可以用暗指的不连续性

（独特的"词语的虚线"）来代替。

可以且应该对词语的任何形式提出一个问题：你是什么形式？诗节不应只是无意义地随着节奏摆荡，就像称量真空的秤盘。"因此"并不是（真正的）诗人的敌人[1]：**词语必须以最小的声音表达最大的意义**。如果一种声音内蕴着真正的思想，那么这声音就具有真正的诗性。孩子们喜欢玩磅秤，喜欢用手指上下拨弄秤盘。但制作天平并校准它不是为了给孩子们带来乐趣，而是为了测量重量。

对于艺术家和思想家来说，世界是**无限的**，被有限的和多面向性的事物以一种"低沉的"、优雅精简的文体叙述着。

一个词可以**在这个房间里**说出，**为这个房间**说出，但也可以无须提高音量宣告同一个词，让它响彻**世界**。例如，在梵蒂冈的众墙之上，罗马教皇用虚弱、苍老的声音发出的祝福，被他、神职人员和普罗大众感知："致此城（罗马）和全世界。"[2]

任何切面紧紧联结的意象，都会像闭合的云母窗格[3]一样，向着**无限**敞开，所需的只是作用力。在"我"经验中的

---

① 前一句中"因此"（poetomu）和"诗人"（poetami）在俄文中几乎完全相同。科尔扎诺夫斯基用这个双关语的意思是，诗歌与意义并不冲突。

② 原文为拉丁文 urbi et orbi，是教宗在梵蒂冈城圣彼得大教堂的阳台上向罗马城和全世界发出的祝福。

③ 在玻璃变得更加普及之前，俄罗斯通常用云母来制作窗户。

任一完整对象都可以被提取出来，其切面会如此这般转化，无限可透过它露出微光，即使只是朦胧的，即使只能勉强辨识。我坚持认为，对于任何真正的艺术和真正的思想来说，无限（ἄπειρον）是其天然的和唯一的对象。哥特式大教堂的塔尖和诗人的笔尖都伸向它。

心灵只有在努力追求无限时才成为心灵（见费希特的解释）[1]，因为一旦它为自己的努力设限，**从某种程度来说，它就并非全力以赴**，那么，它就是非心灵（не-душа）。

"界限"是行动的延迟，虽然我们很容易想象创造性活动的界限（例如，就思想与语言文字的冲突来说），但**创造力的界限是无法想象的**。

艺术中的形式与内容的问题[2]，如果与这里的描述有任何不同，就会引向一个无法解决的问题：虚空中的两点，它们之间的距离可变，只有假设其中一点静止不动，才有可能计算出另一点的运动（在这种情况下，点是"形式"的象征）。

无论是透过彼特拉克十四行诗的十四块彩绘玻璃，还是

---

[1] 费希特在《全部知识学的基础》(*Grundlage der gesammten Wissenschaftslehre*) 中描述了自我在一种动态的相互作用中将自身设定为有限和无限。

[2] 科尔扎诺夫斯基在原注里说："我对'形式'一词的理解，几乎与亚里士多德的'形式'概念完全相反。物质/形式的二元性（'同源性'）是亚里士多德思想的基础。"他在本文中可能联想到了《论灵魂》，在这本书里，亚里士多德将肉体/灵魂的关系映射到物质/形式的关系上。

在柯罗（Jean-Baptiste-Camille Corot）风景画的狭窄框架中，我们总能看到同样的东西：无限的暗光透过有限之物显露。拜伦强烈渴望"那一个词"①，在其中"**一切**"都会发声，也就是说，他渴望解决"最大和最小"的美学难题（例如，参考马拉库耶夫《代数学》中的蜂巢问题：如何用最少的蜡获得最大的蜂窝容量）。难道伟大的钢琴家的演奏中没有隐藏着这样一个梦想：从绝对统一性中撕开黑白键的涟漪之衣，用手指触摸**和谐**本身？

当然，所有这些尝试都可怜到可笑的地步：闻之不仅"星星不会哭泣，就连熊也不总是随声起舞"（我似乎在揶揄福楼拜了）②。

一个被抛向无限的思想落在这里，回到心灵，但它**仍然**会被向着**无限**抛投，即使**距离**无法穿越，但方向正确。

---

① 上帝找到这个词"logos"（希腊文：Λογος）。拜伦呢？

② 这段话出自《包法利夫人》第十二章："何况人类语言就像一只破锅，我们敲敲打打，希望音响铿锵，感动星宿，实际只有狗熊闻声起舞而已。"（李健吾译，上海译文出版社，2020年）

V

哲学家根据不断增强的"整体"感觉来确定自己的思想的初始运动的方向。甚至在一些低等生物中，我们也可以观察到一些略微相似的现象，即所谓的"趋日性"形态：将一只被拔掉翅膀的苍蝇放在旋转的圆盘上，它总是**向上爬**（恩斯特·马赫[①]，《知识与谬误》）。

抑或是以一种更复杂的形式阐述同样的经验：沿着旋转的地球表面，有人寻求向上攀爬，徒劳地、竭力地攀向一个总是滑走的无限。这段经验持续的时间为三十或四十年。约翰·费希特写道："唯一可被认可的好的论述是这样的：不是作者在进行论述，而是主题本身通过作者的语言器官来表达描绘自己。"（约翰·费希特，《现时代的根本特点》）因此，一个存在者（费希特），在第二个更为复杂的实验中——在接受这个实验的整个过程中——感知到自己是某种**理念**的工具：不是他在思考理念，而是理念在**通过他思考**。因此，这一理念也确定了它的方向。

综上所述，很明显，**形而上学者对待"词语"的方式，正是"思想"对待他的方式**：思想，将形而上学者与生活隔

---

① 恩斯特·马赫（Ernst Mach，1836—1916年），奥地利物理学家和极具影响力的科学哲学家。

离开来，将他从错综交织的人类自恋（社会）的混乱纠结中释放出来，迫使他与生活保持一定距离，置身于无为与沉默，只为思想服务。

被"思想"孤立起来的形而上学者从外界抽取出一个词，通过"孤立抽象"（按照冯特[①]的说法）的手段将其从纠缠不清的联想线团中解放出来，使其脱离生活：诚然，为此需要从外界抽取来的词语上撕掉两三个字母，或是给它加装一个新的音节；简而言之，要重创这个词，**使其无法再爬回生活**。

就这样，经院哲学家们将"quid""haec"等这些一千年来相互摩擦，以致完全麻木的词语，从世俗环境中取出。在他们的小房间里，这些词被转化为可怕而又奇异的"Quidditas""Haeccitas""Aseitas"等。这些词，被从外界绑架过来，与锁住它们的新字母一起奇怪地叮当作响，为经院

---

① 威廉·冯特（Wilhelm Wundt，1832—1920年），实验心理学先驱。也许科尔扎诺夫斯基想到了冯特的《心理学大纲》（*Grundriss der Psychologie*）中的一段话。冯特认为心理体验在本质上是复合的，因此，对心理体验进行科学分析首先需将（部分）形成这些体验的感觉从综合心理体验中抽象出来。

哲学家们传递其沉重、烦琐的理念提供服务。①

中世纪哲学家继承了西塞罗典雅迂回的措辞方式，将其作为逻辑骨架，像亚里士多德三段论中的术语那样连接词语。结果是单调乏味的，但毕竟真理是"单调"的：真理多样化的统一性无力对抗谎言之无穷无尽的多样性。夸夸其谈者不可胜数，智者们却是乏味的：他们重复彼此，因为他们的多样性是统一的。几个世纪以来，拉丁语是形而上学者的庇护所，而就拉丁语本身而言似乎也适合于此：譬如，拉丁文中没有"ж""ш""щ""ч"这些字母，即把生活的嘈杂声和沙沙声带入语言的字母。

VI

根本**理念**（对于给定的"我"来说），在占据个体的大脑之后，在其下行转化为词语的过程中会邂逅一系列的形式或

---

① "quid""haec""Quidditas""Haeccitas""Aseitas"都是拉丁文词汇。"quid"通常表示"什么"或"某物"，常用于疑问句，或是指未指明、未定义的事；"haec"是代词"这个"的阴性形式。"Quidditas""Haeccitas""Aseitas"都是哲学概念术语，尤其与经院哲学有关，常见于托马斯·阿奎那和约翰·邓斯·司各脱等中世纪哲学家的作品中。"Quidditas"也作"quiddity"，指的是事物的"实质"或"本质"；"Haeccitas"也被称为"独特性"，它与这样一种观念有关，即每一个体都有一个超越其一般本质的独特特征；"Aseitas"与事物的自我存在或自我因果关系有关，它是一种通常归因于神圣或终极实在的品质。

限制。真正的创造性的内容**无法被界定**，因为任何界定都具有我们已熟悉的形式，也就是说某种限制。例如，一个理念浮现于诗人心灵时，它就已经被诞生于一个诗人的心灵这一事实局限了，因为诗人即专注于语言节奏的处理之人。就这样，这一理念即刻就会落入某种心智的小囚牢中。

第一种形式（诗人）在选择第二种形式（例如十四行诗）之后，试图将已变形的东西（存在于诗人的心灵）挤压入十四行诗的十四行中。当然，与此同时，这一构思还必须服从在每行内（韵律是第三种形式）和行尾（韵脚是第四种形式）等处的节奏和声音的要求，诸如此类。

一旦完成了从理念到物质（τò μὴ ὄν）①的迁徙过程，创造活动中一个极其重要的时刻就开始了：**理念回归自身**，即部分去除或淡化形式——**理念**对声音的妥协被收回。结果是：**理念**，撞上了形式曲折蜿蜒的海岸，急于涌回非线性的**无限**，将形式本身抛在身后，也就是说，将其溶解于自身之中，将其缩减到最低限度。只有"诗人中的形而上学者"知道这种理念的退潮，并努力借助于思想，从刚刚建立起来的形式（"内省"）中回涌："诗人中的形而上学者"把他的诗句看作真理的模糊痕迹，稍触词句，即刻回撤。对于他来说，留在

---

① "虚无"。科尔扎诺夫斯基在此借鉴了将惰性、未成型物质等同于非存在的悠久传统。

这里的词语组合，只是一种记忆："**那里**"，已然造访了他，遗忘了**这里**的诗行。

听一听所谓的咏唱诗节，这难道不是一场葬礼弥撒吗？读者偶然看到这充满悲伤的仪式，自然看不到诗人所见的：对诗人来说，僵硬的诗句不是字母的遗骸。毕竟，他知道**当它还活着时**的诗行。

印度人找到了一个能调和理念与文字的符号，那就是"Sphota"①——**一个缥缈的词**。

Sphota 的故乡是以太，在那里，它是**永恒的、不可分的、纯粹的**。只有它下降到大地上，披上空气的外衣之后，Sphota 才会失去其不朽性、不可分性和纯粹性。

人们对 Sphota 充耳不闻，他们就是听不到它。像所有失聪的人一样，人们试图从能感觉到的东西中领悟自己不能确切感觉到的，然后将各式各样的猜想制成了脆弱易朽的语言。

形而上学者和诗人的理想是制作一本"一个词的词典"，而且是一本连空气也不敢碰触的字典。

1912 年

---

① Sphota 源自梵语语言的理论术语，是一个在印度语言传统中，特别是在伽罗那哲学学派（Vyakarana）中一直被讨论的术语。Sphota 被描述为一个调和思想和文字的符号，表明它代表了思想的概念或抽象领域与这些思想的语言或口头表达之间的统一原则。Sphota 的概念对印度语言哲学产生了影响，有助于讨论语言的本质、意义以及思想与表达之间的关系。

阿尔戈和埃尔戈 ①

I

科学是一个系统性的**毁灭神秘者**：它借助于"发现"来去神秘化；它试图穿透不可测度的；它允许"未知"列入方程式，只为了求**解**。

艺术是事物的神秘化，是对未知保持无知的能力；它把一个早已被看透、在光轴上无限量转动之物转移入神秘域。它把早已解答的、"自明的"、可理解之物，化为神秘之物，化为自足的自在之物；原先是通路，现在则是断崖。

在科学家和诗人面前放一个地球仪：两个极点上是白色的斑块，其上未被字母居有，未被着色或描画线条。盯着这两个白斑，科学家说："什么时候这些会被勾勒标识？"诗人："为什么地球仪上布满了线条？为什么没有更多未被发现之地？"

---

① 阿尔戈（Argo），希腊神话中的一艘船，伊阿宋等神话英雄们乘坐阿尔戈号开启了寻找金羊毛的冒险；亦有"隐语""黑话"之意。埃尔戈，原文为拉丁文 Ergo，意为"因此"。

艺术与宗教结盟，而宗教是建立在**七种奥秘**①之上的。

艺术就像一个无体系的、无序的宗教；宗教则类似于一种系统化的艺术；艺术家的小秘密数不胜数；而在宗教中，只有七种奥秘，却把所有人都赶入了**秘密的深渊**。奇怪的是，在中世纪，当七种奥秘最终成为信条时，七门学科（septim artis liberales）②的定义是与它们相对应的。

黑格尔和大主教伊格纳季，这两个心灵迥异的人，在定义看似不同的事物（"审美沉思"和"神圣奥秘"）时，却说了同样的话。

伊格纳季大主教说："神圣的奥秘，是**不可见**的恩典以**可见的形式**赐予信徒的。"③

黑格尔说："对美的沉思，来自以**可见的形式**呈现的**不可见**的理念的愉悦。"④

在这两种说法中，"不可见"取代了"可见的形式"。

我们的世界过于可见了，眼睛和大脑因过多的视像、过度的感知而过劳，所以，它们要求将事物从可见可感中移

---

① 又称"七件圣事""七种圣礼"，即圣洗、坚振、圣体、告解、终傅、神品、婚配。

② 七门学科一般指中世纪学者采用和改编的古典教育课程。七门学科通常包括语法、修辞学、逻辑学、算术、几何、音乐和天文学。在那个时期，这些被认为是全面教育的基本科目。

③ 十九世纪俄罗斯东正教神学中的一个常见观点。

④ 对黑格尔的《美学讲演录》（Lectures on Fine Art）的改述。

开，将其逐出时间和空间；**让现实的可见性少一些吧**。

II

我将"我的世界"中所有的事物分成**"这些"**和**"那些"**。

"这些"，使我的眼睛疲惫，将我的手摩擦得酸痛；它们被我的触摸层层覆盖；它们围绕着我，擦痛我的眼睛与皮肤，它们都在这里，在此。我对它们的褶曲、点触、迹象都了如指掌，它们都被一再地点数过了。

而"那些"事物，我手不可及，眼不可见，但我相信它们是本质——超越所有距离，在所有可触点之外，视线的尽头，色彩消逝之彼处。

思考就是变换事物：将"这些"转化为"那些"，将"那些"转化为"这些"。

有的人会深感欣喜，如果能把触手可及的此处的事物挪移到彼处，我们将称他们为**"从此至彼者"**。这类人通常会被吸引到诗歌、音乐之类的领域。而有的人，更愿意努力探求那遥远的事物，尽可能使其接近眼前与大脑，我们称其为**"从彼至此者"**，他们的思维被科学、被定义的精确性吸引，热衷于"揭示"神秘或"发现"秘密。

"从此至彼者"与"从彼至此者"相互对立。例如，一个"从此至彼者"对"从彼至此者"从未有过好感，因为后者热衷于将神秘有理化。

尽管主要由"从彼至此者"撰写的学术著作将"人爱真理"恒常化（甚至还发明了特别的术语，例如"哲学"，即爱真理），但爱真理的普遍性非常可疑。当一小部分"从彼至此者"从事于发现、研究并提炼真理的工作时，大多数人却因"从彼至此者"将过量的知识施加于己，因生活的过多的可理解性和赤裸而痛苦：所有花朵的花瓣被无情地撕开，传说被打破，以看清里面究竟有什么；奇迹被简化为机械装置；神龛的幕帘被掀去。

十九世纪给三代人的大脑带来的发现和研究，比之前十八个世纪六十代人的还要多。很自然地，一种反对**过量意义**的反应将会出现，一种将被去神秘化的事物归返神秘化的冲动会出现：传说对公式进行了报复。如果亚历山大·利沃维奇·勃洛克[①]（二十世纪的第二代）"很难抗拒写诗"，那么亚历山大·亚历山德罗维奇·勃洛克（二十世纪的第三代）就再也不能不写诗了。灵魂期待着艺术来保护它不受心智的影响，不受科学的影响，科学向灵魂"解释"一切，甚至包

①　亚历山大·利沃维奇·勃洛克（1852—1909年）是一位法学教授和准诗人。他是亚历山大·亚历山德罗维奇·勃洛克（1880—1921年）的父亲，后者是俄国象征主义诗歌最伟大的倡导者，以诗作《十二个》而闻名。

括灵魂本身。我们这个世纪的灵魂渴望的不是真实，而是神秘。

III

科学技术归根结底是要研算出如何**收缩远距**。望远镜和铁轨都在努力卷缩事物与眼睛之间的空间，以近距取代远距。

艺术技巧寻找的是，使近在咫尺的"此"产生距离感的方法：大师必须知道如何展开近距。代数学用字母表的第一个字母来表示"已知"，而"未知"则被排入字母表的末尾——那里是艺术的落脚点，它的每一个词，每一个词中的每一字母，都把某一事物化为未知（而科学的方式：解决未知）。

在达利的《词典》[①]中，我们发现了这样一个用词的例子："离……还远吗？""就在附近。""那离附近还远吗？"

正如艺术家在画布上，或如诗人在书页上展示的那样，

---

① 弗拉基米尔·伊万诺维奇·达利（Vladimir Ivanovich Dal，1801—1872年），十九世纪著名的俄语词典编纂者和民俗收藏家之一，他编纂了四卷本的辞典，他的姓氏与俄语中的"远处"（dal）相同。达利的《通用俄语大词典》是俄语的重要注释词典，包含约二十二万个单词和三万条谚语，至今仍在使用。

若想抵达"近"，必须得经由"远"。尽管欧洲的铁路网已经完全消除了分离之痛，但印度的戏剧仍在围绕着一个主题展开：因远距而使人哀恸的分离。

光谱分析揭示，地球上的（这些）化学元素也在遥远的恒星上存在，它们把星神（萨比教[1]）转化成了可理解的事物，变成类地球。而诗人用他诗行的节拍，将腐烂在尘世中的凯撒的尸身推向炽燃的彗星，或是那颗在他死去时闪耀天空的星辰（见贺拉斯，《颂歌集》）[2]。

艺术创作的秘密在于它的神秘，在于能在眼睛和事物之间插入"奇妙无比的远方"[3]。

IV

世界上最早出现的诗歌雏形是**谜语**。如今，从事艺术理论和批评的"从彼至此者"教我们如何破解谜语，也就是识

---

① 萨比教（Sabianism）是与萨比安人相关的古老的一神论宗教，受到包括美索不达米亚、希腊化和可能的诺斯替教信仰在内的各种传统的影响，在《古兰经》中被提及三次。萨比教笃行星体崇拜，融入了占星学和新柏拉图哲学的元素，在古代巴比伦和亚述尤其普遍，其庙宇兼作为瞭望台。

② 摘自贺拉斯的《颂歌集》（Carmina）："在哪个洞穴里，我冥想杰出的恺撒的不朽荣誉？是否有人能听到，我将他列入众星与朱庇特的议会？"

③ 影射果戈理《死魂灵》（第十一章）结尾："俄罗斯！俄罗斯！我看见你了，从我那奇妙无比的远方，我看到你了。"

破谜底。但是，古代的谜语作者在其中寻找其他东西：谜语是他们艺术创造力的产物，是使可理解之物变得费解的尝试。如果谜语的创造者想尝试解开谜底，那么他会这样做：在他周围是一整片尚未被破解的自然现象的森林，但他并没有苦思冥想它们，而是试图将他真正理解的点滴归还于神秘。

> 顶针："一个孔上百个坑。"
> 风车："一只鸟挥动翅膀，自己不会飞翔。"

日常物品从谜语近旁溜走。

无论过去或是将来，总是会有解谜者和造惑者——谜语的创造者，将谜语生长成中短篇小说，分流成书中章节或整本书。

V

如果但丁想研究比阿特丽斯，详细记录和追踪她的作息，那么，也许他会更了解她，但我们就永远不会听到比阿特丽斯的任何信息。

三到四次相遇，仅此而已。诗人被从佛罗伦萨放逐，不仅是被斯诺尼亚①，而且是被诗歌本身。如果学者、心理学家、历史学家、医生想要描绘年轻的比阿特丽斯——这位生活在十三世纪的弗尔科·波尔蒂纳里的女儿——的生活，就得住在她附近，有条不紊地跟踪他们的研究"对象"。然而，诗人在发现这个创作对象后，要做的第一件事就是远离她。

《新生》②讲述了但丁得知比阿特丽斯的父亲去世的消息。他认为，他的圣母极度悲伤，但他没有随众人去向棺椁行鞠躬礼，也没有去看望比阿特丽斯，而是退回自己的房间，"构思了一首十四行诗"。两位女士从他的窗前经过，说起比阿特丽斯的悲痛，但诗人没有向路过的女人询问细节，而是砰的一声关上了窗，结果是——又一首十四行诗。

然而，但丁和美丽的比阿特丽斯会面的可能性并没有被排除，他们的相遇可能更加频繁，时间更长，也更易于实现——这就威胁到了三韵体③。在死亡来临之前，三韵体一直处于危险之中，诗歌必须努力学习离别和产生距离的艺术，才能消除这种危险。只有1290年的春天才能让死去的比阿

---

① 斯诺尼亚，中世纪和文艺复兴时期意大利许多城邦的统治机构。

② 原文为意大利文 *Vita nuova*。

③ 三韵体是一种源于意大利的诗节，由交织在复杂韵律中的三行诗组成。但丁的《神曲》即此形式，诗的一个小节中第二行的尾音为下一个小节的第一行和第三行提供韵脚。因此，韵律（aba、bcb、cdc、ded）一直延续到最后一节或一行。

特丽斯重获新生。她的死亡日是《神曲》的诞生日，现在它不能不被写下了。笼罩在诗歌的神秘和信仰的奥秘中，她将进入"新生"，在那里活着，永生不死。

死亡对弗朗切斯科·彼特拉克[①]的帮助不大。玛丹娜·劳拉之死不够久远，还未久到摧毁她神秘的魅力，久到使她为人所知，使得对她的深层了解变得不可能和荒谬。梅塞尔·彼特拉克的《玛丹娜·劳拉的一生》[②]中的歌谣和十四行诗都很脆弱——在劳拉的长期婚姻、频繁生育、众多子女和小阿维尼翁城的流言蜚语等事实的重压之下，它们很容易就会断裂，陷入沉默。

感觉到这种危险后，彼特拉克诉之于一种技巧。在与圣奥古斯丁的谈话中（《蔑世录Ⅲ》）[③]，他听说劳拉的美貌已被

---

① 彼特拉克（1304—1374年），意大利文艺复兴时期的诗人、学者和人文主义先驱，被认为是现代意大利文学奠基人之一。

② 原文为意大利文 In vita Madonna Laura。该书为彼特拉克的抒情诗集，是一部自传诗体小说，灵感源自他对玛丹娜的爱。1327 年 4 月 6 日，彼特拉克在阿维尼翁的圣克莱尔教堂第一次见到了玛丹娜。玛丹娜去世于二十一年后的同一天。彼特拉克的一些十四行诗写于她生前，另一些则写于她死后。

③ 原文为意大利文 De contemptu mundi，Ⅲ，《蔑世录》出自彼特拉克的《秘密》（Canzoniere），这是一本以与圣奥古斯丁对话的形式进行自我反省的私人书籍。在第三段对话中，奥古斯丁斥责彼特拉克"被造物主的造物（劳拉）分散了注意力"："当你死后闭上眼睛时，你会感到羞愧，你会为自己把不朽的灵魂捆绑在凡人的躯体上而感到羞愧"。

损毁于 ① 一个全辅音词 "prbs（很可能是 "partabus" 分娩），"从彼至此者"彼特拉克悄悄在此塞入了一个收缩远距的字眼 "partabus"，将"天国的"② 劳拉变成了一个和其周围的女人无异的、生儿育女的世俗女子，但"从此至彼者"彼特拉克随即又抹去了这个词的元音：这个词不言自明，但并无冒犯之意。（prbs 也可以是 perturbationis③，即"心绪骚乱"，诸如此类——随你怎么读。）

来自同一段对白：

彼特拉克：我比她先来到这个世界，我将先离开。

奥古斯丁：你还记得吗，那时你担忧会发生相反的事情，在悲伤的激发下，你为你的爱人写了一首哀悼的歌，仿佛她已经死去。（见十四行诗193④）

但是，无论彼特拉克如何自欺欺人，**这种生活都太烦恼**

---

① 科尔扎诺夫斯基在此处备注了彼特拉克的原文 "cerebris"，紧随一个全辅音词自造 "prbs"。

② 原文为意大利文 celesta，意为"天上的"。

③ "perturbationis" 是意大利文 "perturbatio" 的属格形式，意为"扰乱"或"紊乱"。该术语常用于心理或情感意义上，描述精神紊乱或激动的状态。

④ 这首诗写于黑死病时期，开头写道："我亲爱的人，我可爱又亲爱的敌人，音信全无。疯狂的希望和恐惧交织折磨着我的理智，让我的精神眩晕。"

纠结了：人可以把单词中的元音与辅音分离，但如何把后果从生活的原因中剥离。只有劳拉事实性地 [1] 离开"此世界"进入"彼世界"，才能给他疲惫的灵感带来新的动力（见他的《维吉尔》扉页的题词 [2]）——真正的不朽诞生了（十四行诗《玛丹娜·劳拉之死》 [3]）。

VI

"慢慢地从醉汉中间走过，总是独自一人，没有陪从，散发着香气和薄雾，她在窗边坐下……" [4]

你可以认识这位"陌生女郎"，只需问一下在桌边闲逛的服务员，或者问问文学评论家，他们会提供所有必要的信息，他们会把她解释到最后一个字母和每一颗痣。当他们解释完之后，一切都会清清楚楚且……没有必要。

艺术需要这样的人，他不是让我们认识未知，而是让我们**不再熟悉已知事物**，他善于抓住此处磨蚀心灵的、微不足道的事物，将之提升至梦想或神秘之域。**远距**，这卷缩的螺

---

① 原文为意大利文 de facto。

② 彼特拉克誊写在维吉尔手抄本扉页，现藏于米兰的昂布罗修图书馆。

③ 原文为意大利文 In morte Madonna Laura。

④ 选自亚历山大·勃洛克的诗作《陌生女郎》（1906 年）。

旋，蕴藏于每一最终事物中，无论多么渺小或暗淡。**远距**有很多名字（其中包括诗人的词典），在某一事物中呼唤它，它就会展开。在鲍里斯·穆萨托夫家的窗里（《第二交响曲》，安德烈·别雷①）有一束灰色的针茅：但当天色开始变暗时，在那窗里，我们看到的似乎不是针茅，而是永恒那灰色的面庞。

1823年，《文学报》②的编辑部收到了一首题为《一只小鸟》的诗：

> 我在异国他乡虔诚地坚守着
>
> 祖国的古老习俗：
>
> 释放一只小鸟……③

他们喜欢这首诗，但是……它还不够一目了然。编辑布尔加林划掉了标题"一只小鸟"，代之以"一只小鸟的释放"，

---

① 安德烈·别雷（Andrei Bely，1880—1934年）苏联小说家、诗人、理论家、文学评论家，象征主义"年轻一代"的主要代表。他的散文诗《北方交响乐》（*Severnaya Simfoniya*，1902年），被认为是俄罗斯象征主义文学的里程碑式作品，代表了将散文、诗歌、音乐甚至部分绘画结合起来的尝试，其第三部分结尾处的三个短语让人想起黄昏时被误认为永恒面孔的窗口花束。

② 祖籍波兰的俄国作家、记者F.V.布尔加林（F. V. Bulgarin）在圣彼得堡出版的一份"短命"的文学期刊。

③ 出自普希金的《叙事诗和抒情诗选集》（*Collected Narrative and Lyrical Poetry*）。

并给这个标题加注一个星号：见注释。"这首诗暗指在债务人监狱中受苦的无辜债务人，为了赎回他们，人类的捐助者奉献了家产"：糟糕透顶。

VII

要么是"**彼**"，要么是"**此**"；要么是表示认知的"埃尔戈"①，要么是驶向神话之地的阿尔戈；要么将自己全心投入"因此"（poetomu），要么成为一个诗人（poetom）。"理性的奥德修斯们"带着他们的"因此"（itak）一次又一次地回到伊萨卡（Ithaka）海岸，但是奥德修斯，这位理性人物的力量从哪里开始，荷马的《奥德赛》就必须在哪里结束。②

人是一种综合体：两种原则并存于他。例如，当人恋爱时，他希望自己的"爱人"既是"**彼**"，又是"**此**"。由于爱

---

① 原文为拉丁文 Ergo。

② 这段文字似乎在游戏语言和哲学概念，使用双关语和古典文学的典故。"因此"的俄文"поэтому"（poetomu）的发音像"诗人"的俄文五格形式"поэтом"（poetom），增加了语言的戏剧性；"理性的奥德修斯们"一词暗示了那些优先考虑理性和逻辑的人。"伊萨卡"源自《荷马史诗·奥德赛》中的岛屿，象征着生命的旅程。使用"因此"（俄文"itak"）意味着那些受理性引导的人会反复返回某些结论或原则，最后提出了对理性力量的限制。一旦以狡猾和智慧著称的奥德修斯接管（象征理性领域），荷马的《奥德赛》所代表的神话之旅就结束了。这可能意味着理性有其界限，但人类经验和理解力的某些方面超出了纯逻辑范畴。

追求美，爱让"此"产生距离感成为"彼"；由于爱想要拥有（"亲近"），爱拥抱爱人，把她从不可触及变成可触及，把"彼"变成"此"。心脏不停跳动：起初坠入爱河时，"此"被升华至"彼"；然后，随着对"认知"的渴望，"彼"又回到了"此"；之后因生活的赤裸而厌倦，或者为了新的"彼"而背叛了"此"。爱美之人极为谨慎地持守于美，就像那美是一种陌异于有形世界或实在之物的事物；如果与可爱身躯的距离只有几步之遥，那么与那可爱身躯之美的距离则是不可逾越的。

古人对安忒洛斯①的崇敬与对爱神厄洛斯的不相上下。安忒洛斯的雕像是一个青年的形象，双目迷茫，眼睛没有瞳孔；他的双臂（正如古代雕像经常发生的那样）折断了（见梵蒂冈画廊）。人们在修复雕像时无须把手臂重新粘回安忒洛斯的大理石身体，因为，如果厄洛斯引导我们如何拥抱心爱的人，那么安忒洛斯则教给我们一种无臂之爱，用与爱相等的力量引导我们离开所爱之人。

约 1918 年

---

① 安忒洛斯（Anteros），希腊神话中的爱神之一，在某些记载中是厄洛斯的兄弟。安忒洛斯的名字可被理解为"反爱神"（anti-Eros）或"与爱神相反"（opposite to Eros），是非理性和情欲爱神的"反"。因此，安忒洛斯有时也代表了一种更成熟、更具相互性的爱的形式。

戏剧的哲学（节选）

第一节　作为一切的人人

哲学家街

一条街。两个人，一前一后大步走在鹅卵石路上。第一个人看到自己走在两排路灯之间，第二个人发现自己是在众星间漫步思考，两个人都是对的。我对第一个人的去向不感兴趣，但我知道：第二个人，无论他去哪里，都会**走向哲学**。

在德国古老的大学城，如柯尼斯堡或耶拿，总是可以寻迹找到一条传统的名字为"哲学家路"（Philosophenweg）的街道。自从某些已绝迹了的形而上学家漫步其上以来，那些学术小城就一直虔敬地保留着这类街名：正是沿着这些小街，思想家们进行着惯常的漫步。哲学家街通常从挤满了办公机构和教堂的城镇广场开始，然后逐渐从一排排凝视着小街的窗户中脱身，撤入田野：从覆盖石头的广场，去到广阔的空间；从窗子的缝隙，去到天空的蓝色深谷；从各种事物的多层次和多样性，到**一切**回归简单。我们不是从他的头顶，而是从他脚底来观察形而上学家，甚至我们还能从这里看到，为了理解事物，哲学不是把目光投向事物，而是把背转向它；在理解某一事物的过程中，哲学不是逼近事物，而是从它那撤退，以发现其迷失于万事万物中的踪迹。在书的封面上，人们可以在"哲学"这个字眼旁边放置任何东西："权利""爱""戏剧"等。但哲学只有一个对象：**一切本身**。而真正的**戏剧哲学**，只有当**戏剧**与**一切**相吻合的情况下才有可能，也就是说，当经过这样或那样的修改，世界上没有什么不可能成为某种形式的戏剧时。真正的文本试图将戏剧的门槛与意识的门槛、意识的门槛与世界的界限相融合。

"环球"与地球

一位德国形而上学家的一部著作开篇的第一句话：世界是我的表象（predstavlenie）①。跨入莎士比亚环球剧场门槛的

---

① 指叔本华的《作为意志和表象的世界》。

人看到的第一句话是：世界是一场表演（predstavlenie）①。幕布升起落下，书页起起落落。出自幕布后面和书页中的是一脉相承的东西，只是给予的方式与手段不同。

如果把戏剧脚本的术语和《纯粹理性批判》的术语放在一起，我们就会发现它们之间出奇地相似：在《纯粹理性批判》的语言中，人存在于"现象"之间；在他的意识中，"表象"（predstavlenie）出现又消退，相互替代；（下面我从《纯粹理性批判》转换到剧本）在这样或那样的原因或"行为"（deistvie）的驱动下，这人在傍晚时分发现，自己置身于一场"表演"（predstavlenie），行动正一幕一幕展开②。因果关系已浓缩为命运，推动着舞台的"场景"。小小的木制"环形剧场"被数十个烟雾缭绕的火把照亮，与阳光中巨大的地球竞逐。大地球拥有无数的"现象"，而小环形剧场一个晚上只有三四十个"场景"。

---

① 据称，环球剧院的拉丁文座右铭是"Totus mundus agit histrionem."，即"世界是一座舞台"。这句名言出自莎士比亚的《皆大欢喜》（*As You Like It*）中雅克的独白，也是这篇文章常用的试金石。科尔扎诺夫斯基对这句话的翻译"ves' mir igraet predstavelnie"不同于标准俄文翻译"ves' mir-teatr"，以呼应叔本华"mir est' moe predstavelenie"。在科尔扎诺夫斯基的俄语中，这两句话都使用了"predstavlenie"一词，意为"表象""呈现"或"表演""演出"。

② 科尔扎诺夫斯基的俄文词汇重叠在此难以体现。除了在"predstavlenie"上不断使用双关语，他还利用"iavlenie"（既指"现象"又指"场景"）和"deistvie"（既指"行动"又指戏剧中的"一幕"）。

但是，对于数量上的失利，小地球试图从质量上加以弥补：在康德的"现象"背后，人仍能感觉到影响它们的事物。在莎士比亚动人的"场景"背后，事物并不存在：它们已然被从事物中剥离。世界"作为表象"是在无意识中上演的；经由意识，世界被感知为**来自外部的给予**。众所周知，剧院里的表演——从莎士比亚到最后一个在脚灯前吧唧踩泥巴的小男孩——总是经由**人**之手呈现于**人**之眼。

康德从眼睛中提取整个世界，从星辰直到尘埃，他不知道是否存在主体之外的事物。莎士比亚创造世界，用鹅毛笔、锤子和刷子，为眼睛、观众创造，后者观看它，仅此而已。至于康德枯燥的因果关系，他将之列为理性的第八个范畴，在莎士比亚的笔下则变成了命运。因果关系与尘埃交混，命运为自己摘取星辰。原因和行动，像念珠上的珠子一样沿着巨大的地球移动，它们的结和线缠绕在一起久矣，因此个体的意识远未强大到能沿着第一个因至最后一个因的任何一条线盘桓。现象 a 出现在我的意识中，现象 b 已然紧随其后，但 c 已远在意识之外了，它要么被他人看到，要么渗入无形。而在意识中被中断的序列"a、b、c……"的位置，又被接入了不同的序列：?、?、?……因此，当再次中断时，它会让位给一个新的序列——d、e、f。然而，舞台上，行动从交织前因后果的线索中脱离，总是显示出给定现象的序列的所有要素，就像未受任何其他序列干扰：剧院包厢的墙壁隔离了特定的、从一个场景到另一个场景展开的行动，避免其被外部现象序列混淆干扰的危险。在舞台上，没有什么事情发生在人的背后。观众忘记了自己还有后背：一切都在眼前呈现。在撤离舞台前，每个原因都会从其自身引发它可见的结果，而"环球剧场"的时间被限定，它的旋转速度比巨大而沉重的地球快千倍，一秒钟覆盖一个小时，它的脚灯时而熄灭，时而炽亮，不同于从黎明到黎明缓慢爬行的太阳——这给了迅速拉动并贯穿戏剧场景的因果关系之线以可能性，使其被体验为比因果更为强大之物：**命运**。

Ресноta[①]

人类的"我"，透过眼睛向外看，当看到它的瞳孔之外不是空的，就不敢用眼睑把自己和它的外部隔开。

眼睛，视非空之物为"非我"，并试图掌握它。科学，

---

① 教会斯拉夫语词汇，科尔扎诺夫斯基在《思想与词语》一文中将这个词解读为"只能透过微张的睫毛来领悟的肉身的真理（现象）"，而在本节中又丰富了这个词的解读。这个词具有丰富的内涵，如真理、真实、现实、尊严、体面等，无法用一个确切的译词概括。

用电线缠绕"非我"，用机器的两极和杆子夹住它，试图使它从属于"我"。哲学走得更远：它不是要征服，而是要消灭"非我"。每一个"我"，其历史被列入哲学编年史册中的"我"，都试图划掉"非我"中的"非"：把世界缩减为彻头彻尾的"我"。理顺形而上学的曲折小径，可以这样定义它：客体的清除。

生理学家弗莱希格①将颅椎系统内神经电流的运动归类为向心式运动（感觉）、中枢式运动（思想）和离心式运动（行动、肌肉放电）。也许神经的整个进化过程是从向心式到中枢式再到离心式：从感觉期到思想期再到行动期。但是关于几乎退化了的"形而上学之人"②，我们可以肯定地说，在他之内隔绝了感官的中枢式运动（思想）进程，借由来自外界的沿着感觉神经的向心式运动而迅速增生。形而上学家的感觉中枢与外部世界部分地隔绝了，仔细研究伯克利、康德、约翰·费希特以及部分叔本华的传记细节，人们可以断言：透过厚重的思想，他们感觉到的阳光会比其他人暗淡些，事物似乎更遥远，声音更为低沉模糊。大脑内部的中枢电流部分地中和了从外部产生感觉的神经电流。由于外界刺激的生

---

① 保罗·埃米尔·弗莱希格（Paul Emil Flechsig，1847—1929年），德国神经解剖学家、精神病学家和神经病理学家。他的主要贡献是对髓鞘生成的研究。

② 原文为拉丁文 homo metaphysicus。

理性缺乏，自然就引起大脑对外界的怀疑，随后是不信任，最终导致对外部世界的逻辑性否定。由此产生了康德批判、唯心主义、形而上学幻觉主义。

但传说逐渐地将其主题转移到新闻纪事中。一个世纪又一个世纪，"形而上学之人"把他的思想传递给"普通人"[①]：一个世纪前，人们只能在杂乱的街道上勉强找到哲学家之路。现在，所有的街道，都在一点一点地变成哲学家之路。书本的形而上学已经结束，因为生活的形而上学开始了：现在，世界将从最愚钝的瞳孔中滚落；最普通的人坐在房间的窗前，偶尔也会把混乱复杂的"外面"看作自己眼睛上的一层黏着物，而将空间看作窗玻璃上的一幅平面彩图。每个人都知道这种引诱：撕掉瞳孔上的黏着物，因他已决心迎向虚无；抹去空间，就像抹去灰尘，在窗户完全透明之后，将它向虚无敞开。但是，如果将康德的思想嵌入施密特的头骨内，只需一两天，它就会烧穿并摧毁施密特大脑的神经通路和脑回。剧院将拯救施密特的狭隘思想：它，剧院用脚灯的线条划掉"非我"中的"非"，将分离的"我"与"我"结合。

在被遗忘的教会斯拉夫语手稿中埋藏着一个古老的词：

----

① 原文为拉丁文 homo vulgaris。

"pechota"，以及它衍生的形容词："pecный"。教会斯拉夫语只为唯心论服务：它的词汇从来没有在任何一本书中用作其他用途。因此，尽管词汇匮乏，但正是在这种语言中，一些奇怪的术语被创造出来。"pechota"是可见世界全部的斑斓的多样性，就其本质而言，它似乎巨大且多维，**但它不比睫毛**[①]**长**。戏剧，将世界的所有空间都缩略至舞台那狭小的十阿尔申[②]的空气立方体中，这也与我们的世界是一个微缩型且多样化的世界（pecный）的信念相近，如果有一天戏剧的技巧得以完善，那么也许它将成功地以最生动鲜活的方式证明，世上所有虚构的深度和长度的度量尺度都不比睫毛更长。幻觉，不断扩张，离开了思想者窄小的内室——现在，它有剧院圆顶那么高大，刚好在其下，被密封在剧院密不透风的墙内。但是，没有任何夹钳能把它阻隔在封闭的墙内——幻影和幻象在渗穿这些墙壁之后，迟早会进入生活，而这些凝缩到睫毛长度的世界将进入"我"的内部。太阳将在眼睑内侧发光；在挤过瞳孔后，地球巨大、扁平的球体，将藏在小小的扁平球体的透镜中。那之后，剧院就像一座已被所有人跨过的吊桥，可以分开：没人再需要了。

不久前，我还经常能听到对新的写作方式的抱怨：这是

① 见本书第18页注释②。
② 阿尔申（arshin），旧俄尺名，1阿尔申等于71.12厘米。

不可能的——"人人"和"一切"都被混淆了[①]。但毋宁说，这是一种转变，不仅是写作方式，而且思维方式也发生了转变："人人"等同于"一切"。对我来说，"人人"本身就表达了"一切"。在"人人"走到尽头的地方，"一切"也将在那里结束。社会的元素——这通往"一切"之路，我们之前曾在其边缘徘徊——引向了唯心论：人只对人感兴趣。除了"一切"，戏剧不知道别的"人人"。在剧院里，人表演给人观看："我"看着"我"，眼睛对视着眼睛；"非我"被缩减为扁平的斑点，慢慢从眼前消失，灰色的幕布仍在，但它们也会被移走，剩下的将是人对人的表演。

没有了"非我"就更有益了：只要拿走它，像运走布景一样，你就不只有一个太阳，有多少双眼睛就有多少个太阳。莱瑙在他的《浮士德》[②]中使用了一个比喻：对他来说，一棵树的黑色树干及其分枝似乎就像一棵知识树。但是，假如一棵针叶之间燃着灯光、树顶钉着一颗颗锡箔星星的普通圣诞树能够思考，那么，当它将针叶延伸向无限时，它当然

[①] 俄文的 "вcе"（人人）和 "вcё"（一切）在印刷体中，字母ё的重读经常被省略，偶尔会造成混淆。

[②] 尼古拉斯·莱瑙（Nikolaus Lenau，1802—1850年），奥地利籍德语诗人作家，是奥地利最伟大的现代抒情诗人，也是德国文学中悲观主义的典型代表，以其反映时代悲哀及个人绝望的忧郁抒情诗闻名。1836年，他的《浮士德》问世，在这部作品中，他向世人袒露了自己的灵魂。

会从自己的锡箔星星中构想出某种天空，它会将烛光看成遥远轨道上的太阳，但这棵树可能错了：星星和太阳不会比它针叶的尖端更远，空间不会比眼睫毛更长。

安徒生的童话提出了一个关于国王、公主和王子们的奇怪问题：公主和王子只会做一件事——结婚；一旦结婚，他们就会成为国王，并繁衍出梦想成为国王的新王子。

安徒生的整个童话空间都塞满了王冠：几乎每一片玫瑰花瓣上，都有戴着金王冠的小仙后或精灵国王礼貌地向每一只飞过的苍蝇鞠躬。没有足够的土地来容纳从童话到童话倍增的王国。因此，这些王国变得越来越小，举例来说，其中一个王国小得没有足够的空间举办婚礼。无须反对这种童话，我们必须允许它发展到它的逻辑终点：当国王倍增、领地渐减时，童话将使每个人都成为国王，将给每个人一个睫毛直径大小的王国。当人人都成为国王，人人都拥有自己的土地和太阳时，只有到那时，真正的**无产阶级原则**才会得到实现：首先，消灭几十个国王；其次，让人人都成为国王。

本质被吸入幻象

形而上学运作的一对基本术语是：本体和现象。本体即本质，现象是幻象。现象不具有独立的存在，问题在于某一现象里蕴藏了什么。现象或样式只能通过其他事物被理解，而不能从其本身理解：没有本体或实体，它们是不可想象的，就像如果没有投射影子的事物，影子亦无可想象。

但是，事物可以被直接思考而不必借助它们的影子，因为对于事物的存在而言，影子是非必需且多余的，然后，事物总是会被蔓生的、游移的影子遮蔽。而本体，自在之物，自足于本身。然而，尽管我们拥有各种逻辑和概念，它们还是会被丛生的现象淹没。

如果现象对本质来说是多余的，那么它们不增加也不能被存在增加，因为本质已然包含了存在的充分性。那么，显然，现象就是**本体（本质）的游戏**。这是一个纯粹的本体论事实，被各种不解包围："为什么本质需要虚幻性，本体需要现象？"每个人都未能以自己的方式理解这一点。我也不例外。虽然在这一点上仍存不解，但戏剧是可理解的。

一切平凡事物都具有奇异性，它们被奇异地结合，以至于看似平凡无奇了。例如，认知的神经进程被植入大脑，大脑被嵌入身体，身体被置入外部世界。大脑距离认知进程最近，身体较远，外部世界则更远。似乎客体距离主体越远，它对主体来说就越模糊不清。

事实上：最远的事物——外部世界——能被清晰、分明、精确地感知到；而身体只能从表面模糊感觉；大脑组织最接近感觉的过程，似乎后者能与之产生摩擦，却完全无法被感知。所见类同，我们并不存在于现实之所是。我们发现自己仿佛置身于已然迷失的、失去自身本质的本质中；我们试图生活在撕掉的日历日期、到处飞舞的纸片与沿着钟面指针匍匐爬行的日子中。简而言之，我们试图生活在各种现象之中，这些现象之所以存在，是因为它们显现；当其不再显现，它们就不复存在了。一个惊人的事实是，我们并不拥有真正存在之物，我们得到的只是无力给予任何东西的东西——这应被视为一个事实：与其说我们是通过理解而知道，不如说是通过感觉、现象、表象以某种方式指向它的本体；我们也知道，舞台上的场景以某种方式指向生活的场景。存在的虚幻化过程一旦开始就无法停止：在本体旁浮现的是现象；伴随现象出现的还有**现象的现象**——舞台上的"现象"（场景）。如果在梦中我做了一个梦（这经常发生），那么我对第二个梦，即梦中之梦的评价会比第一个梦更正确。我把第一个梦当作现实——但我错了；而梦中之梦，我认为它就是梦：是虚构。我们被从本质的世界抛入现象出没的世界，我们继续将现象视为本质：事物表象被误认作事物。但是，当我们把它们从大地转移到戏剧舞台，从现象世界转移到现象表象的世界，我们也同样将表象视为"表演"，而不是在这个梦中之梦的背后寻找任何事物。

于是，两个相反的错误结合就成了真理。

以上提到的术语自然地构成以下系列：

$$\frac{本质}{现象} = \frac{现象}{现象的现象}$$

也就是说，莎士比亚的场景与康德的现象相关，正如后者与康德和莎士比亚都无法把握的实体相关。舞台模拟了数十种现象，就像一个称手的小模型模拟了舞台本身。又或者：地球，长久以来就被称为"生命的游戏场"（ludum vitae），其表现方式与戏剧舞台的表演相似，正如玩具模型与舞台相似。

少年莱布尼茨在他父亲的图书馆里思索围绕着他的逝者的思想游戏时，想出了一个特殊的"智性之球"①，一个封闭的象征性符号的球体，无须语言的中介，就能表现宇宙的整个本质系统。现在，我们有足够的术语用于描述最后一个系列，象征着同样不合逻辑的原初事实：

$$\frac{智性之球}{地球} = \frac{地球}{环球剧场}$$

① 原文为拉丁文 globus intellectualis。

第二节　存在，日常生活，假如

Бытие	存在
Быт	日常生活
Бы	假如
0	0

　　我取"存在"（бытие）这个词，剔除最后两个字符 ие，它变成了"日常生活"（быт），再断开这个呆笨的 т，保留"假如"（бы）。我以同样的方式拆解意义：正如从一个词到下一个词，音素和符号的数量越来越少；以此类推，从一个意义至下一个意义，本质会越来越少，"存在"（бытие）逐渐淡化。我不想继续深究了，无论我的墨水有多黑，虚无的夜都更黑。从存在界到日常界，再到纯粹而假定的假如界，这最后一个世界假设一切，然而不假定任何为真。经由这三个世界，**本质的现象化**得以展开：从智性之球，到大地之球，再到泰晤士河畔没窗户的环球剧场。

存在

一个日晷：一根固定的晷针——尖端向上；一个游移的影子，绕针从一个数字慢慢移动到另一个数字，时而伸长，时而缩短——生于黎明，死于黄昏——直至新的黎明。但晷针始终是同一根——无论是在正午，还是午夜——尖端始终向上：它不沿着数字挪移，不随太阳诞生，也不被夜晚消抹。这就是现象与本质——充满日常生活又自我充盈的存在。存在是反戏剧性的，仅仅是因为它从不允许升起自己的帷幕。

存在是：（a）**无形的**。甚至费希特也抱怨："一切都阻碍着观看，甚至眼睛。"而眼睛当然是最碍事的。所有的形而上学家，这些来自存在的人误入了日常生活，通过他们所有的残篇、论著和智性之球，我们见证了本质的不可见性。然而，戏剧想要存在，它须寻找观众，把自己强行挤入眼睛。

在（a）项之下，找不到戏剧。

（b）**整体的**。无论是在伊利亚学派留下的断片，还是斯宾诺莎的伦理学中，存在都不能被

视为"整体"之外的任何事物。现象的多
重性、碎片化和丰盛多彩只会折磨形而上
学家。但是，多彩和多元，难道不恰是戏
剧唯一的追求，而戏剧性的角色、对话和
冲突是其基本手段？

（c）**不变的**。在存在中，一切都同时发生。变
化对它来说不必要：存在是一个明亮的正
午，它本身包含了所有强度的光。然而，
戏剧强调演员的可变性，强调面具的变换。
幕布时而落下，时而升起，都像一把刀刃，
将时间之线和时间中的事件切割成多种多
样的片段。

因此，存在不需要戏剧，戏剧也不需要存在：双方都不
在对方的任何属性中。

而"我"是真实的，如果我们透过无变化的存在整体来
看，"我"作为一种实在，被寻求挣脱实有的诸多现象中伤，
此即"存在"至"假如"之路。

日常生活

日常生活是一座连接"存在"和"假如"的横跨之桥。

日常生活，就像每座桥一样必须被跨越。但是，正如古老的俄罗斯（更确切地说，莫斯科）的建筑喜欢把棚屋和住所搭建在桥上，把城市推到桥的曲线上，不假思索地使其杂乱拥挤，普遍性的人类生活构建还未能理解日常生活。日常生活是从逐渐上升为事物的现象中慢慢积累起来的。

居于日常生活中的居民，日复一日地迷恋于可见可触之物。首先，当他购买一件物品时，认为是**他**获得了此物：但实际上是此物获得了对**他**的所有权。结果是：此人物并不拥有器物，却是器物拥有此人物①。一个来自日常生活中的人不相信存在，不信上帝、不朽和灵魂这三位一体的存在；这个人对充斥着幻想的纯粹的、**假如**的世界持怀疑态度，却坚信他的三个房间、妻子的身体、"风景画"上的图章是真实的。居于日常生活之人与永恒格格不入，但他爱不释手地把时间藏在怀表的金表盖下，并恋物癖般地为它佩上小吊坠。简而言之，日常生活是假扮成事物的现象，是假装成真实的幻觉，是无助的影子，它试图至少借助其轮廓来模仿真实事物。因此，实际上，日常生活不需要戏剧。但戏剧恰恰来源于日常生活，又脱离了日常生活，从日常生活中萌芽分枝，因为日常生活是一种**不想成为虚构的虚构**，它否定自身。日

① 该分句由俄语中精心设计的文字游戏构成："не утварь у твари，а тварь у утвари"。

常生活惧怕戏剧，因为戏剧暴露了它们之间的血缘关系。顺便说一句：在混凝纸浆（制作模型的材料）中加入血和纸就为混凝纸浆赋予了某种对生命的索望。日常生活希望能保护自己免于虚构性的提醒，希望本地化它的非真实，就在其屋宇间建造了一种特殊的建筑，铭刻上"剧院"字样。日常生活天真地认为，通过其无窗的墙壁，戏剧不会渗出"剧院"之外的任何地方。

假如

如果日常生活是对存在的一场拟仿，那么，躲藏在黑暗无窗的盒子里的**"假如"**就是对日常生活的**扮演**：对**扮演**的**扮演**。就像那些生活在轰响的尼亚加拉河附近的人，很快就听不到它的轰鸣了一样；那些生活在言之无物的言语中的人，很快就不再注意这些言语什么都没说，他们被卷入以言易言的交换中。在氧气中呼吸，我们感觉不到氧气的存在：我们需要将其系数加倍，不是取氧气和氮气的混合物，而是取所谓的一氧化二氮（N_2O），以便感觉到它的"笑"果。因此，扮演的系数也必须加倍，必须给予双倍，才能让意识说出：戏剧。

……

1923 年

瞬间辑

I

蝴蝶被网捕获；被从网中取出，喷洒上乙醚；然后被一根别针固定，平铺于玻璃下。

一个瞬间，在摄影暗室中被捕获；被从暗室移到定影池；随后，被平铺在硬纸板上，贴在商店橱窗后面。

年复一年，那一瞬间变得越来越莫测不定。现代应用心理学实验正在研究所谓的"当下"的持续时长的测量。事实证明，"当下"——这个意识无法分割的时间的原子——一旦受到心理技术仪器的影响，就会分裂并改变其长短，像手风琴一样时而收缩，时而伸展，跨度可以从几分之一秒到三四秒长。感知与感知之间交换时，一个特定的意识流流转得越是激烈，它的"当下"就越短。

可以断言，市中心区域的居民的当下感极其短促。

有人注意到，肖像艺术正在衰落：其悠然的技术只能捕捉到蛰伏的心灵的迟缓流动。此外，过去所使用的曝光间隔的照相器材要么无法捕捉，要么只能低精度地捕捉到现代城市居民每秒两三次的表情变化。甚至我们的上辈人能用银版照相法拍摄出的，我们即使是用最敏感的胶片也往往无法拍出。

我们的生活，完全是由闪光和闪烁构成，在瞬时的蜂拥中流转。当艺术家摆好画笔，在颜料管间捕捉他的模特时，他的模特已经不见了——要么她已被替换，要么模特本身已改变。①

大都市的路人，把公文包夹在胳膊肘下，匆匆穿过一扇扇打开或关上的门，他们是追逐飞逝的分秒之人。即使是精良的相机也不是总能捕捉到瞬间的猎手：他紧张地走着，左弯右拐，时而突然停下，时而几乎要跑起来。只有一帧紧随一帧的电影画面才能跟上城市这台铿锵轰响的机器的狂躁步伐。

现在是九点十七分。我和我的摄影师同志出门去猎取瞬间：阳光对我们有利，相机已经装好。我们有自己的四只眼睛，第五只眼是黑色金属眼皮下的玻璃眼，它眨眼——一张

---

① 1926年，科尔扎诺夫斯基翻译出版了波兰诗人朱利安·图维姆（Julian Tuwim, 1894—1953年）的诗歌《词语和身体》。其中一段如下："所有行业对我来说都是陌生的 / 我生来就是词语的猎手 / 我变成了听觉 / 我踏入世界狩猎。/ 瞬间 / 在我的头顶旋转 / 从黎明到黄昏 / 嗡嗡作响 / 像一群嗡嗡作响的蜜蜂。"科尔扎诺夫斯基将艺术家或作家描绘成一个猎人，以捕捉瞬间的形式捕捉文字、图像或思想，与图维姆在该段及以下段落中的主题相呼应。这一意象同样在科尔扎诺夫斯基的小说中反复出现，如短篇小说《书签》中的"主题猎手"。

快照。从那里开始，沿着半径到达首都的中心，越来越多的喧嚣和吵嚷在沸腾。

我们的任务是带着设备，走到摄像机——或更准确地说，捕捉瞬间的猎手——的后方，它将抓取骚动的街头的一个个片刻，并将其锁入自己的镜头。

当同伴用三只眼睛寻找我们的所需时，我的一双瞳孔也没闲着。我观察他——一位职业人士，他能从城市的斑驳凌乱的堆阵中巧妙而利落地抓取一个又一个镜头，将某一瞬间定格在某本杂志的版面上。他几乎像扔毛瑟枪一样把相机扔来抛去，迅速瞄准，几乎是飞速地击中轮廓和光线。我记得有一次去拍摄青年共产国际的参观团：五六位新闻从业者备好了相机，散开，围绕参观团的行进路线跑来跑去。他们保持间距，以便镜头互相错开；他们时而站立，时而单膝跪地，默然地拍摄移动的目标。我在笔记本上记下"NB 杂志的眼睛"[1]，但此刻，这个主题必须等待。诺温斯基林荫道的小径在我面前延伸，沿途矗立着一排排色彩鲜亮的方形画布，它们属于那些拍摄"即时照片"的街头"枪手"——现

---

[1] NB 为拉丁文 Nota Bene 的缩写，意为"注意"，以提请注意要事或强调某个特定的点。科尔扎诺夫斯基也是一位"主题猎手"，他保存了大量的作家笔记，用于储存潜在的主题，以便日后将其发展成短篇小说或非虚构作品。他在这里递归地记录了自己的创作过程。参见他的《作家手记》。

在开始工作吧。

II

每年春天，林荫道两旁的树木由灰色渐变成绿色，花蕾伺机开放之前，"枪手们"会用钩子和绳子将他们的"弹夹"，也就是背景幕布挂到光秃的树枝上。当他们打开五颜六色的帆布卷，背景布就绽放出扁平但艳丽的棕榈树、柏树、玫瑰和仙人掌，许给莫斯科一个不可企及的繁茂的南方之春。

这里，异域植物群的扁平方块缀满萧瑟的林荫道，三条腿的黑盒子立在水洼和砾石之间等待拍照。

"枪手"本人就坐在附近的椅子或最近的公园长凳上。他身边有一个篮子，里面装着大大小小的瓶子、缠在棍子上的一条毛巾，以及一个自制的展示柜，玻璃下面呈扇形摆放着他的作品样本。他一边浏览报纸，一边不时抬头看一眼路过的行人，或者瞥一眼他那幅在风中像帆一样飘荡的画布。

照相馆里的背景总是没有色彩的：只有黑与白。但林荫道要求着色的背景，就像花朵必须给花瓣着色才能吸引飞过的虫子一样，街头相机必须将花哨的色彩与独特的布景呈现给行人的眼睛，以使他们轻快而匆忙的脚步停驻。

从本质上说，街头摄影师们的粗麻布，是在建构主义和实用化的"当前"之间幸存的最后的浪漫主义。只有在这里，人们还能找到某些幻想中的城堡、半倒塌的塔楼、长满苔藓和常春藤的柱廊，以及大理石楼梯的拱廊。只有在这里，人们还能看到某些想象中的植物的粗糙色块、青色的山峰、杂草丛生的池塘的圆形斑点，以及芦苇丛中必有的隐现的白天鹅。

这些风景的浪漫主义，被不协调地置入单调的砖块和沥青铺就的城市全景中，首先吸引了街头顽童的好奇心：他们久久地逗留，嘴角张得大大的，眼睛紧盯着斑斓的色彩。

但是，时不时会有一位年纪稍长的人走到背景幕和相机镜头之间。"枪手"立刻就把头缩入黑布下面，而相机则伸着僵硬的木腿，开始动起来，活像一只蜘蛛觉察到了网中的猎物。按动快门只需片刻，但在捕捉到这一片刻之前，这个复杂的五条腿的生物已在帷幔下转动角度，长时间调试以准备就绪。旁观者立时多起来，摆好姿势的过路人感到自己被一双双眼睛包围了。但是，我们不能催促这位瞬时的猎手：用斧头抓跳蚤[1]，眨眼速决，但在捕获这一瞬间之前，必须先追踪。

如果你观察那些用五十戈比换取街头摄影师一张快照的

---

[1] 科尔扎诺夫斯基在此处化用了俄罗斯谚语"只有抓跳蚤才需要匆忙"。

一连串面孔，你很快就会意识到，这些"即时照片"的最经常的购买者，原来都是有证书的人或外省人。

前者需要街头照相机的作品不是为了自己，而是为了他们的证书或工作。他们通常快速接近，既不看背景，也不看周围一圈目不转睛的围观者；相机咔嚓一声之后，他们就想方设法加速照片的冲洗；一旦获得照片，本人几乎不看一眼自己的平面像，就心不在焉地把它塞入公文包——越快越好，以便盖章。就这样吧。

外省人，是首都纪念品的收藏者，害羞而好奇，在决定选择这个或那个背景之前，他会眯着眼睛巡视彩绘的四方形许久。在这方面，外省人很挑剔，对背景布有自己的特殊要求：他在莫斯科摆姿势，也希望莫斯科能与他一起摆姿势——"我和首都"。

画家们的画笔精确地瞄准了外省人，他们准备了几十个粗糙的、歪斜的、扁平的"克里姆林宫"，实践证明，外省人对此很偏爱。当你绕着真正的克里姆林宫的城墙走一圈时，能看到城墙上的雉堞和指向天空的塔尖，还会不时在街头摄影师的方形幕布上——这里或那里——邂逅一个平面的、画布上的克里姆林宫。更有甚者，我有一两次偶然观察到，一个摄影师是如何在他的布景"克里姆林宫"与真正的克里姆林宫的背景之间调整相机的角度，以确保真正的克里姆林宫不会意外地出现在镜头中。

话又说回来，所有新来的人都会上钩。例如，南方人在经过一幅描绘其家乡农民小屋画布时，不禁会受到记忆的牵引，他们停下脚步，走近，甚至凑近……然后相机咔嚓一声：五十戈比，请付吧。

有时画布是可翻转的：正面是宫殿，背面是小屋。随你挑选。

有一次在斯摩棱斯基大道上，在一块双面画布的对面，我看到了如下场景：一件磨损的外套走到画布前，画布上有一座奇幻的红白相间的宫殿。它站了很久，把所有的纽扣都戳进了宫殿华丽的图案。然后，皮革肩膀突然转身，街市摄影棚的主人生怕错失良机，巧妙而迅速地调换了画布：宫殿画面瞬间换成一座白杨树环绕的方形房屋。一分钟后，相机就完成了它的工作。

III

时不时地，我喜欢在展示照片的商店橱窗前徘徊。观察、比较这些被排除在生活之外的瞬间的收藏非常有趣，它们就像停在被毁坏的时钟上的指针。只有停下时钟的运转，才能研究它的机械构造：恰恰是这里，在城市郊区，在一些摄影师陈列柜布满灰尘的玻璃下面，会有日常生活的素材。我甚至已经养成这样一种习惯：了解一座新的城市，从照片展示开始。正是在这里，也只有在这里，日常生活的骨骼学——那脊骨——才能被揭示：习惯与风俗的刻板印象、重复，以及庸俗不堪的日常，这一切都被庸俗地表达出来。

就其本质而言，日常生活是建立在以个人的形象代替其人、以表象代替真实性的基础之上。莫斯科的摄影店橱窗开始逐渐被塞满，与后革命时期日常生活被丰满充实同步进行。在此之前，它们破烂的玻璃窗后面只有光秃秃的木板。

现在要证明这一点已经太迟了，但观察让我相信，在相机快门的咔嚓声取代了扳机的咔嚓声之后，第一批展出的图像中侧面照占了很大比例。其中的原因只能猜测。例如，对于一个饥肠辘辘、骨瘦如柴、眼睛和颧骨都很突出的人来说，脸的正面不好看——几乎不可能好看——他只能以"侧面"示人。但渐渐地，那些贴在扁平板条上的狭长的脸，每年会变得圆一点，于是就有机会正面朝前面向相机镜头，现在，他们的面庞可见了。"侧面照"上扁扁的影子开始丰满，并获得了"脸面"。在林荫道旁，第一批羞涩地展开的画布旁摆放了机械秤。人们开始对自己的体重感兴趣，他们颧骨之上的脸颊变圆润了；现在，他们开始转过身，先是四分之三的侧面，然后，突然勇敢起来—— 一朵圆圆的向日葵——直直地朝向光线和眼睛：一只玻璃眼，或是活生生的眼，都无所谓。

我们的日常生活还没有适应它的新形式，首都摄影店的展示橱窗似乎在注视着不同的方向：彼得罗夫卡街的工作室展示的是一种东西，哈皮洛夫卡街和多罗戈米洛夫斯卡娅街的"艺术摄影"展示的则是另一种。在一家商店的橱窗里，女士们的裙裾垂在脚踝上；另一家商店的橱窗里，是穿着斜领衬衫的工人；还有一家商店的橱窗里，演员们的打扮随心所欲，简直是一个万花筒。通常，在同一块玻璃后面是作家与公众人物的额头，或是芭蕾舞演员的裸背。不过，你还是自己看吧。你瞧。

无论如何，收集到的大量照片都有待分类和正确应用归纳法。如果我强行得出结论，犯下形式逻辑所谓的"草率归纳法"（约翰·斯图尔特·穆勒）①之罪，那将是一个错误。

但有一点现在就可以断言，而且不会有出错的风险：只用几秒钟来领略那些捕捉到的新旧日常生活元素的瞬间集是不够的。这类材料需要长时间的深入研究。

1925 年

---

① 约翰·斯图亚特·穆勒（John Stuart Mill），十九世纪最有影响力的英国哲学家，是最早将谬误归入归纳推理框架的人之一。

标题诗学

I

方法

几十个字母，能引出后面成千上万字符的文本，通常被称为**标题**。封面上的文字必定与叠藏于封面下的文字进行交流。不仅如此，既然标题不是孤立于整本书之外，既然它与封面一起包含了文本和意义，它就有权居于**全书之首**。

标题受其面积的限制：从半张纸到32°。此外：标题页上的字符会随着世代的更迭而收缩；很自然地，简缩了措辞。

正如植物子房，在其生长过程中，被逐渐繁殖和延长的叶子展开一样；标题也逐渐展开，一页一页地变成一本书：这就是一本书之所以是**一个完全展开的书名**，而书名则是一本浓缩为几个字的书。或者，书名是一本**受限**[①]的书，而书

---

① 原文为拉丁文 in restricto。

则是一个书名的扩展 [①]。

天文折射望远镜上载有一个所谓的"寻星搜索镜"：这是一个短筒，放大率较小，可以帮助它搭载的真正的大望远镜的使用者寻找恒星。天文学家先在寻星搜索镜的视野中找到他所需要的，然后他把眼睛转移到望远镜的目镜上，看到同一对象，只是它被放大了许多倍。一个精确恰当的标题就是这样一个**寻书望远镜**，但要做到这一点，必须遵守严格的**平行性**：小镜筒—大镜筒，名字—文本。否则，无论是寻找星星，还是寻找意义，它都会落到你的视野之外。

校准标题的方式如下。首先，你应确认一本吸引你的书的标题，通过阅读和感受确定这本书的**要点**，把它与**标题短语**相比较；这两者要么是有意义的，要么是无意义的；要么是吻合的，要么是不吻合的。只有当微型书和大书的符号和意义一致时，我们才能说：在要点中，已探测到标题。

主题及其周边

一般书名页只呈现光秃秃的书名，极少例外；而封面则提供了语言之外的其他元素。在封面上，书名经常由复杂字

---

① 原文为拉丁文 in extenso。

体表现，或是被组合入某些特定色彩组合或框架。

尽管本书①承认前述围绕书名的辅助元素的重要性，它与封面的语言内容顽强地结合，以营造一种统一的**效果**，但还是不得不单独列出本书的主题——一个关于词语的词，即文本名的文本。

但是，也没有理由过分狭窄地限定主题。因此，在大多数情况下，作者的名字只能被人为地从"标题"的概念中剥离出来。这在于作者的名字会随着名声的积聚，从一个专有名词变成一个普通名词，从而参与起名，即书的命名。在书名中安顿之后，作者名就授予了标题一种权力，可以说，是一种特殊的**谓语**含义：像奥古斯丁、卢梭、列夫·托尔斯泰这样的作家，不同于一系列同样以"忏悔"一词开头为书名——通常是相当长的书名——的书的作者，不需要在这个词上添加任何东西……除了**作者名**。

甚至连出版年份和地点也常常在书名中生根、发芽，与书名密不可分。因此，在了解十八世纪下半叶圣彼得堡出版社出版的书籍的封面时，我不难发现"在圣彼得堡"和"在圣彼得城"的称谓在相当严谨地依照含义的变化交替出现，甚至在当时就已经开始分化为两种模糊倾向：西化派或斯拉

---

① 本文是科尔扎诺夫斯基生前唯一一部以书册的形式成功出版的作品。

夫派（"斯拉夫—俄罗斯"，正如当时的写法）。

尽管一本波兰宗教"日历"的书名页上写有"Wydany na wieczność"（"永恒出版物"）的字样，但年份仍然存在：1863年。把这个数字从标题中去掉，它就**空空如也**了。

半通俗读物译本《巴黎出租车司机威廉的故事》的书名页底部，印有一个杂乱无章的年份"100700805"，而这本通俗读物（лубок）[①]的文本也同样冗长、杂乱。

说到弗拉基米尔·奥多耶夫斯基的《妙语连珠的多彩童话》（圣彼得堡，1833年），我们不妨了解一下，该书的标题是用万花筒般绚丽多彩的字母排版印刷的；天真、形象化的手段与童话故事天真、形象化的内容相得益彰。

即使是一幅小插图或一个印刷商的标记，有时也会与书名紧密相连，以至于你很难在不破坏文字的情况下将标志从文字上撕下。尼古拉·诺维科夫的《雄蜂》在1769年发行时，刊名下方有一个丘比特的形象；但在同年的第二版中，丘比特被赶出了页面，取而代之的是一张被森林之神萨提尔压死的驴子的图片，这本杂志似乎没有改变它的标题，但它的含义显然已经变化了。

[①] 原文为лубок，它是一种用木刻或雕刻制作的彩色插图印刷品，最早出现在十七世纪的俄罗斯，可能是受到德国木刻的启发的民间艺术，题材多以本土风格描绘，标题或说明文字与图像相得益彰。这里可用以指代通俗读物。

不过，只有在特殊情况下，你才能在像前述那样研究标题时遵循字体和印刷油墨的语言；否则，你就会偏离主题，旁落其周边。

内涵的损耗

所谓的"众河流"流淌着"书本上的文字"（图罗夫的圣·基里尔，十二世纪），一天比一天流得更快。印刷机，接着是轮转印刷机，取代了笔尖沿着字行的缓慢步伐。如今，我们的星球每年向书柜投放的书籍超过十万种。有太多的文本揉搓着我们的眼睛，让我们这些在欧洲普通城市中心的普通读者既没有能力，也无意愿吸收所有这些被收录的字母。原先书卷气的"仔细研读"加快步伐变成了"阅读"。由于我们的生活已进入高速运转模式，阅读往往成了"粗略浏览"，沿着书页的对角线，沿着与风格和意义的切线，快速下滑。一本书很快就退出阅读的视域了，它的内容被"读过并归还"；它为仓库的货架更换着商店的展示台。只需要五到十年的时间，"时间机器"，也就是所有的图书生产都被吸入的绞压机，挤掉书中几乎所有字符，将其压扁到书名大小。

起初，人们会阅读一本书；后来，人们浏览它；最后，人们不再阅读它，只读与它相关的文字。书目、注释、目录和文学辞典在不知不觉中用书名**取代**了书籍。这还不是全部，正如亨利克·辛基维茨所捕捉到的，即使是所谓的文学对话，通常也会归结为"书名的交换"。渐渐地，这本书进入了文学史：起初是一页，后来是一个段落，最后剩一两行；有时很紧凑，即使书名都很勉强。于是副标题被修剪，然后是一些做状语的词。一本书与其寄希望于书库的存量，不如寄望于其书名的**容量**：只有拥有一个有记忆点的、扎实牢靠的书名，才能确保这本书及其内涵得到某种程度的保护。

历史学家毕竟是些**讲故事的人**：无论是政治事件史，还是图书馆事件史，只有**易于讲述的**，才能潜入其中。可以寥寥数语讲述的书籍的主题，比那些内容令人畏难、难以概括的书卷具有更大的优势。前者会留在教科书和记忆中。书名是关于这本书的最简短的故事，因其精简而得到保护，不会被历史学家的笔移花接木；如果它浓缩整本书，凝结整本书，就像一滴液态空气凝结了一大团空气中的所有氧气，那么这本书就会获得某些"不朽"的相似性。

很久以前，我们就不再花时间阅读《萨提里康》(一世纪)、《愚人颂》(十六世纪)、《失乐园》和《复乐园》(十七世纪)、《名利场》(十九世纪) 等；但这些书名，仿佛早已脱离了其陈旧的文本，仍然在我们中间继续游荡，就像某些书之"幽灵"。

阿提卡喜剧、阿泰拉①闹剧的脚本和文本的全部内容只剩下一系列片段和106个标题，但其中一些保留了阿泰拉戏剧的本质，以便让我们推断出其风格和内容。

在古老的童话故事中，女巫栅栏上的每根桩尖上都有一颗骷髅，这也适用于书籍的历史：无论书籍如何努力，就像童话故事中的勇士，试图穿过栅栏，只有它们的**标题**被刺在阻碍文学回顾的批评的笔尖上。

II

标题的模式

如果从一本书的文本中采撷一个句子，你总能从中找到主语和谓语；如果把一本书的全文作为一个整体，它也总是能被分成主项和谓项，分为主题和陈述，分为此书所论及的对象与所言说的内容。既然书名只是浓缩了书中的主题或陈述，那么它自然应该被铸造成一个逻辑命题的框架：

---

① 阿泰拉闹剧是意大利戏剧的一种传统形式，以滑稽喜剧为特色(以意大利古城阿泰拉命名)，与阿提卡喜剧没有直接关系。科尔扎诺夫斯基之所以将它们联系在一起，可能是因为他考虑了它们与古希腊弗利亚克斯戏剧(Phlyax play)的潜在关系。

S 即 P。

逻辑上相称的标题也总是由两部分组成：主语和谓语。

例如，《哲学（S）根据最小力量原则（P）来思考世界》（*Philosophie als Denken der Welt gemäß dem Prinzip des kleinsten Kraftmaßes*，1876年）。阿芬那留斯[①]起的这个书名，不过是对其书名的简单评论；尽管后者可能在文学性上有些剪裁不当，但它的缝制很牢固。

更接近于典范的例子：《人生是一场梦》（S 即 P；卡尔德隆，十七世纪），或《生活始于明天》（圭多·达·维罗纳）。谓语的变化是书名语义多样性的主要来源，这些书名涉及数量相对有限的逻辑主语。

但是，尤其是现在，在我们这个时代，很少能邂逅完全符合"S 即 P"模式的标题了——它几乎从书柜中消失了。

---

① 理查德·路德维希·海因里希·阿芬那留斯（Richard Ludwig Heinrich Avenarius，1843—1896年），德国、瑞士双国籍哲学家。他提出了激进的实证主义的"经验主义批评"或经验主义批评，主要作品有著名的《纯粹经验批判》（*Kritik der reinen Erfahrung*，1888—1890年）和《人类的世界概念》（*Der menschliche Weltbegriff*，1891年）。

双重标题

既然标题不能一次狂饮**整本**书，那就试图分次完成，分几口咽下。如果命题的第一行中未能确立书的内容，那么就会出现第二行命题。就像**坐标轴**的交点一样，这两条线在标题上的相遇就为文本建立了一个参考点。这样，一个命题长度的简单标题就会积累更多的附加标题，这些附加标题通过传统的"或者、以及"等分隔语与主标题以及其他附加标题分隔开来，通常单独成行。①

比如说：《伤痕累累的玫瑰，**或**美丽的安吉莉卡与两个大胆的骑士的有趣冒险》（1790年）。坐标轴相交了。或这一个：《拿破仑进入莫斯科时的想法，**或**良知和他的各种激情间的对话，1812年9月5日》（圣彼得堡，1813年）。

例如，俄文翻译家米哈伊尔·茨维季科夫②力求标题能提供最大限度的明确性，将《圣经·传道书》的标题增加了一倍，即《对世俗虚荣的神圣讽刺，**或**圣哲先知所罗门的传

---

① 原文中的"albo""aut（sive，seu）""ili""ou""oder"分别为波兰文、拉丁文、爱沙尼亚文、法文和德文中的"或"。

② 此处系科尔扎诺夫斯基笔误，应该是米哈伊尔·茨维基辛（Mikhail Tsvetikhin）

道书》（莫斯科，1783 年）。

双重化标题的核心在于我们心智内容的双重色彩，它分为（a）逻辑过程和（b）情感体验。在一个文本（尤其是那种带有些微艺术倾向的）的构建过程中，思想与形象、逻辑与情感相互争辩，就像这本书——《灵魂的药房，或按字母顺序排列的系统性书籍目录……》（基辅，1849 年）[①]——与其书名争辩一样，或者《自然神学，或灵魂的小提琴》（雷蒙德·萨邦德著，出版于十六世纪）。

在十八世纪末和十九世纪初，意象与抽象概念交错成为一种诗集命名的模板，例如，《里拉琴，或各种组合的诗歌作品集……》（圣彼得堡，1773 年）[②]、《我的心的日常生活，或……诗歌四部曲》（1817 年）[③]。

一般来说，到了十八世纪，标题中的逻辑 – 情感划分已经稳固确定在书的第一页了，它被当作一种现成的、既得的形式，既可用于严肃，也可用于戏谑，如《爱德华·杨的哀歌，或关于生命、死亡等的夜间思考》及《少女的玩物，男

---

① 此书书名全称是《灵魂的药房，或按字母顺序排列的系统性书籍目录，包括一个最新的俄罗斯文学阅读图书馆、附若干作品的内容描述和评论家对这些作品的意见》。

② 此书书名全称为《里拉琴，或各种诗歌作品集，译自某位缪斯女神的崇拜者》。

③ 此书书名全称为《我心的日常生活，或伊万·米哈伊洛维奇·多尔戈鲁基诗歌四部曲》。

人也可以使用，或为心灵而不是为胸膛的一束花》（圣彼得堡，1791年）。

然而，书名中出现的连词"或"，与其说是对主题的分割，或作家将其加倍的手法，不如说是书籍和书名对预期读者的分层。仔细研究儿童书籍的书名之后，我发现即使书名是隐性的，即使它只存在于语义中而不是字面上，书名中也几乎总是有一个"或"，使其语言内容加倍。在这种情况下，标题命名者的用意很明确：童书是由儿童阅读的，但购买者是成年人，书名必须同时针对前者和后者。

随着读者被按照阶级、信仰和党派区分，读者文化程度和学识水平分层，书籍的书名也会分层，以试图吸引尽可能多的目光。因此，书名是自明的：《用词，或固定词组……》（圣彼得堡，1780年）[1]、《气象学用语，或预测不同地区空气变化的直接方法》（莫斯科，1792年）。

古老而难以理解的《窥管》，拓展成《窥管，或镜子》（1612年），但这面"镜子"在反射了之后，又将自己反射成《镜子，映鉴镜》（莫斯科，1847年）。

例如，十七世纪末，书名在我们的宗教论战文学中首次

---

[1] 全名为《用词，或固定词组，按字母顺序排列，涉及各种植物：树木、草本植物、花卉、种子、栽培的和野生的根茎，以及其他草类和矿物；由帝国科学院院士 K·康德拉托维奇收集整理》。

出现双重语。这种文学作品努力争取**双方**的信服，并扩大其影响范围到有学问的"读者"之外。因此，就出现了

《石头，换言之，信仰之石……》①，

《解毒剂，或对一本辩解书的反驳，写有……》②，

以及许多同类的作品。

半标题

研究古书时，一个难以忽视的、与书名倍增相反的过程很容易被发现且特别具有当代特征：斩首书名。

如今，排字工的排字盘往往比最短的命题式标题还要

---

① 这里似乎是为捍卫俄罗斯东正教信仰而撰写的两本书的书名的合体。一本是《俄罗斯东正教信仰：信仰之石》，1728 年，由斯特凡·亚沃尔斯基（Stefan Yavorsky）所著；另一本是《石头，或从真理之矛中掷出的一块石头》，1644 年，由神学家彼得罗·莫希拉（Petro Mohyla）用波兰语写成。

② 可能是科尔扎诺夫斯基根据叶卡捷琳娜大帝在1770年对一本法国人写的俄罗斯游记的回应进行的改编。该回应的英译版题目是《解毒剂，或对1761年国王下令出版的〈西伯利亚之旅〉一书的价值的探讨，指出并驳斥了其许多本质上的错误和失实之处，并补充了许多有趣的逸事，以更好地阐明一个真理爱好者必须讨论的若干事项……》（伦敦，1772 年）。

短，所以，要么是谓语，要么是主语会被从命题中切断。因此，不完整的命题，即被截肢的书名就成了**谓语缺失**或是**主语缺失的半标题**。

最常见的半书名种类是谓语缺失的书名。这种情况偶尔是主动为之，比如在《死者的对话》（源自路吉阿诺斯①标题的传统）中，对话类作品曾一度大量出现；这些作品让一些刚刚离世的名人与"逝世久矣"的人进行对话，例如，苏马罗科夫和罗蒙诺索夫②，或者库图佐夫和苏沃洛夫③（圣彼得堡，1813年）。"对话者"的名字总是具有充分的**预示性**（见前文），所以读者可以提前预测他们的发言，唯一未知的是

① 生活在公元二世纪的希腊作家和讽刺作家。他最著名的作品是讽刺作品、幽默对话和哲学散文。路吉阿诺斯的作品经常取笑他那个时代的社会规范、宗教信仰和哲学思想。《死者的对话》是他的著名作品之一，在这部作品中，他展示了已经死亡并居住在冥界的人物之间的对话，讨论了从政治到哲学的各种话题。

② 亚历山大·彼得罗维奇·苏马罗科夫(1717—1777年)，俄国诗人和剧作家，俄罗斯古典戏剧创始人，帮助罗蒙诺索夫开创了俄罗斯文学的古典主义统治。米哈伊尔·瓦西里耶维奇·罗蒙诺索夫（1711—1765年），俄国百科全书式的科学家、语言学家、哲学家和诗人，被誉为"俄国科学史上的彼得大帝"，他创办了俄国第一个化学实验室和第一所大学——罗蒙诺索夫莫斯科国立大学。

③ 米哈伊尔·库图佐夫(Mikhail Kutuzov，1745—1813年)，俄罗斯帝国元帅，著名将领，军事家，1812年曾率领俄国军队击退拿破仑的大军，取得俄法战争的胜利。亚历山大·苏沃洛夫（Alexander Suvorov，1729—1800年），俄罗斯帝国大元帅，神圣罗马帝国伯爵、意大利亲王，俄罗斯史上的杰出将领之一，著有军事学名著《制胜的科学》，他曾参与镇压普加乔夫起义、柯斯丘什科起义，参加第二次反法同盟的意大利战役。

两个如此知名的人将如何配合。

当书中叙述的**对象**新颖且极为有趣时，谓语缺失的标题是合理的，至少部分合理，无论作者自己对其态度如何。因此，在为法国人撰写讽刺小册子《牧师和牧师的老婆》①（巴黎，1893 年）时，玛格丽特·波拉多夫斯卡不需要任何谓语。然而，在仔细研究大量没有任何谓语的书名时，你并不总是能找到至少一个类似的理由来证明，切去文本名称中最精髓部分的合理性。百分之九十的书名被剥夺了**陈述**的权利，因为它们的书没有什么可**述说**的。如今，任何一家书店的书架都可以承担举例说明的工作：把这留给书架去说吧。

与谓语缺失的书名相反，纯粹**主语缺失**的半书名几乎是罕见的。只有澎湃的情感或坚定的抽象努力才能使陈述脱离其对象；否则，任何被排除在外的谓语，即缺失对象的谓语就违背了逻辑，从而失去说服力，难以给人留下深刻印象。

当彼得·阿伯拉尔②以《是与非》(*Sic et Non*) 命名他对《圣经》文本的批评时——这在历史上尚属首次——他没有必要加上他的是与非所争议的是**什么**，因为对于他，以及这

---

① 原文为法文 *Popes et popadias*。
② 彼得·阿伯拉尔 (Peter Abelard, 1079—1142年)，中世纪著名的法国哲学家、神学家和逻辑学家。他最著名的是对经院哲学领域的贡献，他与爱洛伊丝·达让特伊 (Héloïse d'Argenteuil) 的浪漫关系成了中世纪最著名的爱情故事之一。

个书名所针对的十二世纪读者来说，强调《圣经》文本就是**一切**。索伦·克尔凯郭尔这个名字，被同时代的人与辩证道德的概念联系在一起；把这个名字放在书名的谓语《非此即彼》(*Enten-Elle*，1843 年) 旁边，就巧妙地完成了这本书的解释。虽然像《前进报》(或其副本，《前卫报》)[1] 这样的无主语标题模糊地表明了一种宽泛的、无主观色彩的标题系统伴随着危险的便利性，无论是波兰的乏味的诗集《徒然》(*Frustra*，1908 年)，还是曾经大名鼎鼎的费奥多尔·格林卡，(1854 年他出版了《万岁！》一书) 的 "谓语式"，都指向原始风格。对此，我们没必要浪费评论。

如果说截去谓语，让一个书名静止不动，就好像使它失去腿脚，那么，一个被剥夺了逻辑主体的书名就得被迫在无头状态下活着并保持健康：虽然它的活动性未受影响，腿脚灵敏，但是与《前进报》的情况一样，无头的腿脚会被引向完全意想不到的门槛。

"君主" 的生平

一本出版于 1725 年的旧书上写着：

---

[1]《前进报》(原文为德文 *Vorwärts*) 创刊于 1876 年，是德国社会民主党的报纸。《前卫报》(原文为意大利文 *Avanti*) 是意大利社会党的报纸。

"……君主写给君主"①。

这是一部关于作者姓名的历史，它如何在书名页上溜来转去，在不同字体之间变身，一度显赫，一度衰亡——这一切可等同为一部冒险小说，讲述了"君主"的生平事迹，而它只是逐步显露出其才能。

最初，书名页上没有名字。耐人寻味的是，这本书被认为是**自写的**，有趣的是，即使是相当晚期的哲学家约翰·费希特，在出版他的第一部作品时也没有署名，而是反复回到"主题应自我阐释，作者不过是它的**器官**而已"（《对德意志民族的演讲》②，1807—1808 年）③ 这一主张。

确实，最初，作者只是书身体的一个"器官"，如果他的名字出现在书名页上，那也是在完整标题的尾部，受限于小字体。因诺肯季·安年斯基的笔名为"Никто"（"无名氏"），

---

① 源自一本德文书籍，主要是介绍如何书写各种赞美之词的范例；即，君主写给君主的祝贺、赞扬或其他赞美之词，以及亲属之间和熟人之间的赞美之词；后从德文翻译成俄文（1708 年第 1 版，1725 年第 4 版）。

② 原文为德文 *Reden an die deutsche Nation*。

③ 约翰·戈特利布·费希特（Johann Gottlieb Fichte，1762—1814 年），德国唯心主义哲学家，康德的追随者（这有助于理解科尔扎诺夫斯基对他的兴趣）。科尔扎诺夫斯基凭记忆修改了此短句。费希特的原文是："如果我们把语言器官受到相同外部条件影响的人称为'人民'，……那么我们就必须说：这个民族的语言必然就是它的语言，实际上这个民族并不表达它的知识，而是它的知识从这个民族的口中表达出来。"正文中对"器官"一词的着重为科尔扎诺夫斯基本人所加。

只不过是对于作家真的是无名小卒的时代的一种回忆，他们甚至无权要求在书名里放入自己的十几个字母。诚然，少数巨人般的名字——亚里士多德、奥古斯丁、圣约翰——确实为众多无名之辈提供了庇护所，后者躲在这些巨大的名字里，就像躲在特洛伊木马里的阿凯亚人，只是为了将他们的著作与那些古老的哲学和神学传统联系起来。

例如，在俄罗斯的古籍中，无论是译作，还是原著，个人的姓名都被宗教、民族、阶级，有时甚至是作者所在的城市的统称挤占了，作者作为特殊性溶于一般性，如《对我的灵魂的劝诫：一个渴望天国的女基督徒的创作》（1816年最终版）、《一个女人的心儿，或对女性最智慧的教诲，适应我们当前时代的规则；**俄罗斯作品**》（圣彼得堡，1789年）。

还有一种情况，当作者的阶级地位或身份等级与他的主题密切相关时，主题有时会迫使部分暴露的名字完全被揭示出来。例如，《犁和木犁，一个大草原贵族著》（莫斯科，1806年）、《罗斯托夫市**鳏居牧师**格奥尔基·斯克里皮察的著作，关于**鳏夫牧师**》（未注明出版年份）。

渐渐地，一个字母接一个字母，作者的名字似乎挤入了书名页，占据了书名的最后一个"或"字之后的一行：它蜷缩在狭窄、微小的字体中，往往不敢完整地说出自己的名字，躲在笔名、星号和小点后面。但有趣的是，到了十八世纪下半叶，我们发现，在俄罗斯书籍首都发行版的书名行间，总有一种**声明**：如果不是名字本身，那也是对**署名权**的声明。

例如，诗作被授权为出自"某个业余爱好者"的笔下（圣彼得堡，1773 年）。一本反共济会联盟的书被一位无名氏半署名："与此无关，1780 年"（据传是叶卡捷琳娜大帝）。1794 年的一本八开本书籍的标题以一个模棱两可的"……由他撰写，由我翻译"结尾。就这样，文章的主题与笔名的主题有了交集。

起初，笔名试图掩盖作者。但是，由于不得不接受书名页上名字的共同命运，它逐渐从隐蔽的、潜在的形式演变为尽可能充分揭示未来"君主"的形式。它的保护色逐渐改变为信号色。如果说一开始这本书的"君主"使用了一个假名，就像一件灰色斗篷，将真名隐藏在其下，那后来，他将假名套在自己的名字上，就像色彩斑斓的、剪裁得当的衣饰，有时甚至强调这样或那样的特征。

毕竟，作者对标题的基本感觉应当提醒他，即使他的名字被准许加入每个字母都很重要的书名页，但也只有**经过理解**才可能被接纳：书名页必须由**连续的意义**组成，由浓缩成短语的文本组成（见前文），假名看起来不是假名，而是字面上不再表达任何内容的"真"名。正如年轻的作家格里克别尔格和布加耶夫[1] 按照书名页的要求，把自己变成了乔尔内和别雷，从而非常恰当地利用了印刷排版为名字分配的空间，传递出某种内在的光亮，或者说，真正的名字，在他们作品中的字里行间发出回响。笔名，诸如穆尔塔图里（multatuli，意为"我承受已多"。爱德华·戴克尔[2]）、咕噜猫（瓦格纳教授[3]）、布拉姆别乌斯男爵（先科夫斯基[4]）等，自然地成为作者签署作品标题的一部分。这一点在书名和其组成部分——笔名——构成的一整行字中尤其明显：

《来自她忠诚的臣民——一只年轻的蜜蜂给蜂后的颂歌》（1794年）（一篇给叶卡捷琳娜大帝的献诗中的献媚之作），

《伪八卦和事实，由假名收集》（*Pseudo-plotki i*

———————

[1] 亚历山大·米哈依洛维奇·格里克别尔格（Alexander Mikhailovich Glikberg，1880—1932年），俄国诗人、讽刺作家和儿童作家，他更广为人知的名字是萨沙·乔尔内（Sasha Chorny），"乔尔内"在俄文中意思是"黑色的"。布加耶夫即安德烈·别雷（Andrei Bely，1880—1934年），原名鲍里斯·尼古拉耶维奇·布加耶夫，"别雷"在俄文中意思是"白色的"。

[2] 爱德华·道维斯·戴克尔（Eduard Douwes Dekker，1820—1887年），荷兰小说家、评论家，他的笔名"穆尔塔图里"来自拉丁文。

[3] 尼古拉·彼得罗维奇·瓦格纳（Nikolai Petrovich Wagner，1829—1907年），俄国动物学家、散文家。

[4] 奥西普·伊万诺维奇·先科夫斯基（Osip Ivanovich Senkovsky，1800—1858年），波兰裔俄国东方学家、记者、艺人。

prawdy spisane przez Pseudonima，1871 年）。

无论如何，直到十七世纪末，名字或笔名不再甘于蜷缩在书名后的狭窄字行内，它渐渐地开始扩大，在书的命名页上占有越来越多的领地。掩盖名字的文学时代已经接近尾声了。名字充斥着头衔和学识的尊词，装饰着勋章和军衔的名称，在其后拖着一种类似传记的附和：

《俄罗斯的维特，一个半真实的故事，M.S. 的原创作品，一个年轻、多愁善感的人，由于一次不幸的事故，无意中结束了自己的生命》（圣彼得堡，1801 年），

《米歇尔·蒙田的散文，法国贵族，生于1533年。他生活在以下的国王的统治之下：弗朗西斯一世、亨利二世、弗朗西斯二世、查理九世、亨利三世，以及享誉法国的君主亨利四世。他于1592年9月13日去世，享年五十九岁七个月零十一天。由大学顾问谢尔盖·沃尔奇科夫翻译成俄语。圣彼得堡印刷，1762年在枢密院期间》。

在最后一个例子中，姓名已经从底层重新移到了第一

行，在当时的书名惯例中，只有特别显赫的——而且是外国客人的——名字才被允许这样排版。在很长一段时间里，作者的姓氏以及他们的履历和头衔都必须位于书名的下半部分，但是到了十八世纪末，姓氏以放弃它们"附加的名"和头衔、爵位和赞美性绰号的光环为代价，沿着标题面板的垂直方向冉冉升起，牢牢地占据了首行。一旦立足，作者名字没有了语言上的压舱物，不会被一条版面边界与随后的文字序列隔开，它们就会按照字母顺序展开自己，十年又十年，字体越来越粗大和突出。就这样，书的"君主"得偿所愿升至书名页的上边缘，他的生平故事也在此完结。

书中的献词

马可·奥勒留称他的手稿为"致自己"，从而试图**拒绝**读者。但是，一旦将这个书名与文本核对，就会发现**并非如此**：奥勒留的手稿，与所有的手稿和书籍一样，都是为某些读者准备的——无论他如何从大众中脱颖而出，他仍然是一个**读者**。任何一本尚未被裁纸刀触及的书都像一个未开封的包裹，在书的上面——就像在包裹的上面——总是有一个大致可辨识的**地址**①。有时，就像包裹中的包裹一样，它隐藏在献词中，通过宣布该书的**那位第一**读者延续书名的作用。但更多时候，"献词"就在书名页上留痕。叶卡捷琳娜时代的贵族尼古拉·斯特鲁伊斯基只出版**自己的文字**，且只在**他自己的**鲁扎耶夫卡村出版，通常只发行25~50册，做到了"献给自己"的出版，并发起"来自……房间一角"的通信。

由瓦西里·茹科夫斯基编辑的皇室文学习作集的题名为《"为少数人"》(*"Für Wenige"*，莫斯科，1818年)。同样的词被用来命名一本专门介绍俄罗斯贵族的系谱学和纹章学的书(圣彼得堡，1872年最终版)。新救世主修道院的修士尤韦纳利(原名沃耶伊科夫)，在他的时代是一位著名的系谱学家，他栽培了一整片家谱树的果园；他通常会更精确地写出自己著书的献词：

《洛普欣家族显赫的贵族血统简明历史家谱，
乐意为该著名家族效劳……》，

或是：

---

① 一语双关的文字游戏，在俄文中，"адрес"一词兼有"地址"和"献词"两个含义。

《科罗巴诺夫家族贵族血统简明历史家谱，满足帕维尔·费奥多罗维奇·科罗巴诺夫中校的要求》，写在官方信纸或普通纸上。

弗拉基米尔·索洛古布伯爵于1843年出版了一份短命的期刊，自称《**非宗教人士手册**》。1821年出版的一本小型宗教读物的副标题是："献给虔诚爱好者"。大多数此类出版物面向有限的读者群，发行量也有限。但是，随着出版技术和市场规律要求越来越大的发行量，这些限定性题词就好像将书籍藏入密封纸口袋一样失去了意义。书中的献词要么逐渐沦落为**滑稽的花招**，通过假装收紧读者群来寻求读者量的完全突破，即最大程度的扩张；要么假定一份清单，列出该书是为了"用途""益处"或是"乐趣"。随着献词接收者的清单越来越长，读者逐渐包括了俄国所有的阅读者，甚至只是俄国识字的人，这种列举的必要性就消失了。事实证明，这本书是写给所有人的，也就是说，**不写给任何人**。

这类滑稽花招的实例如下：

《写给真正的哲学爱好者以及**那些**不属于此类人的袖珍本》（圣彼得堡，1816年），

《**各年龄段的年轻女子**随时获得心仪夫君的最

轻松有效的方法》(年代不详) 。

清单样例：

《适用于任何阶层、条件、性别和年龄的公理：一篇必要且大有裨益的作品》(圣彼得堡，1804 年) 。

同一手法的细化版：

《简明自然史词典，包含动物、植物和矿物的历史、描述和主要特性；附录一篇关于在自然史学习中培养思维方法的哲学论述；一卷令博物学家、医生、药剂师、商人、艺术家和任何居住在乡村的人都能受益的书……》[①](莫斯科，1788 年) 。

至此，书名的献词部分就退化并部分消亡了，就像象皮病导致了截肢。书名页上再也不会标注本书"滋养了一颗多愁善感的心"（1796 年），或者说它旨在引起"善心的莫斯科

—————————

① 科尔扎诺夫斯基省略的内容为"由瓦西里·列夫申译自法语并附有来自最好的作家的和对俄罗斯有用的事物的增补"；这本书的作者是法国作家夏尔·安托万·约瑟夫·勒克莱尔·德·蒙特里诺（1732—1801 年）。

人"的注意（莫斯科，1842年）。

这本一开始腼腆的书，只给**自己选定的读者**提供文本，只把行文引向一个特定的方向，却开始向所有人张扬自己的书名。早在1769年至1770年，周刊《逸闻趣事》和《这个与那个》就预见到了这种情况，在其书名页上招徕读者：

> 我提供字行服务，我以纸张叩首；简而言之，请好心地买下两者；一旦买下，就把它们当成是一份礼物，因为它们不值更多钱。

与选定的读者隐秘交谈的时期（例如，1808年由一群德国浪漫主义者出版的《隐士报》）已经结束，或者至少已近尾声，即使在西方，这本书会邀请所有有偿付能力的人，而不会区分思想趋向或阶层，即使是最古怪的读者也能领会一些零碎。而出自那个逐渐衰落世纪的一位喜剧作家的敏锐想象的"这那"先生①，迅速成为现实中人，移民到欧洲，并在那里成为十九世纪图书市场的仲裁者，作为"文化消费者"，心甘情愿地购买文化——一堆低廉的书名。书籍的书名页开

① 叶卡捷琳娜·达什科娃公主（Princess Yekaterina Dashkova，1743—1810年），叶卡捷琳娜大帝的密友。应叶卡捷琳娜二世的要求，达什科娃于1786年为冬宫剧院创作了喜剧《这那先生，或一个没有性格的人》。

始看起来像"这那"先生，无面孔的他得到了书籍的纸面孔。

III

命名的技巧

标题中的词必须与文本中的词保持同一关系，就像文本中的词语与这本书中加工过的生活词语层之间的关系一样。书名对待书的方式，就像书对待它的口头材料。口头语言是含混的、复合的，杂枝蔓生且漫无边际，而书本上的语言经过修剪，具有框架结构，清晰而凝练；相应地，标题短语的风格则犹如水晶，它没有枝节，它被最大限度地浓缩。书卷中的言辞，通过逻辑和艺术的剔选来达至精简生活的措辞，给出精髓。因此，为标题命名的技巧必须处理的不是口语原材料，而是那些经过艺术化精制的素材——已经经过文本粗糙网眼筛选的，必得通过更精细的书名页再次筛选。显而易见，这种以**艺术**为导向的**艺术**，这种对艺术的全面重塑，需要精湛的技艺和高超的精炼能力。

然而，对于有些作家来说，用一种敷衍了事、近乎居高临下的态度来拟写标题是常态：他们匆忙地把一个标题短语扣在书上，就像把帽子戴在头上，却忘记了事实上那并不是一顶帽子，不是你可以添加的无关紧要之物，它是整本书的头。

在比较解剖学领域，有人提出一个假设，即脊椎动物的前椎骨逐渐进化，变成了所谓的头部（头骨）。对书的比较研究表明，在其世代演化和分裂的过程中，其上端（开始）字行（或段落）会逐渐发展成所谓的书名，如《奥克托伊赫，或**此书名下**的八重唱赞美诗集，在上帝庇佑下写下的八重唱赞美诗集……》（1494）。在此处，标题被拉入文本。但分化的过程是将头部椎体与脊柱分开：

《一本书，名为世俗的圣礼书》（莫斯科，1647年），

《一本书，名为精神或灵魂的吗哪①》（未注明日期）。

至今，首行（确切地说，是首句）仍在捍卫其在教皇通谕中的标题命名权，例如，1921年为但丁（以及抒情诗）逝世六百年而发布的《在至尊前贤中》②）。但进一步的分化没有中途停止，这导致了斩首——书名被完全分离到一个特殊

① 吗哪（Manna），《圣经》中的一种天降食物。
② 原文为拉丁语 *In praeclara summorum*。

的页面上，在那里它被赋予了特殊的拆分、字体和标点。书名页逐渐形成了我们可以称之为它自己的交感神经系统和符号的自主循环系统，但又不失与书的正文毗连。因此，一方面，许多在书的书名页上感觉很好的笔锋，一旦离开书名页进入文本，就会失去它们的锐度和锋芒；另一方面，对伟大的文本大师来说，书名页的方形纸往往被证明是"中了魔的"。如果与"俄罗斯文学史"并行，书写"俄罗斯书名史"，那么我们的整副文学牌就得重新洗牌：列夫·托尔斯泰和伊万·屠格涅夫将沦落为"平庸"，而彼得·博博雷金[1]（《福佑姐妹》《富裕的美德》等）和德米特里·格里戈罗维奇[2]（《古塔波胶男孩》《慈善杂技演员》等）将成为大师。

弗朗西斯·培根（十七世纪）给他的文章的起名明显混乱刻板，却发现他的秘书，相当默默无闻的威廉·罗利对其工作进行了完美补编；当培根死后，罗利出版他老师的作品，发现那是一整张混乱复杂的蜘蛛网，冥想与实验在其中交织，事实与引文交织，于是，他给它起了一个综合性的书名——《森林中的森林》（*Silva Silvarum*）。

---

[1] 彼得·博博雷金（Pyotr Boborykin，1836—1921年），十九世纪俄国文学家、剧作家和记者。他以描绘俄国社会中的生活和人物而闻名。

[2] 德米特里·格里戈罗维奇（Dmitry Grigorovich，1822—1899年），十九世纪俄国作家。他的作品包括短篇小说、中篇小说和长篇小说，常常反映了贵族、农民和市民等不同社会阶层的生活和命运，其中的知名作品是《贵族的地产》。

与罗利的逻辑技巧不相上下的是斯特凡·亚沃尔斯基的情感技巧（如果可以这样说的话）[1]，他在最后一篇文章（日期为1721年，在他去世前几个月）中告别自己的生命，他称之为：

《告别书籍的悲伤之吻》。

维克多·雨果直到他生命的最后一章才完全掌握了标题行。例如，他的《精神四风集》（*Quatre Vents de l'Esprit*，1881年），建构在"四风"（quatre vents）与"八十"（quatre-vingt）（当时诗人即将年满80岁）以及与《九三年》（*Quatre-vingt-treize*，1874年）的双重音义关联之上。[2]

如何准确地评定书名，如何评价其艺术价值，是一个相当棘手的问题：即使遵守体例，即主语和谓语都存在的书

---

① 斯特凡·亚沃尔斯基（Stefan Yavorsky，1658—1722年），十七世纪（彼得大帝统治时期）的重要神学家和教会领袖，曾担任莫斯科教会总主教，并对俄罗斯东正教会的发展产生了重要影响。亚沃尔斯基受到彼得大帝多年迫害，后因精神和身体能量耗尽而去世。亚沃尔斯基的贡献包括对教义的解释、宗教改革以及教会组织的改革，著有《信仰之石》等书。

② *Quatre Vents de l'Esprit*是雨果最后一部诗集。这个书名利用了三种不同事物之间声音的相似性，诙谐地强调了它们之间的相互联系：(a) quatre vents（"四风"），(b) quatre-vingt（"八十"，即诗人出版 *Quatre Vents de l'Esprit* 时即将达到的年龄），(c) *Quatre-vingt-treize*（《九三年》，即雨果早先关于1793年法国大革命期间起义的书名）。

名，也可能缺乏表现力，而有时一个逻辑上不完整的半标题却可以给人一种完整性和内在充分感。无论如何，我们都不应该过于匆忙地做出价值判断。例如，在我们的批评家中有一种根深蒂固的观点，认为屠格涅夫的原书名《老年》[①]被编辑改为《散文诗》(正如1883年版的前言所透露的那样，这个短语在手稿随附的信中"被搁置"了)，后者是两个书名中艺术价值较弱且缺乏表现力的一个。这一观点很容易引起争议：前者标题与本质有关，后者则与形式有关。将一只拔掉毛的鸡扔在柏拉图脚下，说"这就是你说的人"的第欧根尼，以及对众人说"你们看这个人"的本丢·彼拉多，两者都是对的(当然，各行其道)：前者是对外部形式的总结，后者是对内在本质的概括。

所谓"论辩标题"，要求作者具有高超的技巧，既能遣词造句，又能对对手反唇相讥：通常在论战作品的命名行间，有两个书名的挑战，在这种情况下，最小字符数的规则要求，在不添加新词汇的前提下，尽可能地更新标题的含义。因此，《哲学的贫困》(卡尔·马克思)对《贫困的哲学》(皮埃尔·约瑟夫·蒲鲁东)是巧妙的文字转换，用一个标题推翻了另一个标题，然后像胜利者拖着被征服的敌人一样

---

① 原文为拉丁文 *Senilia*。

把它拖到自己身后（《哲学的贫困：对浦鲁东〈贫困的哲学〉的回应》①，1847年）

更迅捷、断奏式词与词的唇枪舌剑：

《他们在车尔尼雪夫斯基的小说〈怎么办〉中
做什么？》(彼得·齐托维奇，1879年)；

《A·波罗洛托夫的〈侏儒与白痴〉》(圣彼得堡，
1861年)。

这里标题的所有字母都是针对对手的。

作家面孔和书籍"封面"

一个作家的文学面孔一旦形成就不会改变，他的书的封面就可能汇集成一个具有相同含义的册子。书名的字行在一本本书中穿梭，像针牵引丝线，随着中断与重新回纺，缝制越来越多的针脚。每个笔尖都有自己的狭隙，有自己特定的方式将文本压缩为标题。

如果我们以十九世纪初流行的维克多·约瑟夫·艾蒂

---

① 原文为法文 *Misère de la philosophie. Réponse a la Philosophie de la Misère de Proudon*。

安·德·朱伊简朴的书写为例，能得到以下系列：

> 《伦敦隐士，或十九世纪初英国风俗与习俗记述》（译著，1822—1825年）；
>
> 《安廷隐士，或十九世纪初巴黎风俗与习俗写生》（1825年）；
>
> 《敞开心扉的纪尧姆，或十九世纪初风俗与习俗写生》（1827年）；
>
> 《圭亚那隐士，或十九世纪初巴黎风俗与习俗写生》（1827年）。

显然，作者和译者都找到了自己的职业套路，即从一本书到另一本书，只是稍微改动字母，仍普遍等同自身。

一系列小册子的作者也采用了同样的策略。他隐瞒了自己的名字，但确定了其作品的命名：《阿劳恩山的哲学家，或对叶卡捷琳娜二世之死的思考》《阿劳恩山的哲学家，或对保罗一世之死与亚历山大一世即位的思考》。无论是专门研究巴黎风俗的"隐士"，还是思考死亡节拍的"哲学家"，都迅速且轻而易举地找到了书名页的处理方法。一位名叫拉罗克（Larocque）的人偶然发现了《妖娆女》（*Les voluptueuses*）这个幸运而有利可图的书名，在接下来的二十年里，他只是从封面到封面，不断添加一些解释性的名字——"达芙妮""法乌斯塔""弗塞特""埃米妮""路维特""菲比"等（1890年），每个名字都足以印刷出版。

不过，一旦你离开文学的外围，进入真正的文学，在这里，也有对同名标题系列的比较分析，这些结果不会那么引人注目，但仍类似。乔治·桑的一系列小说循环展开了一长串名字，主要是女性的名字（"安蒂亚娜""瓦朗蒂娜""莱莉娅""安德烈""康素爱萝"[①]等）：这些是个体生活的个人名称，是关于不相关的众"我"的小说。杰克·伦敦的封面，是一系列《狼的儿子》（1900年）、《他**父亲**的神》（1901年）、《雪的**女儿**》（1902年）、《霜之子》（1902年）等，主题从一开始就很明显：血缘关系。

《敏感灵魂的慰藉，或阿诺德文集，含中篇小说》（莫斯科，1789年），这个罕见的书名引人注目的是，它试图不为文本命名，而是为**文本的总和**命名。无论这种尝试多么稚拙，它都是基于对书名的真正理解：在标题本身中找到要点，并以对待书的方式来对待书名。一位作者，就是一个书名：如果一个作家的创作历史通常不涉及主题的更替，而是单一的、以多种方式表现的主题的演变，那么，按照时间顺

---

① 原文为法文"Indiana""Valentina""Lélia""André""Consuelo"。

序复述属于同一作者的书名清单，往往也会显示出这些书名本质上是一个单一的标题，只是展现其一生的不同时期。因此，出自同一支笔的不同书名，像梯子上的梯阶一样一个接一个堆叠，将人们的视线引向其巅峰书名，这位作家的所有风格和所有思想都烙印在其中。

因此，如果我们比较一下伊·冈察洛夫的三个主要书名（我特意选择了一个不太引人注目的例子），我们会发现：

$$Ob \begin{cases} \text{—} yknovennaya\ istoriya（《平凡的故事》，1846年） \\ \text{—} lomov（《奥勃洛莫夫》，1859年） \\ \text{—} ryv（《悬崖》，1869年） \end{cases}$$

第四个书名，是由前面三个书名预设的，它必须要在打破平凡、创造不凡的想法中寻得（即冈察洛夫的遗作《不平凡的故事》[①]），冈察洛夫在给米哈伊尔·斯塔西列维奇的信（1868年7月31日）中写道，他曾试图用手枪来摆脱自己平淡无奇的日子，但没有成功，后来，他在一家药店给自己买

---

① 伊万·冈察洛夫（1812—1892年）以 "Ob–" 开头的三部小说是他最著名的作品：《平凡的故事》（*Obyknovennaya istoriya*，1846年）、《奥勃洛莫夫》（*Oblomov*，1859年）和《悬崖》（*Obryv*，1869年）。《不平凡的故事》（*Neobyknovennaya istoriya*）于1924年在其死后出版，冈察洛夫在书中指责伊万·屠格涅夫剽窃了他的作品。

到了一本书（"我从不买书，但那时……"），这本书的"标题"——《壁橱纸》①——特别激起他的兴趣。

有一大堆与命名心理学有关的丰富多彩的材料，但它们大体上都散落在作家的日记和信件中。我不打算打开自己的文件夹，其中收集了相当多的摘录：把它们倾倒在纸上很容易，但要梳理它们并使它们保持一致则异常困难。因此，目前的粗略评论只是提供主题的大体轮廓和问题的方法论。

一种对这类材料最广泛的分类法将标题归入三个类别：前文本、内文本和后文本②。前文本类标题，在心理上（按照时间顺序）先于文本，它身后牵引着整本书。标题行像某种指令隐现于作家的意识中，在一本书的写作过程中，逐渐地，一个章节紧钉一个章节，从不同思路汇集，就像火车头收拢它的车厢。隐藏在前文本类标题中的牵引力通常会传递入读者的意识：《重新剪裁裁缝》（*Sartor Resartus*，1833年）③

---

① 原文为英文 *Closet-Paper*。来自同一封信："但在我买了它之后，我才注意到其中的不协调：那边是手枪，也就是这一切的结束，而这里是一千张纸，也就是我为自己保证的大约三年的寿命！"

② 原文为拉丁文 Ante-Scriptum、In-Scriptum、Post-Scriptum。

③《重新剪裁裁缝》是苏格兰作家托马斯·卡莱尔（Thomas Carlyle，1795—1881年）的一部哲学讽刺作品，于1833年至1834年首次在《弗雷泽杂志》上连载，书名是拉丁文。这是一部虚构的自传体小说，主人公是一位德国教授，名叫第欧根尼·茨海芬斯但根，他发表了一系列关于哲学、宗教和社会话题的演讲。该作品因其复杂而创新的叙事技巧以及对人类状况的洞察，对存在主义思想和文学现代主义的发展产生了重要影响。

是一个"吸引人"的标题，借由它，文本轻松地在《弗雷泽杂志》^①的各期之中分布。但即使是近一个世纪之后的现在，这个标题也没有失去其牵引力。

塞缪尔·约翰逊的《伟大的小人国的辩论》(*Debates in Magna Lilliputia*, 1739 年)，是一篇半小品文材料，由标题将一个个片段凑成；目前，它只能借其标题引起读者的阅读意愿。有趣的是，那些未及拓展成书的标题，如陀思妥耶夫斯基的《一个大罪人的忏悔》或果戈理的《告别的故事》，在作者死后，仍在持续呼求它们的文本。有时，围绕这些从未成书的书名会形成一系列批评文献。至少，哲学家谢林最后的书名就是这样的命运^②：它们为他的朋友所熟知，但在这位哲学家死后，这些书名所附的文稿遗失了。

在我们的文学作品中，最纯粹的前文本类标题的题名者是博博雷金。正如他自己所说，他所有的著作都取材于他的笔记本：在笔记本上记下的两三个恰当的词，进入一本书，变成一个书名，书名摆好架势，书成了。

有时，积累、**收集**标题元素的过程会异常缓慢、艰难。

---

① 原文为英文 *Fraser's Magazine*。

② 弗里德里希·谢林(Friedrich Schelling, 1775—1854年)：德国唯心论哲学家，约翰·费希特的学生，与黑格尔同时代。这部作品应该是指谢林未完成的著作《世界的时代》(*Die Weltalter*)，其片段或草稿曾在死后出版，手稿本身在第二次世界大战中被炸毁。

年轻时的查尔斯·德·科斯特①创办了文学社团"欢乐社"②；之后他为讽刺性杂志《乌伦斯皮格尔》③撰稿；再后来，他撰写了《佛莱芒传奇》④；最后，他取得了一生中最高成就:**《提尔·乌伦斯皮格尔**和拉姆·戈德扎克的**传奇**，以及他们在**弗兰德斯**等地的**欢乐**、光荣而大胆的冒险》⑤。

巨量的资料显示，标题最终是在文本写作过程中确定的。一旦这种题记式的词语组合——一种产生于文本内部的词语组合——出现，它就会反过来开始再造文本的纹理。无标题手稿的生长与已经找到标题的手稿的生长截然不同；蜿蜒的文本线顺着标题的直线盘旋，就像常春藤绕着杆子。如果前文本类标题是一种很强的文本引擎，那么后文本类标题则是一种文本的推动者：它们似乎隐藏在的文本书页后面，

---

① 查尔斯·德·科斯特(Charles De Coster，1827—1879年)：比利时小说家，以其作品《提尔·乌伦斯皮格尔和拉姆·戈德扎克的传奇》(1867年)而闻名。这部历史小说以十六世纪荷兰反抗西班牙统治的起义为背景，重新想象了德国民间传说中的云游杂耍艺人和捣蛋鬼提尔·乌伦斯皮格尔起义反抗西班牙统治的寓言式冒险经历。除了《传奇》，科斯特还创作了其他几部小说、短篇小说和散文。他被认为是十九世纪比利时文学的重要人物之一。

② 原文为法文 Joyeux。

③ 原文为荷兰文 Uylenspiege。

④ 原文为法文 Légendes flamandes。

⑤ 原文为法文 La Légende de Tiel Ulenspiegel et de Lamme Goedzak et de leurs aventures audacieuses，Joyeuses，glorieuses，en Flandreet alleurs。该书名中，科尔扎诺夫斯基着重强调的部分，正是源自前文的一系列标题（或社团名称，"佛莱芒"即"弗兰德斯"的法语音译）。

穿过读者的意识，只有在最后几个字中，它们才变得可理解和必要，使读者获得先前不完全理解或根本不理解的逻辑上的清晰度。只有在读完《父亲与子女》这篇文本后，我们才能理解连接词"与"的潜在对比意义：父亲，不是孩子；生育者总是相异于他们所生育的人。

尼古拉·列斯科夫的遗作《兔子窝》(出版于1917年)[①] 的书名只在故事的最后几段才被解密。有趣的是，在他创作这个故事的过程中，这个书名出现得比手稿的最后几行要晚得多：在手稿的封面上，被工整地重新抄写，它位于旧的书名（"与蠢货的游戏"）之上，显然是在手稿寄出前的最后一刻被划掉的。

标题符号

有一次（1823年），《文学报》的编辑布尔加林收到了一份诗歌投稿邮件《一只小鸟》，署名 A·普希金。编辑划掉了"小鸟"，并重新命名为《一只小鸟的释放》。然后他加了一个脚注，解释说，这只鸟应该被理解为一个被关在债务人监

[①] 尼古拉·列斯科夫(1831—1895年)是一位散文大师。他在1894年创作了长篇小说《兔子窝》，由于其中对东正教神职人员的描写颇具争议，直到1917年才得以出版。

狱的囚犯，他被一个同意为其做担保人的"恩人"解救了。想必有不少标题都沦为同类命运的牺牲品，并会继续沦陷：一旦它们落在某个死板的执笔编辑的桌子上，就会被迅速修剪，以适应现存的标题模板。古老的标题符号（~）①在它的墨钩上抓住一个字，把一个字绕成一个音节，把一个音节绕成一个字母，纯粹机械地运转，就像是专业的标题采购员使用的工具，他们根据读者的需求和品味把字词贴在封面上。

标题行的公式化制作绝不应该成为被持续谴责的对象（当然，就形式而言）：熟悉这个行业的技能，巧妙、快速地处理字母，准确统计字符，对书名进行优雅的修饰，善于以最佳方式呈现书籍，所有这些都是完美制作书名的必要品质。在此意义上，巴黎的书籍展览很轻松地打败了特维尔大街或尼基特大街的书籍展览。以一本学生课本的标题对话《你知道吗？是的——然后呢》和文学准色情作品的公式化标题《维纳斯先生》（巴黎，1889年）、《摩登女郎》（巴黎，1924年）②为例，甚至那些廉价的黄色小丛书，它们时而机械

---

① 在早期的西里尔文手稿中，"titlo"是写在一组字母上的波浪形节略符号，表示缩写单词；例如，带有"titlo"的"apl"就是"apostol"（"使徒"）的缩写。

② 原文为法文，三个标题分别为：*Sais-tu? Oui-retiens. Non-apprends*，*Monsieur Vénus*，*La garçonne*。

地给一个女人的名字"套上衬衫",时而"脱去衬衫"①（后者，在发行量的意义上，是穿着衬衫诞生的）。这些书无一不具亮点；它们都以高超的技巧对字词洗牌：只有长期的经验和对封面特殊词汇的敏锐把握，才能让这些墨守成规的手艺人学会制作占据西方图书市场的固定模式版式标题。

分析任何特定时代的这类书名，与其说是了解作者，不如说是了解读者。因此，通过追踪译者——他们至多算是准作家——引入原书名时的修改与偏差，他们选择翻译的书籍，通常会透露消费该书的环境、阶层的品味和同理心，我们很容易捕捉到，任何特定时代的读者或阶层所认为的，什么是书名中的**要点**。《可笑的沙龙女》②变成了《亲爱的被嘲

---

① 原文为法文，分别为："en chemise""sans chemise"。

② 原文为法文 *Précieuses ridicules*。莫里哀1659年的戏剧《可笑的珍奇女》(*Les Précieuses ridicules*) 标题中"Précieuses"一词杜撰了十七世纪中叶参加巴黎著名文学沙龙的女性。俄文剧名《亲爱的被嘲笑的女士们》(*Dragiye smeyanniye*) 似乎混淆了形容词和名词，将重点改为"有价值的、怜爱的"，而不是"可笑的"。该译本由彼得大帝的宫廷小丑扬·拉科斯塔 (Jan Lacosta，1665—1740年) 于1703年完成，是首次将莫里哀的剧本译成俄文，但并非最佳译本：德米特里·梅列日科夫斯基和米哈伊尔·布尔加科夫都曾贬低过拉科斯塔的努力。现代俄文对剧名的公认译法是 *Smeshnye zhemannitsy*（《可笑的忸怩女》），其含义更接近法语原文。

笑的女士们》，禁欲主义的《死亡的艺术》①突然变成了《**顺利死亡的艺术**》，《伏尔泰作品集》②变成了《伏尔泰先生作品中的奇闻逸事》，《伟人的生平》（尼波斯）③将自己介绍为《光荣的将军们的生平》④，多亏了热忱的译者，所有这些书名不仅为我们呈现了十八世纪初期和中期的俄罗斯读者画像，而且也能看到其**阅读过程**：毕竟，阅读意味着将他人的风格和词汇翻译成自己的。比照原作标题的元素与由于译者思想和语言相异而引入的元素，或许也可能产生具有重要性的结果。

在为期刊起名时，标题的技巧尤其重要：只有根据经验才会发现，悖论式的标题，或基于文字游戏或双关语的博人

---

① 原文为拉丁文 *Ars moriendi*。据说《死亡的艺术》是由多明我会在十五世纪上半叶撰写的。1415 年"长篇"版的拉丁原名是《善终的艺术论》(*Tractatus artis bene moriendi*)。科尔扎诺夫斯基给出的俄文标题《顺利死亡的艺术》(*Nauka blagopoluchno umirat'*)来自瓦西里·别利亚耶夫 (Vasily Belyayev) 于 1783 年翻译的罗布特·贝拉明诺 (Roberto Bellarmino) 的拉丁文文本。

② 原文为法文 *Œuvres divers par A. Voltaire*。

③ 原文为拉丁文 *De Virorum excellentium vita* (C. Nepos)。

④ 正如佩雷尔穆特 (Perelmuter) 指出的，科尔扎诺夫斯基此处的记忆并不完整，该处书名有问题。科尼利厄斯·尼波斯 (Cornelius Nepos，约公元前 110—前 25 年) 是一位多产的罗马传记作家。尼波斯唯一流传下来的作品是《伟大帝王的生平》(*Vitae excellentium imperatorum*，俄文译本译为《光荣统帅的生平》)，它是一部失传的大部头作品《论杰出的人》(*De viris illustribus*) 的一部分。科尔扎诺夫斯基误译了尼波斯现存作品拉丁文原标题，将失传作品中的"人"错转为存世作品中的"指挥官/将军"。

眼球的标题，都不能很好地耐受和重复，发行到第三或第四期就会很快过时。只有一个非常简单、无夸饰而又坚实的短语才经得起重复。当标题"切面"很大时是最有利的，可以说，这样做拓展了空间，即标题的涵盖面要比它前几期的文字更为广泛，这样就有可能在不干扰标题的情况下，扩展报纸或杂志的关注点（最后一点很危险，因为它削弱了定期订阅者中由标题重复形成的惯性）。十八世纪下半叶的俄罗斯期刊还未培育出这些有用的技能。例如，1769年至1774年出版的讽刺性期刊每年都会更换标题，这（伴随其他原因）无疑缩短了它们的寿命。不过，当代的新闻报纸和月刊已经学会了用十几个字母来为自己扬名。在我们这个时代，再也不可能有像1792年的那种月刊了，它为自己起的标题是："无事滋事，或愉快的消遣，使阴沉的眉头露出一丝微笑，缓和轻浮之人过度的欢愉，让每个人都各尽其欢，以诗文与散文形式创作的哲学、批判、田园和寓言故事"。

标题劫持者

尽管罗马天主教教士让·佩在他的著作《隐居的智者》（十八世纪）的扉页上坦诚地承认，该书在一定程度上与爱德华·杨的作品相似，后者**有着同一标题**（1789年译本），但在他之前的，以及特别是在他之后的大多数作者很少操心此类声明。

诚然，在大家都知道原始标题的情况下，标题的继承者甚至没有必要提及。已确立的文学传统允许标题在作者之间旁逸斜出。例如，形成一个系列：《神曲》（但丁）—《神的喜剧》（各种但丁式的）—《非神的喜剧》（齐格蒙特·克拉辛斯基）—《人间喜剧》（奥诺雷·德·巴尔扎克）—《人的悲剧》（伊姆雷·马达奇）。

按照传统，戏仿作为论战手段之一（见前文），也有权利重复甚至畸化它所瞄准攻击的标题：

《烟雾。漫画小说，A.沃尔科夫与K合著。选自I.S.屠格涅夫的讽刺文学小说》（圣彼得堡，1869年）①；

《星期一。瘦伯爵著》，模仿列夫·托尔斯泰的

---

① 屠格涅夫1867年创作的小说《烟雾》（*Dym*）讲述了两个俄国人在巴登游玩时发生的暧昧关系，讽刺了斯拉夫狂热者和西化派。圣彼得堡艺术家阿德里安·沃尔科夫（Adrian Volkov，1827—1873年）将屠格涅夫、尼古拉·涅克拉索夫（Nikolay Nekrasov）和弗塞沃洛德·克里斯托夫斯基（Vsevolod Krestovsky）的作品绘制成模仿图片，即"模仿绘画"。

《复活》，在后者出版一两年后①；

《全知先生的生平与作品，以及他值得铭记之事，或缺乏智慧的痛苦。一部道德讽刺小说，A.P 著》（莫斯科，1834 年）。

毫无疑问，第三个标题与一部1824年的喜剧有关联。②但也可能有更复杂的情况，很难归因于获授权的文学手法和传统：《她的克莱采奏鸣曲》在德国上市，紧随《克莱采奏鸣曲》之后，不是模仿了标题，而是洗劫了它。这本连丝毫论战倾向都没有的小册子的文字却抓住了别人的标题，只是为了攫取市场价值，没有其他原因。我们比较两个标题：

《没有面具的共济会员，或共济会的真正秘密；

---

① 模仿版的实际标题是《瘦伯爵。星期一。新小说三部曲》（*Graf Khudoy. Ponedel'nik. Novyy roman v trekh chastyakh*，莫斯科，1899—1990 年），笔名背后的作者是作家兼艺人德米特里·阿尼西莫维奇·博格姆斯基（Dmitry Anisimovich Bogemsky，1878—1931 年）。科尔扎诺夫斯基在文中将假名伯爵的名字记错为 "tonkiy"，而非正确的 "khudoy"，可能是因为这两个词在俄语中都有 "瘦" 之意。托尔斯泰的书《复活》（*Воскресение*），与 "星期日"（воскресенье）相近。

② 俄文标题为 *Zhizn' i deyaniya Vseznayeva so vsemi dostopamyatnymi ego proisshestviyami，ili gore bez uma. Nravst. Satir. roman A. P.*，图书馆目录条目中的作者姓名为 A. A. Pavlov。这里的副标题《缺乏智慧的痛苦》模仿的是诗人、剧作家和外交家亚历山大·格里鲍耶多夫（Alexander Griboyedov，1795—1829 年）的著名喜剧《智慧的痛苦》（或译作《聪明误》）。

准确、无偏见地出版，包括许多细节》（圣彼得堡，1784年）；

《没有项圈和锁链的哈巴狗，或不受约束地揭露一个名为哈巴狗的协会》（圣彼得堡，1781年）。

很明显，有人借用了别人的东西①：出版日期有利于第二个标题，而含义则有利于第一个；进行对照很容易，证实它们却很难。

无论如何，我们可以认定，任何一本书一旦获得阅读市场和读者的青睐，它的书名页就似从书本身剥离出来，开始**流通**，作为一种**标题纸钞**，确保任何附在它上面的文本都有一定的面值。

从其他书名吸血的书名数不胜数：《俄罗斯的谢赫拉扎德》（莫斯科，1836年）；《1831年的俄罗斯十日谈》（霍乱流行之年）；《俄罗斯的隐士，或本土习俗的观察者》（圣彼得堡，1817年）（最老套的陈词滥调，参见"作家面孔和书籍'封面'"一节）；《俄罗斯的维特》《高加索的女囚》（1857年）；《可怜的

---

①《没有面具的共济会员》(*Mason bez maski*)由伊万·瓦西里耶维奇·索茨(Ivan Vasilyevich Sots)译自托马斯·威尔逊的法文原著《揭开共济会员的面纱，或共济会员的真正秘密，真诚而不加掩饰揭示所有细节》(1751年)。《没有项圈的哈巴狗》没有标明译者，但该书和《没有面具的共济会员》都是1784年在圣彼得堡的印刷厂印制，因此至少可以认为索茨亲自翻译了这两部作品。

丽莎》（1796年）的十几个标题变体，如拉耶夫斯基上尉的《不幸的丽莎》（1811年）……我就不一一列举了。所有这些寄生式的书名，不管是否坦诚，不管是偷来的或是拿来的，皆是基于指望原书名已在消费者的眼中和口袋里开辟了一条道路的情况下产生。

关于那些明目张胆的封面劫持者，我们已无须多言，他们把随手可得的东西添加到畅销书的书名下，追踪任何一丝印刷油墨的气味，并将其延续至其写作中，有时甚至超越了作者本人：从阿维利亚纳达（他甚至早于《堂吉诃德》的作者为我们提供了此书的续作），到雇佣写手"阿莫里伯爵"（这位革命前声名狼藉的速写员，早已在市场上倾销了一系列的"续作"，指望他人的书名**继续**发挥效力），我们还可以收集到许多鼎鼎大名甚至更多的小卒之名，这些人都是笔尖卖艺者、书名页上的寄生虫和腐生物，他们了解书名的真正价值并知道如何投机。

IV

圣台和橱窗

在躺入书店橱窗的斜架很久以前，书籍就已在圣台[①]的斜面上栖居了。"教义"著作的最可称赞之处在于书名本身——《圣经》。这些精心制定的律法条文和半律法条文，被先人缓缓书写，文字被珍视为所有珍贵之物中最珍贵的。通常，（为了防盗）这本书被一根特殊的链条固定在圣台上。书名也不吸引眼球：它们被藏在羊皮纸和皮革里，在锁和扣子的锁扣后面。只是渐渐地，当书从稀罕物变成每张桌子和书架上的廉价纸制品时，它的书名才会渐渐地爬出来——先是攀上书脊的曲线上，然后爬到书的封皮上。

如果将古版书籍的书名——通常来说，它们的书名页从头至尾都是错落有致的小字——和欧洲市场上最新推出的大而宽的黄底黑字标题进行比较，你会发现明显的差异：古版书籍言说缓慢，但透彻，且有停顿，不隐藏真相，而是一环扣一环地揭示标题之下文本的全部精髓；而短浅的新晋出版

① 在东正教中，圣台是一个倾斜的支架或讲台，上面放置着圣像或福音书，以便人们崇敬或阅读。

物①则是抛出几个字母，挥舞一个想法，在一个句子中间突然中断，让读者向收银机寻求文本的进一步的信息。老书名多疑的审慎无处不在，在副标题中反复出现，然后从副标题到小标题，竭力解释"解释"本身。因此，总是出现在旧书名页上的艺术材料是已经核实的、真实合法的信息，如今，这已成例外而非普遍规则了。以下是此类注释的简短演变，这种注释曾经出现在逐渐成为传统标题的模板中（我列举的是相对较晚时期的例子）：

"……一部缺乏真实性的作品"（1785年）；

"……一个半真半假的故事"（1801年）；

"……一个有所修饰的真实故事"（圣彼得堡，1830年）；

"……一个真实的故事"（莫斯科，1794年）。

古老的书名惧怕误解和困惑，在封面页上爬来爬去，学究式地努力向读者解释、教诲。它越是接近页面的下边缘，就越是被迫修剪其字体。因此，那个时代的书名的最后一息的字体往往比其文本的字体还要小。

---

① 原文为法文 vient de paraître，即刚刚出现。

翻开牛津主教约瑟夫·霍尔《突发奇想，在看到某些事物时的意外之思》（俄文译本，1786年）①的拉丁文译本，如果我们不在这个统称上逗留，而是翻开里面的章节标题，我们会看到：

"看到一只苍蝇时的沉思"，

"看到一个大图书馆时的沉思"，

"看到一个肮脏的下水道清洁工时的沉思"等。

霍尔主教的笔在触及所有事物的名称时，充满了同样的好奇和喜悦，无论它们是伟大，还是渺小；是意义重大，还是微不足道。在他之内蕴藏着万物**命名者**的喜悦，他的书名页充满了热忱。

然而古老广阔的书名的分支正逐渐消失。在老套的"非此即彼"的两边，那些堆叠的文字堆已经被时间筛选、磨平了，在相对较新的克尔凯郭尔的标题中（见前文），从旧形式

① 约瑟夫·霍尔（Joseph Hall，1574—1656年）的原作《偶发的沉思》*Occasional Meditations*：*Meditatiunculae Subitaneae eque re nata subortae*（1630年）是双语的，同一页上一栏是英文，另一栏是拉丁文。霍尔的冥想双题为"看到一个在狗舍里劳作的抬荒者／看到运河里肮脏的清洁工"，这让人得出结论，俄语翻译是基于拉丁文而不是英文文本，俄罗斯国家图书馆的目录条目证实该书是在特维尔神学院从拉丁文翻译而来。

中唯一留存下来的，是已失去了其语言环境的分隔词：非此即彼（Either/Or）。

1668年，你仍可以查阅到一本假面自传：《古怪的痴汉，或一个名叫梅尔基奥尔·斯特恩费尔斯·冯·福赫沙伊姆的怪人的一生；他从哪里、如何来到这个世界，他看到了什么、学到了什么、经历了什么，以及他为何又主动退出这个世界。趣味盎然，多有助益》[1]。到了1921年，你必须把它缩短成《怪人笔记；一部史诗：我》[2]。

来自格尔利茨的著名鞋匠[3]可以这样设计他的标题：

《曙光[4]，或太阳升起时的晨曦，即哲学、占星术和神学的真正基础之根或之母，或对自然的描述：万物起初为何，如何形成；自然和元素如何被

---

[1] 德国作家汉斯·雅各布·克里斯托费尔·冯·格里美豪森（Hans Jakob Christoffel von Grimmelshausen，约1621—1676年）撰写的一部流行的流浪汉小说，长期以来被认为是自传体小说。

[2] 这是安德烈·别雷的小说《怪人笔记》（Zapiski chudaka，1922年），是他的三部传记或伪传记小说之一。

[3] 雅各布·博姆（Jakob Böhme，1575—1624年），德国哲学家和神秘主义者，他从前确实是一个鞋匠。1612年，他在看到幻象后写下了《曙光》。这部作品被认为是异端邪说，博姆从未完成其作品。博姆对后来的德国唯心主义、德国浪漫主义等哲学运动产生了深远的影响，他受到谢林和叔本华的高度评价，黑格尔甚至称博姆是"第一位德国哲学家"。

[4] 原文为德文 Aurora。

创造，以及关于恶与善这两种品质；万物从何而来，目前万物是如何存在和运行的，以及万物在这一阶段时间终止时将如何；以及关于天国和地狱的状况，以及人在其中如何作为受造物行动；所有这些都是雅各布·博姆基于真实的基底和对圣灵的知识，以及在上帝的感召之下撰写，他勤奋地撰写此书，公元1612年夏天，于格尔利茨，时年37岁，写于圣灵降临节，星期二》。

而在我们的同时代，广受欢迎的实验生物学家沃罗诺夫，以《生命》①（巴黎，1920年）一书宣布了他在巴黎实验室进行的轰动性研究。就是这样。②

在此之前，我们用文字堆砌舒适的建筑：《助产士，或通过问答提供可靠的引导，说明如何帮助妇女在分娩时产下

---

① 原文为法文 *Vivre*。

② 科尔扎诺夫斯基在阐述自己的观点时稍有夸张。这位医生于1920年出版的这本书的全称是《生命：恢复活力和延长生命的方法研究》。谢尔盖·沃罗诺夫（1866—1951年）的"治疗性恢复法"曾一度广受欢迎，其中包括"猴腺移植"（将猴子的睾丸组织移植到人类睾丸中），这使他成为米哈伊尔·布尔加科夫小说《狗心》（*Sobach 'ye serdtse*，1925年）中普列奥布拉任斯基教授的灵感来源。将"科学的"沃罗诺夫博士与十七世纪的宗教神秘主义者博姆进行比较，会被解读为科尔扎诺夫斯基对前者的评论。

有福的胎儿》(莫斯科，1764年)[1]。现在，我们有了干巴巴的敲击着的音节：《斯托克汉姆的产科学》(列夫·托尔斯泰作序)[2]。我们这个时代的书名，似乎是按照段落符号的产科学来拟定：简洁、明了、务实。

从"没有标题的故事"到没有故事的标题

一份十六世纪的手稿被认为是由修道士济诺维·奥坚斯基撰写的，名为《多字之书信体诗文》。现代手稿，只有在**字数不多**的条件下才能进入读者的视野。如果说过去笨重的对开本在狭窄的圣台斜面上仍有充足的空间，那今天的图书产品在宽敞的橱窗货架上也会拥挤不堪。在公开展示各种书名以迎来路人的目光之后，书籍必须成功地进入他们的瞳孔，让书名中的每个字符都能直接切入路人的意识。近年

---

[1] 瑞典医生约翰·冯·霍恩(Johan von Hoorn，1662—1724年)于1697年出版的颇具影响力的助产手册，其相对更完整的书名为《助产士，或通过问答提供可靠的引导，说明如何帮助妇女在分娩时产下有福的胎儿，并明智地保护她免受可怕的阵痛；但在这种明智做法无效的情况下，能通过什么艺术可以拯救她免于灾难和死亡的威胁》，而其俄文译本全称可能是迄今为止最长的书名。

[2]《产科学：一本写给所有女人的书》(1885年)，由妇产科医生爱丽丝·斯托克汉姆(Alice Stockham)撰写出版，她是美国第五位获得执业医师证书的女性。这本书越来越受欢迎，多次重版，俄文版的书名也发生了有趣的变化，并获得了托尔斯泰写的前言。

来，最精湛的标题之一是《从永恒到短暂》（叶夫根尼·伦德伯格）。我们不会指望所有的永恒，不会把赋予我们生命的一段时间线卷成线团，而是把它们拉直，像弓弦一样绷紧。秒针推着我们从一旁经过，越走越远：我们没有时间去读所有的书，甚至连书名都无法在我们的意识中逗留，如果它们太长、太复杂。

我们坚持把一小时压缩到一秒钟；能用短语，就不用一个完整的句子；能用一个词，就不用短语；能用符号，就不费词。在文本中，我们把句号往左推半行[1]；而在标题中，则完全取消了句号。在橱窗外匆匆瞥一眼扇形的封面后，我们的大脑里只保留了三四个能激发思考的单词——随后，离开。

乔治·伯克利[2]第一个提出将世界观构建在论文和公式之上，而非书本的沉重砖块上。在伯克利的艰涩努力之后，形而上学的幻影回缩其半径，很容易就能将世界观整个塞入一沓只有五六洛特[3]的纸张中："我不喜欢字词"。这位形而上学家在其纲要式著作的第二版前言中写道："我尽量**少用**

---

① 这是将短语缩短为单词的排版效果：这样做必然会使句尾的句号向左移动。

② 乔治·伯克利（George Berkeley，1685—1753年），爱尔兰哲学家，发展了非唯物主义理论。根据该理论，心灵之外不存在任何东西，因此科尔扎诺夫斯基称其为"幻影"。

③ 洛特（lot），旧俄重量单位，1洛特等于12.797克。

字词。"

任何一位作家，只要他是个作家，就是一个词语精简者：在他的墨水中蘸过的词语应该凝缩，变得更加密实，就像出自火棉胶；书从外壳中剥出内核，从非本质之物中剥离出本质，并将剩余物置于其边缘。鉴于我们这个时代的所有生活都是精简的、精确的，追求模式化和简单化，用口号取代论文，用传单取代对开本，用一个命令取代冗长的劝诫性"高谈阔论"（十七至十八世纪），那么存在和艺术在它们共同的基本手段上自然是一致的：**提纯**。

今天，为标题命名的艺术正处于一个临界点。用印刷术语来说，有太多的东西必须被送进**地狱盒**[①]。书籍的"寻星望远镜"等待着被重新安装。旧的主题已不再是主题了，因为我们现在不一样了。[②]

不言而喻，未来几十年，书名页将成为新旧标题命名法的桥头堡。我们应该感谢一个相对古老的标题，它试图预测这场战争的结果：《有趣的语法重演，或为争夺**动词先于名词**的至高地位的词性战争》（莫斯科，1816年）。如果这个预

———————

① 在印刷术中，"地狱盒"或"地狱坑"是收集破损字体并将其熔化的地方。

② 原文为"starye temy ne temy，potomu shto ne te my"，这是科尔扎诺夫斯基巧妙的同音双关语之一，基于单词"temy"（话题、主题），这个词可以被分解为"te"（那些、他们）和"my"（我们）两个词。本句也可译为：旧的主题不再是主题，因为我们和过去的主题不一样了 / 我们不是正确的主题。

言是可信的，那么我们将面临：动词对名词的独裁，谓语对主语（它将管制）、动态对静态、明天对今天的独裁——对某些人来说，这并不"有趣"。一个世纪前，标题命名的统计学方式使卡贝不得不在他的乌托邦的标题上花费大约100个字，但到了1893年，希拉克（Chirac）只用了一个词来为标题命名：《如果……》。[1]

一本书，就像它周围的一切一样，试图走出去，走出它的封面，走到它自己的**外部**。一旦标题成了口号和警句，它们就不可能总是赢得同时间的赛跑而成为书籍——它们的宣言不会产生任何后代。我们自己的文本，被简化成简短而不连贯的行文，开始变得像存放但没能在封面占据一席之地的标题的仓储。裁纸刀被买家用到的概率越来越小了。

我们开始明白，不仅在纸张和印刷油墨构成的小世界里，而且在其边界**之外**，即有文字激荡的任何地方，都是

---

① 艾蒂安·卡贝（Étienne Cabet，1788—1856年），法国思想家和空想共产主义者。他于1840年出版了乌托邦小说《伊卡利亚之旅》（Voyage en Icarie）。在这部小说中，卡贝虚构了一个名为伊卡利亚的乌托邦社会，它基于平等、公有制和社会和谐的原则而存在。这本书很受欢迎，并激发了十九世纪中期美国几个伊卡利亚人社区的形成，特别是在艾奥瓦州、伊利诺伊州和加利福尼亚州。1848年版本的扉页与众不同，是一个图形设计，上面列出了他提出的乌托邦目标和价值观，包括出版信息在内，扉页大约有100个字。法国作家奥古斯特·希拉克（Auguste Chirac，1838—1910年）于1893年出版了他的《如果：明日之后的社会研究》（Si, étude sociale d'après-demain）。"如果"法文为 Si。

标题中的要点。掌管命名的艺术，**珍视**文字，套准每个字母——这一切都是新时代的新艺术，如果说在此之前，在书上题写的笔可以偶尔满足于拒绝俗套的惯例——所有这些"无题"的源头，是《没有标题的故事》（一个非常普遍的书名），诸如此类。而今，作家面对自己的非此即彼，宁愿选择一个没有故事的标题，而不是一个"没有标题的故事"。我们**现时代**的高速运转教会了作家的写作之笔，不仅要沿着字行向下扫，还要从字行向上送出有力的击打：缄默的风格，用两三个词来处理一个主题的能力，已成为这个时代的风格。我们必须理解这一点并……接受它。

在我们之前的四分之一个世纪，少年莱布尼茨在他父亲的图书馆与书籍游戏时，构想出一场语言革命；后来，他把科学方法应用于此，并称之为"智性之球"[1]。他想把文字的主体和意义压缩到代数符号的容量和精度上。现在，地球轨道与"智性之球"的轨道不可避免地冲突的时刻越来越近了。

---

[1] 原文两处皆为拉丁文 Globus intellectualis。德国博学的戈特弗里德·莱布尼茨（Gottfried Leibniz，1646—1716年）在他的《通识科学序言》（*Preface to the General Science*，1677年）中写道，"通用表意文字"（characteristica universalis）是一种人造的通用语言，在其中个体的思想以个体化的字符来表示，也可以用代数方法来处理。这与为了绘制一个新的智性世界而对科学重新进行分类的计划的想法不同，这种想法最早是由弗朗西斯·培根（1561—1626年）在他的《大复兴》（*Instauratio Magna*，1620年）中提出的。

本书的任务是：在逻辑上勾勒（okantovav）这一**主题**[①]然后将它交给比我更有权利耕耘它的学者。因此，我将保留几乎所有的谓语，并将自己限定在《标题诗学》这一标题中。

1925年3—4月

莫斯科

[①] "okantovav" 一词在此不仅是"镶边、做边框"这一表层的原本含义，而且还反映了科尔扎诺夫斯基对康德的纪念，康德的思想深深影响了他的创作。当 "okantovav" 作为俄文中的一个既有词语来理解时，原文 "logicheski okantovav temu" 的意思是"在逻辑上勾勒主题／框定主题／为主题提供一个轮廓之后"；但同时 "okantovav" 的原形也可以被视为一个按照俄语形态学规则构建的新词：o+kant+ovat'，意思是"用康德围绕某物"或"使某物完全康德化"。

不存在的国度

◆

I

在其所谓的哲学修辞中，塞克斯都·恩丕里柯（Sextus Empiri，约公元200—250年）提出这样一个问题：如果一个投石手站在世界的边缘投掷一块石头，石头会抛向哪里，向前还是向后？

本文的主题是一块石头，一块由想象中的投石者掷出、向前疾飞的石头。

人类花了很长时间才后推了我们居于其中的世界之墙。古代图画中的世界看起来，要么像个骰子般的立方体，要么像是一个漂浮在以太中的圆柱体。但是，让我们划掉所有的"要么"，它们只会使我们偏离目标。

就像小孩以为的，世界的尽头就在最近的峡谷或河流之外，或是在森林边缘，唯恐他们迷路的父母禁止他们前往。人也是如此，不仅在遥远的古代，而且在不那么遥远的古代，在人们的想象中，地球的尽头距离其居住或游牧的地方惊人地邻近。在十三世纪末，鞑靼人已震惊地得知，在他们派出使者的西方世界的边界之外，居然还有一个更偏西的西方！起初，地中海的居民把世界的边界定位在赫拉克勒斯的石柱上，后来又定位到位于大不列颠最北端东北方向的一小群岛屿，他们称之为"极地"（Ultima Thule），意思是"边缘的边缘"。

事实上，我们的祖先，而且不是特别遥远的祖先，生活在确实存在的国家，周围环绕着可能存在的国家，在那些国家之外——你永远也不清楚——可能还有更多的国家。

卡斯蒂利亚的费迪南德派哥伦布去寻找新大陆，从他的角度看，这是一场相当冒险的赌博。确实有一个叫亚美利哥·韦斯普奇①的银行家，但"美洲"在当时只是一种纯粹的"可能"。这个国度可能会从不存在中胜出，或者也可以永远消失在塔尔塔罗斯②的深渊中。哥伦布得到一张地图，确切地说，是一张假想大陆的地理图。可以说，西班牙国王把美洲放进了他那满是窟窿的巨大空口袋里。

---

① 亚美利哥·韦斯普奇（Amerigo Vespucci，1454—1512年），意大利探险家、航海家和制图师，在新大陆的早期探索中发挥了重要作用。他出生于意大利佛罗伦萨，接受了航海和制图教育。韦斯普奇多次航行到美洲，因而被认为是该大陆的早期探险家之一。一些历史学家认为，这片大陆是以他的名字命名的，因为他名字的拉丁文版本"美洲"出现在地图上克里斯托弗·哥伦布的名字之前。

② 在古希腊神话中，塔尔塔罗斯是哈迪斯王国中黑暗阴森的部分，相当于"地狱之渊"，是专为最恶劣的罪犯和奥林匹斯诸神的敌人准备的冥界区域。

II

在法文书名中（法国人很擅长给自己的作品命名），我记得如下一个：《居家旅行记》——坐在壁炉的炭火旁，就可以在脑海中旅行到从未去过的国家，而且不用花一分钱旅费。

儒勒·凡尔纳是怎样写书的？他在书房里放了一个很大的旧地球仪。这位作家坐在地球仪前，一手端一杯黑咖啡，另一手拿着一支粉笔。他凝视着大陆的轮廓、海洋的蓝斑，然后用指尖在地球仪上画一条线。据他的传记作者说，通常，这条线就像心电图上的"之"字曲线。这位大名鼎鼎的法国作家只在自己的书架的边界内周游世界。他带领自己的角色们走过的国家确实存在，地理名称也很精确，但这个世界不过是一个人工构建的模型，一个不是遵循牛顿定律，而是随这位才华横溢的作家指尖的按压而旋转的地球仪。

亚历山大·格林年轻时曾在一艘商船上短期航行。后来——他在很晚的时候才开始写作——他这样构思中短篇小说：住在费奥多西亚，他和妻子会在傍晚走到一个狭窄的码头上，凝视着蒸汽船离去的烟雾和帆船的帆影，他幻想着前所未有的航行、冒险、灾难和遭遇。就这样，正如评论家科尔涅利·泽林斯基恰如其分地称之为"格林的幻想国度"的轮廓逐渐成形。

III

所有民间传说结构的基础上都有一种文学风格，即史学家还没有充分研究过的修辞：夸张。

"夸张"这个词源于古希腊的两个词，意为"我投掷""穿越"或"越过"。

正如面团在酵母的作用下发酵，任何形象都可以被放大或增强。举一个俄罗斯民间文学中简单的例子：胡子，"至少胡子不是光秃秃的，还有三根毛撇着""这老头只有瓦罐高，胡子却有院子大""胡子像一挂碎麻布条""看到那胡子，你就知道什么叫铲子""胡子有一大车那么多""胡子有一扇大门那么大""人还没有指甲盖大，胡子却有胳膊肘那么长"，等等。①

夸张可以沿着向上的阶梯停在任何一级，例如，在描述庄稼歉收时，俄罗斯人会说："麦穗之间隔得太远了，听不到一点儿响动。"而在夸张似乎达到它的最后阶段时，一种独特的去夸大化过程就开始了。童话故事创造了一种如此小

---

① 在俄文中，这几句谚语具有更丰富的内涵与外延。比如"感谢基督，至少胡子不是光秃秃的，还有三根毛撇着"指涉"贫与富"；"胡子有一大车那么多"的后半句是"智慧还没有雪橇杆长"，"胡子有一扇大门那么大，智慧比便门还小"，这两句说明智慧并非随年龄增长而增长；"人还没有指甲盖大，胡子却有胳膊肘那么长"则形容一个人的智慧超越了其年龄。

的生物，它们的声音如此微弱，以至于从一株秸秆到另一株都听不到。斯威夫特的"小人国"就是这样构建的。其他许多关于想象的国度的故事也是如此。

夸张可以沿着三条线移动。为了简明扼要起见，让我们以旧约中的三个人物为例：歌利亚、玛土撒拉和参孙。他们每一个都是夸张的化身：超大的形体，超常的寿命和超凡的力量。

不言而喻，这三个元素中的每一个都可以追加更多的再分类。例如空间因素：一个关于未知国度的故事，往往需要旅行到一个位于地球表面"非常遥远的王国"，它遥远到需要无数年月的旅行，长途跋涉才能抵达；或者跳进火山口，甚至从一个空井的通道爬下去，进入地球内部，深入地下世界；或者乘着幻想的翅膀，飞上难以企及的高山或是滑翔在大地之上的云端。有时甚至更远。

一般来说，民间故事是如何发展出关于不存在之地的奇幻故事的？最简单的方法是参考达利《词典》第一版中的一个栏目。例如，你可以在其中找到这样的对话："离某某某还远吗？""就在附近。""那离附近还远吗？"

关于未知国度的民间故事中的叙述技巧，与斯威夫特及塞万提斯所使用的技巧相似：描述极其详细逼真；物体的特性及其相互关系会被放在药房的秤上精确衡量；逻辑不是铁板一块，我是想说，它是钢；但所叙述事物及其特征要么被荒谬地强化，要么被奇异地削弱。这就是带有加减号的夸张的活生生的体现。

然而，与其抽象证明，不如来看看真实的例子。

IV

怪人国。尽管随着时间的推移，他们已变成我们日常生活中熟悉的"古怪的人"，但根据古老的西伯利亚传说，在这片地区的深处，曾经有一个楚德人的部落。这个部落定居在洞穴里，避免与外人的一切接触。当部落的首领们得知叶尔马克和他的哥萨克们正向西伯利亚挺进①，而象征着"白沙皇"的白桦树出现在他们行军的道路上时，楚德人就深挖入地下，躲入一个巨大的洞穴里。他们用木梁支撑洞穴的土质洞顶，固守着他们的恐惧（俄语是多么笨拙）。这个部落的人听从酋长的命令，砍倒了木头支架，于是洞顶坍塌压在他们身上，永远埋葬了他们。就这样，楚德人灭亡了②。活下来

① 十五世纪时，叶尔马克·季莫费耶维奇指挥着不到一千名哥萨克，率领莫斯科人为伊凡雷帝征服西伯利亚。

② 俄罗斯考古学家、研究西伯利亚土著居民的专家安德烈·维克托罗维奇·施密特（Andrei Viktorovich Shmidt, 1894—1935 年）在 1927 年写道，这个传说"乌拉尔地区的每个居民都知道"。

的是怪人。

我之所以首先讲述这个传说，是因为它包含了有关不存在之地的所有故事的共同基本特征。事实上，如果你寻根究底地分析，就会发现它们有两个基本特色：第一，民间故事和个别幻想家作品中的想象的国度可能存在于过去或未来，但绝不会存在于现在；第二，在每一个幻想的地理领域的故事中，我们都会遇到偏离常态的情况，这是一种逻辑上的怪癖。

智者国。柏拉图（公元前427—347年）晚年时撰写了一篇长篇对话录，副标题为"论正义"，其主题是按照人类有机体的主要器官创造一种理想的国家：大脑、心脏和肝脏。大脑的美德（我准确地引用了哲学家的话）是智慧，心脏的美德是勇敢，而肝脏及其消化能力的美德是节制。根据这一点，柏拉图的国家由三个阶层组成：管理国家的哲学家，保卫国家的战士，以及为前两个阶层提供劳动产品的农民和工匠，后者只为自己保留最基本的生活必需品。许多世纪后，在封建时期，这一蓝图取得了一定的进展。这里有战士和"受到节制美德熏陶，被划分在行会中的"工匠和奴隶阶层，唯一缺少的是智者。当时的时代是黑暗的，文化衰落，取代哲学的是盲目的信仰和狂热。

1516年，著名学者托马斯·莫尔爵士出版了一本关于乌托邦（希腊语中意为"乌有之地"）岛屿的优雅小书[1]。在此书中，一位刚刚远航归来的船主，讲述了他到访一座从未被列入任何地图的神秘岛屿的故事。岛上的居民住在一座城市里，街道从中心呈直线辐射开来，像太阳的光芒。这里的一切都井然有序，每个人都有工作，每个人都能享有平等的份额，然而，这一理想的社会蓝图被一个恼人的缺陷破坏了。因为它缺少一种职业：负责清除污物和人类排泄物的清洁工。著名的律师和哲学家托马斯·莫尔爵士也无法解决这个难题。

愚人国。当然，没有哪个国家的民间传说会不利用这个主题。或许，英国的喜剧故事，所谓的哥谭镇（Gotham）里那些极其愚蠢的居民的故事[2]，是对这一主题最鲜明、最丰富的阐释。

一只叫声甜美的夜莺飞入哥谭镇，每晚在哥谭镇的小树林里唱歌。温顺的哥谭人被夜莺的歌声迷住了，他们不想放

[1]《乌托邦：拉斐尔·希斯洛迪的论述，关于联邦的最佳状态》（*Utopia: Discourses of Raphael Hythloday, of the Best State of a Commonwealth*）

[2] 据说可追溯至十二世纪流行的笑话和谚语，初版于1565年。从华盛顿·欧文到詹姆斯·鲍德温，这些关于"聪明的傻瓜"的故事被许多作家改编成英语。

走它，于是就在小树林周围建起一堵低矮但坚实的篱笆。但有一天晚上，他们没有听到夜莺的颤音，对此感到非常震惊和沮丧。

愚人国的居民决定捕捉月亮。他们看到月亮的圆盘落在井里（在另一个版本中，是落在河里），就拿来水桶和渔网开始工作，但月亮不知怎的总能逃脱。

对印度教徒来说，愚蠢并不局限于某个特定的岛屿或国家，而是拄着拐杖在各地游荡。我指的是广泛的关于"愚蠢的婆罗门"的系列印度民间传说。事实上，婆罗门非但没有为自己的愚蠢而感到痛苦，反而以此为荣：他们不仅夸耀这种愚蠢是神的特殊恩赐，还经常举办专门的"愚蠢竞赛"，"犯蠢"成功超过其他对手的幸运儿会赢得奖项。

有一个以愚蠢而闻名的婆罗门，在准备贝拿勒斯的木钟节时，决定遵循习俗剃光头。理发师接了他的活儿。他们商定的价钱是五派沙①（一小枚硬币）。他的头被剃光了，该付钱了。婆罗门给了理发师十派沙，要找零。但是理发师没有硬币。他们开始争吵。婆罗门和理发师抢来抢去都不肯让出硬币，直到他们达成一个双方都同意的解决方案：让理发师剃光这位婆罗门的妻子的头发，他们就两清！婆罗门把反

---

① 印度铜币的通称。

抗的妻子绑起来（对一个印度教女人来说，剃光头是最大的耻辱），一转眼，这个不幸的女人的头就像膝盖一样光滑了。一切都结束后，这位婆罗门才突然意识到，他被五派沙的零钱之争冲昏了头，完全忘记了这个古老而神圣的习俗。

巨人国。许多故事，无论是古老的，还是新的，都热衷于这一主题，我们甚至找不出哪个国家是没有以自己的方式发展这个主题的。由于巨人需要空间，因此虚构的故事就将他引向遥远的国度。巨人们推倒高山，连根拔起橡树，甚至将山峰一座座摞叠起来，试图攀上天空。然而，奇怪的是，它们巨大的身体里通常住着极少的心智；他们总是被驼背矮人、地精和各种各样的侏儒欺骗。

关于远离普通人的巨人的传说由来已久。只需回顾一下奥德修斯在独眼巨人——库克罗普斯——的土地上的冒险就足够了。

巨人和普通的七英尺高的人生活在一起很不方便，也很麻烦。至少有一个身高正常的人经历过这种情况，他就是莱缪尔·格列佛医生。他被其创造者的想象力驱使，发现自己身处小人国的土地上。迈错一步，你就会踩碎一个小人。虽然他们的致命之箭既不能杀死巨人，也不能伤到巨人，却像针刺或跳蚤叮咬一样的恼人。

所以巨人自己离开了，建立了巨人的定居地。

的确，我们不应该忘记一个重要的文学例外。我指的是拉伯雷的系列作品，讲述的是格朗古杰、卡冈都亚和庞大固埃三代巨人王朝的历史，他们先后统治了一个矮小的高卢人部落。这些心地善良的统治者身形巨大，虽然他们的灵魂并不比普通的法国人大。正如拉伯雷详细描述的那样，他们的眼泪像鸵鸟蛋一样大，但日常中最微不足道的不幸和挫折都会激发他们的眼泪。而且，他们更喜欢笑而不是哭，尽管他们的笑声会震得墙晃树弯。

利立浦特（小人国）。对于这个每个小学生都读过、显然并不存在的国家，就没有必要去探究它的地形和人口了。像布罗丁格奈格巨人的国家一样[1]，斯威夫特需要用它来做一个大胆的心理实验。在格列佛已习惯在小人国中作为巨人的生活和地位之后不久，他的创造者突然把他带到一个真正的巨人国度，在那里，他必须迅速调整自己的整个心理和行为。他不再小心翼翼地迈着短促的步子，而是得急促地快步行走，时不时还得奔跑；他不再安静、克制地说话，而是得大声呼喊；他不再低头俯视，而是必须仰脖才能看清与他对

[1] 生活在布罗丁格奈格王国（大人国）的巨人，见《格列佛游记》第二部"航行到布罗丁格奈格"。

话的巨人的脸——他们就像钟楼一样高大，他们中的任何一个都能把他像踩虫子一样压扁。

有趣的是，在《格列佛游记》的前两部中，作为真正的艺术家的斯威夫特只有一次允许自己违反比例，缩小或扩大他的主人公生活在其中的人们的身体。从那以后，他格外精确严谨，任何地方都没有偏离写实风格。假设地球上有利立浦特人或布罗丁格奈格人，我们别无选择，只能完全按照斯威夫特描述的方式与他们相处。

早在十八世纪，他的幻想很快就在同时代的人中受到格外的青睐，其中包括最有才华的评论家和……还有什么身份是他没有的呢？塞缪尔·约翰逊，英国首位获准在期刊上发表关于下议院议事程序的人，他大胆地将该系列文章命名为："伟大的小人国"（Magna Lilliputia）。在此，我们不能不看到，这位在世界的边缘投掷石头的人，这个想把石头扔得更远的人，是想用跳弹攻击他的政治对手。

很难准确地证实，"治愈地震的药丸"（a pill to cure an earthquake），这个相当奇怪的表达是何时进入英国政治期刊的。但这一譬喻第一次出现在印刷品中，是在斯威夫特去世后，显然是想用一种意象来表达折中的政治主张：小人国的方式，他们总是喜欢分数，而不是整数；喜欢将头埋入沙子里，而不是仰望天空。然而，本文意不在讨论这个问题。我在此只简要地指出，在英吉利海峡的另一边，为了应对伟大的小人国的政治，有一个计划已缓慢成熟，不是用来制造治愈地震的药丸，而是制造装有炸药的巨大的钢铁药丸，用来引发一场对敌人致命，但对这些钢铁药丸的建造者"有益"的地震①。

第一个对巨人传奇进行严肃而微妙分析的是萧伯纳。在他精彩的小书《瓦格纳寓言》(*The perfect Wagnerite*，1898年)②中——不幸的是，该书尚未被译成俄文——萧伯纳分析了关于"莱茵黄金"的神话。沃坦与两个忠厚朴实的巨人谈判，要建造瓦尔哈拉殿堂③。约定的工价是美丽的自由女神芙蕾娅。宫殿完工了，沃坦却拒绝以自由女神支付。

此外，他还把黄金，也就是他的资产提前埋入了古老莱茵河泥泞的深处。萧伯纳（在此我将避免太长的引文）以真正的悲剧描述了巨人的处境，他们空空如也的双手被艰巨的

---

① 科尔扎诺夫斯基在此显然指的是"马其诺防线"，这是法国人在二十世纪30年代筑造的复杂的防御工事系统，用来防范未来德国的进攻。

② 在《瓦格纳寓言》(1898年)中，萧伯纳从哲学的角度阐释了理查德·瓦格纳的不朽之作《尼伯龙根的指环》(*Der Ring des Nibelungen*)，将该剧解读为资本主义崩溃的寓言。"莱茵黄金"指《尼伯龙根的指环》的四部歌剧中的第一部。它引入了许多关键主题和角色，为整个《尼伯龙根的指环》系列奠定了基础。

③ 瓦尔哈拉殿堂(Valhalla)，北欧神话中死亡之神奥丁款待阵亡将士英灵的殿堂。

劳动磨耗得形销骨立。这是劳资之间一系列冲突的开端。巨人们没有意识到自己体内隐藏的巨大力量。虽然他们巨型的肌肉能把一座山压在另一座山之上，但他们脆弱的头脑尚未觉醒。而贪婪刻毒的小矮人阿尔布雷克特却眼睛一眨不眨，守护着黄金，那是巨人们诚实劳动的报酬。

萧伯纳还创造了精彩的五部曲，名为《回到玛土撒拉》[①]。这部剧篇幅很长，如果你愿意了解，它讲述的是一个部落因长寿而受难的故事。他们是时间的巨人。在他们居住的岛屿上，人们绝非短命，即使是最年轻的一代，也必得用三到四位数来计算自己的年龄。

巧合的是，由于偶然的命运和一股古怪的风，一位德高望重的老教授在一次科考旅行中来到了时间巨人居住的岛屿。这位哲学家、科学院院士，发现自己来到了一个孩童都是胡子花白的地方，自己则像一个婴儿。因为他蓄意误解这个世界，时间巨人为了他好，就轻轻地用树条鞭打他。

我们还可以在这里谈论关于大力神巨像，以及……但我不能让这篇文章成为一篇巨人文章。让它保持在一篇文章的

---

①《回到玛土撒拉》(1921年版)的副标题为"超生物学摩西五经"，由五部戏剧组成：《起源，公元前4004年》《巴拿巴弟兄的福音，现今》《事情发生了，公元2170年》《一位年长绅士的悲剧，公元3000年》《尽思想之所及的，公元31920年》。

平均长度范围内吧。

慕肖森[1] **和佩罗格鲁略**。两人都曾真实存在：慕肖森少校和佩罗格鲁略将军。尽管他们生活在不同的世纪：慕肖森男爵生活在十八世纪下半叶，而佩罗格鲁略则是在十五世纪中叶。慕肖森甚至一度在俄国军队中服役[2]，据说，一杯潘趣酒下肚之后，他就喜欢讲述一些非凡的故事（甚至有一出关于这个主题的小戏剧，不过，我们的剧院已经有三十年没有上演这部剧了）。虽然慕肖森男爵的冒险众所周知，我没有必要浪费排版工和读者的时间复述，但有一件事必须注意：虽然慕肖森男爵游历甚广，但他对漂泊之神来说始终是一个完全陌生的人。一个真正的旅行者爱上的是事物本身。但是，慕肖森是如此地以自我为中心，他唯一感兴趣的是自己的想象力，而想象力对于它的拥有者来说充满了快意和溢美。在穿越德国时，他密切关注冻结在邮递员驿车喇叭

---

[1] 在鲁道夫·埃里希·拉斯佩（Rudolf Erich Raspe，1736—1794年）的《慕肖森男爵在俄罗斯奇妙的旅行和战役的叙述》（1785年）出版之后，这位神话般的故事讲述者和幻想家立即引起了国际轰动。该书被迅速翻译成所有主要的欧洲语言，作家和电影制片人持续为慕肖森的神话增色。科尔扎诺夫斯基对这一流派的贡献是《慕肖森男爵之归来》（1927—1928年），汉译本已由广西科学技术出版社出版（2023年）。

[2] 据推测，拉斯佩的虚构人物是根据叶卡捷琳娜大帝统治时期在俄罗斯军队中作战的德国贵族弗里德里希·冯·慕肖森（Freiherr von Munchhausen）创作的。

里一支曲子的命运，但对于从他眼前滑过的风景之歌却无动于衷。在沿着俄罗斯被压平的雪路疾速奔驰时，他着迷于自己从马车车篷探出长剑击打道路两旁的里程碑石，以发出鼓点，其速度之快，就像一根棍子划过栅栏木杆。但他没有告诉我们这些里程碑石之间的任何事情。这是纯粹的想象，自得其乐，带有繁茂的分枝与异彩的花朵。

至于佩罗格鲁略——我特此向苏联读者介绍他，这位值得尊敬的西班牙将军鲜为人知——他的情况与慕肖森完全相反。据可靠的历史文献记载，他是一名职业军人，曾在帕维亚战役 ① 中英勇作战，一生辗转于一场又一场的战役。我们对他的才智和性情一无所知，但是，无论如何，围绕他的名字产生了许多传说和逸事，以至于今天每一本《西班牙词典》，甚至包括简明版，都别无选择地加上这样一句"verdad de Perogrullo"，意思是"佩罗格鲁略的自明之理" ②，即"A=A"。如果说想象力毁了慕肖森，把一个诚实的老从军者变成了世界级的幻想家和骗子，那么佩罗格鲁略则是因其非凡的诚实而成了一个喜剧人物；更确切地说，他不能说谎，但不是因为道德问题，而是因为他完全缺乏说谎所必需的想象力，哪怕连最无关痛痒的小谎都说不出。我只引用这

---

① 意大利战争（1494—1559 年）中的一场决定性战役（1525 年）。

② 指"无意间的诙谐实话／显而易见的事情／老生常谈"。

位英勇的将军在一场决定性战斗的前夕发表的简短讲话：

> 士兵们！明天将有一场战斗在等着我们。正如你们都知道的，一场战斗，就是穿制服的人攻击和杀死穿着不同制服的人。我不会做出任何无法兑现的承诺，但我以一个士兵的身份向你们保证，无论谁，明天在战斗中被杀的人一定会死，任何人都不要指望他还活着。另一方面，那些还活着的人，将来也不能说那些死去的人是在帕维亚战役中牺牲的。就是这样，一切都很清楚，不可动摇。因为勇敢是不可动摇的。明天，我们将在战斗中取得胜利。

十九世纪初，鲁道夫·埃里希·拉斯佩关于慕肖森男爵的幻想被带到了欧洲，并产生了很多模仿者。我只提一位：格鲁吉亚作家谢尔戈·克尔迪亚什维利，他是《贵族拉洪达雷利历险记》的作者。如果说慕肖森是乘着一串野鸭子，这些野鸭子一个接一个地吞下拴在长绳上的荤油，由此登上云端，那么拉洪达雷利则是驾驶着他沉重的马车在颠簸的道路上越跑越快，越蹦越高，直到马车最终从地面起飞，冲到云端里的乡间小路上。

佩罗格鲁略没有追随者。他的名字只在西班牙境内广为人知。有两三本小说①相当平淡地反映了由西班牙人民自己塑造的佩罗格鲁略的形象。

但我感兴趣的是别的东西。奇怪的是，尽管慕肖森具有异常活跃的想象力，这是一种能把任何形象都涂上多种色彩，使之复杂化、分枝化的艺术，但是慕肖森本人总是在极其简单的客观环境里行动。我们看到他驾车穿过一片雪原。夜幕降临，他距离可以过夜的旅馆很远。他注意到地上有一根结冰的桩子，就把马拴在上面，用斗篷裹住自己，躺下睡觉。这是一个很普通的场景，类似的事情也发生在别人身上。但是，随后想象力接管了：原来，他用作拴马的并非简单的木桩，而是一座教堂钟楼的塔尖，钟楼已被一场可怕的大雪完全覆盖。一轮奇幻的太阳，在唤醒沉睡的慕肖森之前，融化了覆盖在教堂钟楼上的积雪。当他醒来，这位旅行者开始在地平线上寻找他的马，直到他举目四望，才看到一匹被缰绳吊在钟楼塔尖上的马……

佩罗格鲁略的形象的有效性建立在截然相反的基础上：他是一个发现自己身处异常复杂情况下的简单人，是穿过复杂的曲线世界的一条直线。单独行动，无论是慕肖森少校，

① 在西班牙古典文学中，提到佩罗格鲁略的最著名的作品是塞万提斯的《堂吉诃德》(1610年)的第十二章和弗朗西斯科·德·克瓦多出版于1622年的《梦》(Los sueños)。

还是佩罗格鲁略将军都无法真正创造出成功的艺术印象。一个少校级别的幻想必须服从于更高等级的统一体，也就是服从于一条直接的主题情节线索。在不偏离本文计划的情况下，我只想指出，英国民间传说创造了一个怪异的颠倒国（Topsy-turvy），在那里，一切都反向发生，每个人都倒立着生活，可以说，一切都颠倒着。出生时是老人，生在棺材里，当他们死时是在婴儿的摇篮里，缩小了；太阳从西边升起，从东边潜入黑夜；人们用手走路，腿高高举起；整个生活"头下脚上"。这样的世界为慕肖森原则提供了空间，即发现越来越多的新的二元组合，同时，它又受到佩罗格鲁略原则的严格限制，该原则总是要求相反的东西。A 等于或不等于 A：这两者之间有什么真正的区别吗？

饕餮的天堂。在维也纳画廊的众多作品中，有两幅杰出的画作，出自老勃鲁盖尔之手，有时他也被称为"**老农勃鲁盖尔**"。这两幅画描绘的都是饕餮之国，它们被一圈密集的由糖和姜饼构成的山脉包围。寻找饕餮天堂的人必须先咬破姜饼山，用牙齿挖出一条隧道，这样，任何阻碍他进入这个巨大而封闭的食物天堂的东西，都要通过他的食道和胃。在第一幅画中，这位荷兰画家描绘了一个人的辛勤劳作，他凭借暴饮暴食的壮举，在胃的王国里赢得了王者之位。第二幅画作，更详细地呈现了贪食者圣徒所居住的地方①：一些人在睡觉，鼓着肥胖的、被食物撑胀的肚子，其他人则在大吃大喝；咝咝作响的煎锅里溢满了牛肉和香肠，它们被殷勤地端到贪食者面前；烤鹅拍打着烤翅，直接飞入大张的嘴巴里；草筐里的酒瓶滚到饕餮之徒的嘴唇上，用它们圆圆的玻璃嘴亲吻着昏沉的醉酒暴食者的肥唇。

几乎世界上所有的民族都表达过类似的饱食之梦想。英国有"安乐乡"②，这是对饕餮之徒更精确的描述，或者说，不是饕餮者，而是味蕾品尝者，是食莲者（lotus eater）③，他们吸食莲花。而我们俄罗斯有流过果子羹河岸④的牛奶河等。

我们不必厌恶这种被过度夸张到恶心的美食享乐主义的壮观景象，因为在这基底上是穷人饥饿的梦想，那些饿着肚子睡觉的农民和工人的梦想。毕竟，当你想吃喝的时候，当

---

① 勃鲁盖尔的《安乐乡》（*Het Luillekkerland*，1597年）现藏于慕尼黑老绘画陈列馆。

② 中世纪的乌托邦，是饕餮之徒的乐土，同时也是英国人对伦敦的别称。

③ 希腊神话中的"食莲者"是一个种族，因食用莲花而陷入麻醉状态，他们永远生活在麻木状态中（《荷马史诗·奥德赛》第九卷）。科尔扎诺夫斯基可能想到了丁尼生1832年的诗歌《食莲者》，这首诗给予食莲者第二层含义，将其变成"过着闲散、满足、奢侈生活的人，不为工作世界或现实问题困扰；沉迷于无忧无虑的享乐的懒人，即'享乐主义者'"。

④ 科尔扎诺夫斯基在这里使用的惯用语"流过果子羹河岸的牛奶河"对应《圣经》中的"流着奶与蜜的土地"。果子羹（Kissel）是一种传统的俄罗斯甜点，由捣碎的浆果加土豆淀粉稍微勾芡制成，可热食或冷食。

你每天都被饥饿和口渴不断折磨时，你**似乎**可以"喝掉一片海洋"或是"吃掉一座食物山"。但这只是似乎，这只是**夸张**的"空腹之梦"。

伊塔尼西埃斯。这是《基督教地形学》谈到的一个部落的名字。

有时，代谢失调会导致身体部位过度生长，比方说，右手的中指，这是一种名为肢端肥大症的疾病。

漫画人物就是按照肢端肥大症的模式构建的。最简单的方法（廉价的幽默报纸就是这样做的），是把一个特定的政治人物的头像细节，以近乎摄影般的效果描绘出来，附在一个只有头部一半大小的身体上。例如，人物漫画（这个词源自意大利语 caricare，意为"装载"）的对象有一个略长于一般标准的鼻子，漫画家就通过拉长鼻子来夸张。波兰传说中有一个顽固的斯塔斯，他有抠鼻子的坏习惯。最后，他的鼻子被抠得如此巨大，以至于需要一辆花园独轮手推车来推着它走。

通过肢端肥大症的原理，一系列从未存在过，也永远不会存在的奇妙的国度被创造出来。

例如，在十四世纪古老的《词诠》^①（最早被译成俄文的书之一）中，有一个关于奇异的伊塔尼西埃斯国的故事^②，该国居民的耳朵如此大，而且如此柔软，以至于当他们躺下睡觉时，会把自己裹在耳廓里，就像裹在毯子里一样。

说到这里，我们怎能不提到非洲大地上神奇的独脚巨人呢？他们每个人都只有一条腿，但脚后跟非常大，可以用作遮阳伞来遮挡阳光。

这里有一个带减号的例子：科斯马斯·印第科普莱特斯在他那本古老的著作《基督教地形学》中，讲述了一种没有腿的神奇鸟。在啄破蛋壳后，这种鸟一生都在空中翱翔，直到它的力量耗尽，摔落到地上死去。

对于研究不存在的国度的诗学构建来说，伊塔尼西埃斯国非常重要。这些国度中的每个国家都依赖于对其特征之一的夸张：如缩小导致利立浦特小人国的出现，放大就成了布罗丁格奈格大人国等。

垂直旅行。俄罗斯民间传说以多种版本向我们讲述了关

---

① 《词诠》（*Azbukovnik*）是一本手稿汇编，收录了从希腊文翻译过来的各种材料，在十六世纪和十七世纪的俄国被广泛用于教授阅读、地理、历史等课程。

② 科尔扎诺夫斯基写于1922年的一篇名为《伊塔尼西埃斯人》的短篇小品中，伊塔尼西埃斯人被描述为在寻找应许之地时丧生的游牧民族，在那片土地上，日常生活的声音将不再攻击伊塔尼西埃斯人异常敏感的听觉器官。

于一个神秘的地下王国的故事，该王国分为三个部分：铜、银和金。每个部分的入口都由一条长着或铜或银或金的翅膀的蛇怪保护。但我将故意略过俄罗斯民间传说的素材——如果不这样，这篇文章的篇幅将增加两倍；而我的主要目的是，让读者了解不太熟悉的西方民间传说和文学材料。

丹麦文学的奠基人路德维格·霍尔贝格^①是小说《尼尔斯·克里姆的地下之旅》（1741年）的作者。在这部高超的讽刺作品中，霍尔贝格描述了一些生物，它们在自己的地下王国中完全与世隔绝，没有任何邻居可与之交战或交易。因此，坦率地说，所有可能的问题和有争议的议题都被隔绝了。然而，好辩的习惯在地底人的脑海中幸存下来。为此，他们从自己的群体中分隔出一些样本，将他们培养成所谓的**好辩的动物**。他们给这些动物的配给很少，只给他们吃胡椒和芥末，然后让他们配对互相争辩，供地底人取乐；他们会就任何事情争论不休，直到口吐白沫。

但让我们回到地球的表面吧。阿里斯托芬的喜剧《鸟》（公元前414年）讲述了两个雅典人——珀斯特泰洛斯和欧厄尔庇得斯——为了躲避雅典的社会冲突而寻求平静避难所

---

① 路德维格·霍尔贝格（Ludvig Holberg，1684—1754年），一位多产的作家，其作品包括诗歌、戏剧、散文、历史和回忆录，被普遍认为是丹麦和挪威现代文学的奠基人之一。

的故事。两人各自带着一只鸟——一只喜鹊和一只乌鸦；这两只鸟是从集市上一个占卜师那里买来的，它们将带领两人前往鸟王——大戴胜鸟的巢穴。这两个难民最终找到了鸟王——鸟的翅膀和人类的思想结盟。鸟儿们的生活并不轻松——人们狩猎它们，布下陷阱，设置网罗，还砍伐森林的树木。后来，鸟王听从珀斯特泰洛斯的建议，带领整个飞鸟王国的鸟，用翅膀载着这两个人一起飞上了云端。一进入鸟城，两个雅典人就开始发号施令。他们做的第一件事，就是拦截升到诸神之国的燔祭的香火和烟气。众神饿慌了。他们派出信使——彩虹女神伊里丝。两个雅典人——在鸟儿赞许的叽喳声里——把她赶回了天界。最终，众神要求休战，承诺在对自己有利的情况下削弱了自己的权力，珀斯特泰洛斯和欧厄尔庇得斯仁慈地同意了讲和。

庞大固埃的航海日志。拉伯雷的第四部书谈到了庞大固埃和他的朋友们的一次漫长的船舶旅行，其间，他们在不存在的国家的不存在的港口至少抛锚了二十次。虽然庞大固埃本人并没有写航海日志，但我将至少为他的旅行做一个简短且零碎的记录。

在脑海中翻开这本并不存在的日志，你会立刻对拉伯雷构想的旅行的宏伟图景惊叹不已。它是一部完整的百科全书，一颗转动的地球仪，上面标着仅靠想象力创造出的国家。

你一定还记得在慕肖森那一节中，被冰封在邮递员驿车喇叭的一支曲子慢慢解冻了。拉伯雷强行解冻了在冰封国度中的一场漫长而顽强的战斗的声音。当庞大固埃的船舶驶入极寒纬度地区时，冰层正在破裂，一场解冻的战斗的声响此起彼伏，马刀对马刀、斧头对斧头、长矛对盾牌的无数次撞击，以及伤者和垂死者的惨叫声不绝于耳。我们前面讨论了勃鲁盖尔画作中的场景，它描绘了烤鹅和咝咝作响的煎锅谄媚地满足暴食者贪婪的胃口。拉伯雷描述了一场饕餮之徒和食物之间狂暴的战斗，这些食物用巨型叉做三叉戟进行反击，它们挥动餐刀和带着锋利边缘的烤架，对抗那些想吃它们的人。但庞大固埃的战士们的嘴和胃已经做好了战斗准备：他们的任务不仅是把对手打翻在碗和盘子里，而且还要渣也不剩地吞噬美味。胜利仍然属于庞大固埃的人。

让我回到他的航海日志。恩纳辛岛①的居民都是亲属或亲族。他们被复杂的亲戚关系搞得晕头转向，以至于你时不时就能听到如下对话。一个白胡子老头走到一个摇篮前，里面躺着一个三岁的女孩，他说："日安，爷爷！"孩子口齿不清、发音很困难地回答说："你今天咋样，我的女儿？"

---

① 根据拉伯雷的说法，恩纳辛（Ennasin）一词源自拉丁文，意思是"割掉鼻子"。

讼棍国。居民唯一的谋生之道就是诽谤。因此，讼棍们互相告发，诽谤者想方设法提出最离奇的虚假指控，以便被受指控对象打得惨不忍睹——这样一来，诽谤者就可以根据国家法律，因他受到殴打而要求获得金钱赔偿。总体来说，这些诽谤者以此过着高档的生活。

铁器岛。那里没有青草和鲜花，从土地上长出来的是铁丝、长矛和箭矢。树枝上挂着钳子和匕首状的果实，这些钢铁果实，透过龟裂的皮鞘壳，闪闪发光。

迷人的昆泰森丝[①]**女王岛**。她用歌声为臣民治病。在她的岛上，午餐第一道菜是一首颇有风味的民间小调，第二道菜则是一曲小坎佐纳等。

单音节回答岛。略。

希侬城和它的神瓶庙。神瓶是一道神谕。它被无数条清澈的溪流环抱。如果你把杯子放在其中一条溪流中，并梦想某种特定的饮品，该饮品就会流入你的杯中。你还能梦想自己想要去的国家，无论它们是否存在。

---

① 昆泰森丝，源自法文 quintessence，意思是"精华、精髓"。

V

幻想，真正的艺术的虚构，永不可能建立在虚无的基底上。它们都与大地紧密相连。不存在的国度是由半存在的植物、动物、岩石组成的。

一个不存在的国家是人类**急切**思想的产物。三岁到五岁之间的孩子会用源源不断的"**为什么**"和"**从哪里**"来轰炸成年人。野蛮人的原始思维也希望得到所有问题的答案，尽快得到。

逻辑学告诉我们：虽然**同一个因总会导致同一个果，同一个果却可以由不同的因导致**。

这就是一个野蛮人如何从他的"为什么"，走向对这个或那个不理解的现象的解释，他很容易在整个可能性的原因森林中迷失。他的抽象思维的能力仍然相当含混有限，而且，他会被明亮、闪烁的图像吸引，徘徊在幽光鬼火间。在他的头脑中，**图像逻辑**——目前——仍然统治着一般的亚里士多德逻辑。

例如，霍屯督人①有一个故事，试图解释月球上的斑点

---

① 霍屯督人(Hottentots)一词在历史上指的是科伊科伊人(Khoikhoi)，也就是非洲南部的一个土著民族，在现在的南非和纳米比亚。科伊科伊人以其放牧牛羊的田园生活方式而闻名。他们有自己的语言和文化传统。"霍屯督人"这一称呼由早期欧洲定居者和探险家创造，带有贬义和轻蔑义且过时了。

的起源以及兔子的上唇为什么会有唇裂。他们认为，月亮曾经派遣一只小昆虫来向人类传递以下信息："就像月亮在变得暗淡后会重新燃亮，人类在死亡后也会重生。"这只昆虫带着这个好消息爬向人类，途中它遇到了一只野兔。在回答野兔急促的询问时，昆虫慢慢开始重复月亮的话。刚听到一半，野兔就跳下来告诉人们，他们会像月亮离开夜空那样死去，留下一片漆黑。但野兔还想向月亮炫耀自己比神圣使者抢先一步。当月亮听到野兔的话时，它很生气，向野兔发射了一道霍屯督人称之为"疾力"（kiri）的闪电。但这道闪电没有击中目标，只劈开了野兔的上唇。随后，野兔跳向月亮，抓挠它的黄色圆脸。野兔被自己的行为吓坏了，赶紧逃走。从那时起，月亮的脸上就有了被抓伤的痕迹和斑点，而兔子的嘴唇裂开了，它颤抖着，逃避每个人。

你不必去非洲深处的某个地方寻找原始思维的例子。就在十月革命前的十年，离维亚特卡不远的地方有两个小村庄。南边是斯帕斯科耶，北边是斯洛博茨科耶。斯洛博茨科耶的居民虔诚地相信一个预兆："下雨前斯帕斯科耶的钟声总是会响起"。他们不仅会在画十字时这样说，而且这句话的真实性显然也得到了事实的证实。因为斯帕斯科耶的钟声确实很少失信。但事实上，一切都是这样发生的：斯帕斯科耶的钟声每天都在敲响，而斯帕斯科耶和斯洛博茨科耶之间的距离却很远，只有在刮南风时，斯帕斯科耶的钟声才可以在斯洛博茨科耶听到，哪怕很微弱。另外，南风会在斯帕斯科耶附近的湖泊上带起水汽，给斯洛博茨科耶带来云和雨。这样一来，这个传说就是因因果链上几个环节的缺失而结的果。

不过，你不能把一切归咎于人类的思维方式。大自然本身就为传说提供了充足的材料，真实的国家本身就蕴含着想象的国度的可能性。

例如，直到今天，植物学家也不能完全解释以下现象：竹子很少开花、结果，每二十或三十年才会有一次，但是，世界各地的竹子都是在同一时间开花、结果。虽然科学很有耐心，但民间传说并不如此，后者会用想象来寻求解释。毕竟，很容易就能发明一种解释，喏，至少是这样：当风绕着地球吹送时，没有一棵树或草会比柔软的竹子躬得更低——这样的敬畏值得肯定。因此，每当风看到哪怕一棵竹子开花，它就赶紧告知世界上所有的竹子，而这些竹子也不甘落后，都开花了。

有一种鲜绿色的灌木植物，其茎干非常像带锯齿的箭，绿色箭翎刺入地面。这种相似性非常突出，以至于我们的人民和法国农民给它起了同样的名字：弓箭手（俄文为 стрелолист；

法文为 sagittaire)①。这种植物通常生长在青蛙聚集的沼泽地。我们为这种植物起了别名："青蛙草"。在它的周围,你通常可以找到小草丘,让人联想到小小的土筑蒙古包,一踩上去它们就会陷入土中。因此,我们可以得出一连串的联想:飞入沼泽的箭,青蛙——一碰即藏的小青蛙窝。当然,关于"青蛙公主"的民间故事由此产生。

奥赛罗被所有人描述为一个诚实的人。他说自己是一介武夫,"一点儿也不懂得温文尔雅的辞令"。然而,在威尼斯的元老院面前,面对勃拉班修的问题,他直接承认,他讲述的战斗和流浪的真实故事帮助他赢得了苔丝狄蒙娜的心:

> 在我的游历史中,
>
> 有广袤的大地、荒芜的沙漠、
>
> 崎岖的采石场,岩石和山峰
>
> 直上云霄,
>
> 我暗示——这些就是我的历程;
>
> 还有彼此相食的野人,
>
> 食人族,以及
>
> 脑袋长在肩膀下的异形人;对于这些

---

① 俄文"стрелолист"由"стрела"(箭)构成,即为中文所称的"慈姑、剪刀草、燕尾草";法文"sagittaire"有"射手(座)"之意。

苔丝狄蒙娜总是出神地倾听……[1]

当然，在不希望欺骗任何人的情况下，诚实的奥赛罗自己也被事实和传说的复杂交织欺骗。正如对梦境的记忆有时比对现实生活的记忆更加生动，同样，有时，一个传说能成功驳倒无趣的事实证据。

……

1937年

①《奥赛罗》第一幕，第三场。

埃德加·爱伦·坡

逝世九十年祭

◆

两者同时出现：詹姆斯·费尼莫尔·库柏的长篇小说和埃德加·爱伦·坡的中短篇小说。库柏叙述了白人在红种人（印第安人）中的非凡冒险；爱伦·坡讲述的是心理冒险，是非凡的思想越轨。

在库柏的一部小说中，我们遇到了"皮袜子"——一个无所畏惧、无可指责的骑士，无论是说话，还是射击，他从未失误。以描绘鸟类迁徙的场景为例，鸟儿在草原上空飞翔，宛如一股坚实的生命洪流。猎人都不用瞄准，随机向有百万只翅膀的"乌云"开火。"皮袜子"站在一旁，并没有从肩上取下步枪；然后，当他"最爱的女孩"问他为什么不屑于加入大伙的狩猎时，他说："瞧那个落单的，落在鸟群后面的。"一声枪响——离群之鸟跌落在地。这也是才华横溢的爱伦·坡猎获主题的方式。他总是且只向落单的（离群的）主题"开枪"，而且从不失手。

在当时还很年轻的美国文学中（爱伦·坡在十九世纪三十至四十年代写作），爱伦·坡几乎领舞所有的体裁。其中最主要的是：奇幻故事、短篇小说（他在这方面的表现尤其突出）和叙事歌谣。

我想标出两个故事：《怪奇天使》和《乖张小恶魔》。在这两则故事中，作者透露了其诗学的主要元素。爱伦·坡用"乖张的小恶魔"来特指一种力量，它将人带到深渊边缘，迫使他向渊内窥视，这种邪恶的好奇心，促使人犯下罪行，只是为了看看"结果会如何"，这是一种不择手段也要进行实验的激情。

呈现在读者面前的"怪奇天使"，是一个双腿像酒桶，双臂如两个长酒瓶的奇想生物。这个生物满口格言和樱桃酒；潺潺的话语与樱桃酒的气泡从它的玻璃喉咙中交替涌出。按照爱伦·坡的设计，这个没有翅膀的"天使"，体现了人类想象力的恶作剧，它以一种诗意的"未必如此的理论"来对抗概率论。

爱伦·坡总是以某种方式处于可能性的边缘，处于边界线上。他没有关于"梦"这一常见主题的诗篇，但有一首与"梦中之梦"相关的诗。一句英文谚语说："永不（Never），是一个漫长之日。"然而，在爱伦·坡的名诗《乌鸦》中，呱呱叫的乌鸦几乎成了每一节诗的结尾，"永不再"（Nevermore）就不是漫长之日，而是无尽之夜。

这位悖论大师最机智的故事之一，是借由山鲁佐德的一千零二夜来打破《一千零一夜》既有的循环。

《瓶中手稿》是一篇了不起的故事，描述一艘奇怪的船被南方的极地洋流和作者的想象力冲向极地。在那个时代，去往极地的人不可能拥有航海仪器。但在超出可能性领域的同时，爱伦·坡在其叙述的第五页超越了他一开始描写的画面：一波猛烈的海浪将故事的主人公猛掷到了一艘更奇怪的（不得不说是神奇的）船的甲板上，它不是去极地，而是去往真理。它的木质肋骨多孔、渗水；它还会呼吸，就像一个疲惫但有活力的泳者的身体；它的船舱里装满了新旧海图和航行指南。为这艘船制定航路的是一位老船长，成千上万年来，他一直都在寻找真理之极。

然而，必须指出的是，爱伦·坡经常在他的作品中（例如，在他的哲学故事对话中）求助于一个糟糕的伙伴：神秘主义。他在一部简洁的作品的序言中，揭示了他的艺术采用短篇小说形式的原因：

> 生命只余片刻，
> 无秘密可隐藏。[1]

---

[1] "将死之人，无秘密可言"，选自奎纳尔特（Quinault）的剧本《阿蒂斯》（1676年），被用作"瓶中手稿"的题记。

爱伦·坡是短篇小说风格大师。其技艺的奇异之处在于，他的作品虽然非常精短，但词汇却异常广泛。英语无法满足爱伦·坡，于是他发明新词。更重要的是，他从古典和现代语言中挖出了数百种新的表达方式。为了使他的故事能成功表达——在三页纸的生命结束前——它想说的一切。

美国人爱伦·坡生活的国家和时代并不适合他的思维方式，美国垂青于富兰克林和边沁这样的权威人士。富兰克林为"适度的生活"准备了一份细致的标准和公式清单；功利主义创始人边沁通过对行为动机的加减，计算出正确的行动。

纽约，这座新世界的首都，它的布局像一个棋盘，它的街道没有名字，只有数字。这一切对爱伦·坡来说都是陌生的。诚然，在他那篇讽刺性的论文《诈骗作为一门精密科学》中，他坦承，在规模上，银行家的"金融业务"与扒手的偷窃行为相比，"好比彗星的尾巴与猪的尾巴"。但除此之外，他认为金融家和攫取他人钱财的猎手怀着同样的意图。对爱伦·坡来说，边沁能从"细微处见伟大"（马克思称他是有限的资产阶级意识的唠叨的祭司①），而他的祖国美国是一个由"美元贵族"取代"血统贵族"的国家。

---

① 《资本论》（第一卷，第一章，第二节）："杰里米·边沁，那个乏味、迂腐、铁嘴钢牙的十九世纪普通资产阶级智慧的祭司。"

比爱伦·坡年轻的泰奥多尔·德·班维尔[①]，在他的诗作《蹦床之跳》中写道，一个身着五彩服饰的小丑站在他的蹦床旁，被好奇的人群包围着，他蹦出第一次跳跃。弹力十足的蹦床把他抛得比所有的屋顶都高，高于所有纪录，人群拍手叫好："太棒了！"但跳跃大师并不满足，在观众的喧哗中，他转向忠诚的老蹦床，请求它把他抛得再高些，让他不再看到这些"杂货商和公证人"。第二跳：他斑斓的身体飞越广场周围拥挤的房屋，滑过云层；而人群则翘首以盼，徒劳地等着已消失的跳跃大师的回归。

爱伦·坡的第一跳是跳给他同时代人的。他写了相当数量的故事，在有生之年获得了成功。他称这些故事为他的"铺张的表演"，是一种带有图像和抽象元素的漫不经心的轻松游戏，这对美国人的品味来说并非格格不入——他们嗜好一切怪异的东西，嗜好突发的，但又不太突兀的事情，当然，观点和事件之惯常轨迹并不那么重要。

而他的第二次跳跃——从屋顶到星星——不是为了他们，而是为了我们，未来时代的人。而我们必须做的第一件事，就是准确而客观地研究这一跳跃的曲线。

毕竟爱伦·坡是十九世纪四十年代唯一一位（在他最好

①　泰奥多尔·德·班维尔(Théodore de Banville，1823—1891年)，法国诗人兼作家，比爱伦·坡小十四岁。

的作品中）纯粹以科学和哲学问题为文学背景的小说家。他的论述方法在数学上是精确的、代数式的。他的"思想实验"（开尔文教授的术语）几乎总是以超凡的一致性进行。

他的实验室助手——"小恶魔"和"怪奇天使"——为他提供了恰到好处的所需词汇。

如果我们的苏维埃文学想避开"娱乐性"，试图探究生活的深度，倾听它的呼吸，以精确如公式的图像呈现给读者，就不能忽视爱伦·坡惊人的写作技艺。

1939年

萧伯纳和书架（节选）

"他坐在写字台前，右边是朝向波特兰广场的窗户。透过这些矮窗，就像透过舞台前部，好奇的观众可以仔细观察他的侧影。他的左边是内墙，靠墙立着一个豪华的书橱，门的位置不在正中，离他稍远。他对面的墙上有两座立柱半身像：一座在他左边，是约翰·布莱特；另一座在右边，是赫伯特·斯宾塞先生。在他们之间悬挂着理查德·科布登的雕刻像；马蒂诺、赫胥黎和乔治·艾略特放大的照片；碳素印相的讽喻画……在他身后的墙壁上，壁炉架上方，挂着一幅模糊晦暗的家族画像。"①

这些，暂时还不是关于作者的，而是关于他笔下的一个人物。萧伯纳的一系列戏剧为我们提供了同一展品的变体：一个在书架旁的写字台前的人。有时甚至还描述了书籍封面的颜色，提供了印在书脊上的书名和作者名字。因此，书籍，就像大型演出中的临时演员，以其沉默开始了戏剧。只有那时，剧情才会展开。

---

① 出自萧伯纳的思想剧《人与超人》（*Man and Superman*，1903年）的开场指导。科尔扎诺夫斯基的译文遗漏了半句。

因此，在脑海中想象萧伯纳的手稿诞生时，我总是看到一个人干练、精确的侧影，周围是书架、旋转式编目档案、带有雕饰的文件夹，以及一捆一捆的期刊和剪报。顺便一提，他的一部微型剧就被命名为《新闻剪报》[1]。

在等待阅读的书籍中，总有一些被选中成了心灵的常客，熟稔地进入书架主人的思想圈，似朋友或好谋士般存在。起初，它们靠近写字台，随后在写字台上安顿下来，成为随时可读的案头书。

萧伯纳经常在他的文章以及剧本的序言中，提供一份他的"导师"名单。每一次，名单的长度和名字的分布都略有变化。需记，我们在这里面对的是一个"弟子"，他恰好是《魔鬼的门徒》[2]的作者，一个非常顽固的人，他不大喜欢向权威低头，反而是要把后者按在地上。然而，有一份简短的名单，萧伯纳会反复参照，这也是我想探讨的，即他的思想的常伴者。

请注意：这是书架发出的声音，位于伦敦阿德尔菲露台

---

[1]《剪报（时事素描，汇编自1909年妇女战争期间日报的社论和通信专栏）》（1909年）是对伦敦激进的妇女参政权论者的讽刺剧。

[2]《魔鬼的门徒》，三幕情节剧（1897年）。故事发生在1777年美国革命期间的新罕布什尔州。

十号[1] 书房的书桌右边。[2]

I

莫扎特，马克思，瓦格纳。萧伯纳在年轻时就对音乐情有独钟。直到现在，他书架上的书籍旁边仍有乐谱为伴。他最早的乐观主义和快乐人生观的老师是莫扎特。这位作曲家的音乐没有阴云，就像晴朗的夏日，打开了一个浸满阳光的空间。他选择的主题没有一个是晦暗沉重的。即使是他的葬礼弥撒《安魂曲》(*Réquiem*)，也在光芒四射的和声中前进，充满了宁静。萧伯纳的思想总是沿着街道向阳的一面行走，尽管它的脸总是朝向道路的阴暗面。因此，在初识莫扎特乐谱的二十多年后，萧伯纳固执地认为，在奥斯卡·王尔德的所有喜剧中，最欢快的是《自深深处》(*De profundis*)这本书是他在监狱里写的，他与他的朋友完全隔绝，而且，确

---

① 阿德尔菲露台(Adelphi Terrace)是一座大型建筑，当时居住在此的有许多社会名流，其中包括托马斯·哈代和萧伯纳，伦敦政治经济学院和野人俱乐部也曾在此办公。

② 科尔扎诺夫斯基在此模仿了尤里·列维坦(1914—1983年)的风格。列维坦是斯大林钦点的电台主播，也是二战期间备受喜爱和信赖的声音，他每次广播的开场白都以标志性的"请注意，这是莫斯科发出的声音"开始。

实，也与他的敌人隔绝）①。当然，你可以对此提出异议。但不容置疑的是，迄今为止，萧伯纳撰写的五十部剧作都属于喜剧题材，只有一部能被冠以"悲剧"②，甚至连那出戏的结局也很幸福。在他的戏剧全集（《萧伯纳戏剧全集》，*The Complete Plays of B. Shaw*，1934年）的简短序言中，他如此解释对喜剧题材的钟爱："如果我引发了你的自嘲，请记住，作为一个经典喜剧作家，我的工作是'以嘲笑来净化道德'；如果有时我让你觉得自己是个傻瓜，请记住，我通过同样的行动疗治了你的愚蠢，就像牙医通过拔牙治愈牙痛。而且我在这样做的时候，从来不会不给你足够的笑气。"

在莫扎特的所有作品中，我们的喜剧编纂者最仔细研究的是《唐·乔万尼》。当萧伯纳的《唐璜》的新变体《人与超人》（*Man and Superman*）于1903年问世时，在戏剧的一些情景说明中，除了语言文本，音乐引文也从钢琴缩编

---

① 1897年，王尔德在雷丁监狱的牢房里写了一封致阿尔弗雷德·道格拉斯勋爵的散文信。科尔扎诺夫斯基将莫扎特的《安魂曲》与王尔德的狱中回忆录联系起来，可能是受到了王尔德在信中悲叹的评论的启发。王尔德在信中说，在自由的时期，他一直待在"花园里阳光照耀的那一边，避开另一边的阴影"。在《十四行诗中的黑女士》（*The Dark Lady of the Sonnets*）的序言中，萧伯纳称赞《自深深处》是一部意志坚强、令人欢笑的作品。

② 科尔扎诺夫斯基在此指的是《现实的一瞥，一出悲剧》（*The Glimpse of Reality*，1909年。1927年首演）。此剧以十五世纪的意大利为背景。萧伯纳的其他非喜剧作品包括《一个医生的困境，一出悲剧》（1906年）、《圣女贞德，纪事剧》（1923年）以及嘲讽悲剧，如《激情，毒药和石化，一出简短的悲剧》（1905年）。

谱转入书中。

萧伯纳笔下的唐璜不是用剑，而是以哲学为武装（甚至该剧的副标题是：《一部哲学喜剧》）。由于作者感兴趣的不是这个主题缤纷复杂的表面，而是它的深层底蕴，它的哲学意义，因此他把一切都颠倒了。首先，十六世纪被二十世纪所取代：胡安·特诺里奥变成了约翰·坦纳先生，安娜夫人变成了安小姐，黑斗篷变成了驾驶服和大襟长袍，小气的半遮面具被大规模的英式虚伪和自以为是所取代；但最重要的是，塞维利亚的诱惑者，由猎人变成了猎物，他不知道躲到哪里才能避开引诱他的女人。

但是，观众几乎难以适应这种新事态，这似乎是已被遗忘的十六世纪突然间楔入了当代；与之相伴的，是一群莫扎特的老角色，欢快的莫扎特的音乐紧随其后（诚然，这音乐不得不在地狱深处响起，但骑士团长的雕像拒绝唱歌，因为雕像的角色是为男低音而写，而他，这位骑士团长，他生前一直是一位男高音）。

在一系列专门讨论音乐问题的文章中，萧伯纳的结论是：音乐的结构有两种类型。[①]旧的音乐是"装饰性的"，甚

---

① 萧伯纳的《瓦格纳寓言》的结尾处，有一节题为"新旧音乐"，区分了按照固定格律谱写的旧式"装饰"（或"壁纸式"）音乐，以及根据事件和人物谱写的新瓦格纳式"戏剧"音乐。

至有时是"观赏性的",封闭在自己内部,没有通向世界的窗口,它是自我中心式的,因为即使它从外部取材,如莫扎特的歌剧,也只是为了实现音乐,为了实现圆润的纯音形式。在萧伯纳看来,新音乐应该是"戏剧性的",也就是说,它应该服务于高于它的思想和主题;它应该帮助人们理解意义,不是装饰生活,而是帮助人们认识生活。恐怕我在这里的概括并不完全准确,但萧伯纳在这方面的思想非常不稳定;彼此相矛盾,概括者也很为难。

无论如何,我们的作家对"装饰性"这一概念做出了反应,开始寻求某种戏剧性的风格。

1885年,在大英博物馆的阅览室工作的威廉·阿契尔[①]注意到,邻桌有一个脸色枯槁、苍白的人。这人坐在两本书中间:右边是瓦格纳的《特里斯坦》管弦乐谱,左边是马克思的《资本论》第一卷。这个三十岁左右的陌生人先是翻阅乐谱的书页,然后对着黑封皮的书沉思,随后在笔记本上记下一些东西。阿契尔对他的邻座产生了兴趣,很快他们就相识了。一段时间后,他们共同构思出了一个剧本——《莱茵黄金》。但他们的想法大相径庭,在他们初次见面的七年后,

---

① 威廉·阿契尔(William Archer, 1856—1924年),英文作家、剧作家、萧伯纳的合著者。

萧伯纳独立创作了喜剧《鳏夫之家》。①

......②

　　虽然在这些引文中找不到一句马克思的话语，但其中的一切都渗透着马克思主义对生活的理解。我们在前文很容易看到，萧伯纳倾向于贬低其主题，通过把它们扔到地上来检验其真实性。这种手段在瓦格纳身上体现得淋漓尽致，神话几乎变成了报纸上的文章——瓦尔哈拉殿堂被带到地球的表面，"诸神"穿着夹克和燕尾服到处嬉戏。这是萧伯纳极其典型的特点。他知道如何以自己的超人——坦纳、布伦奇里、安德鲁·恩德沙夫③——来击败尼采笔下他着迷的"超人"。萧伯纳的这些超人不是生活在云端之上，也不是像尼采的查拉图斯特拉那样生活在山中，他们生活在唐宁街的私人宅邸中，他们的言说不是高深莫测的抛物线，而是用数字和事实组成的语言。军火大王安德鲁·恩德沙夫

---

　　① 阿契尔曾提议以一种具有政治挑衅性的姿态来结束他们共同创作的《莱茵黄金》，从而将瓦格纳的情节推向新的高潮：男主人公娶了贫民窟地主的女儿，并将被污染的家族黄金扔进了莱茵河。萧伯纳最终为他的《鳏夫之家》(1892年)确定了一个更黑暗的结局：男主人公结婚，巩固了地主的财富，穷人变得更穷。

　　② 随后，科尔扎诺夫斯基将《瓦格纳寓言》作为一部政治寓言进行了讨论，介绍了约翰·坦纳的革命观点。

　　③ 约翰·坦纳是《人与超人》(*Man and Superman*)中的唐璜；布伦奇里上尉是《武器与人》(*Arms and the Man*，1894年)中塞尔维亚军队中的瑞士雇佣兵；安德鲁·恩德沙夫爵士是《芭芭拉少校》(*Major Barbara*，1905年)中的百万富翁。

的"超人性",完全可以用他从工人那里窃取的超级利润来
解释。

II

莎士比亚。十九世纪末和二十世纪初的两位最伟大的作
家,列夫·托尔斯泰和萧伯纳,直到他们生命中的第八个十
年,都在反复阅读莎士比亚的作品。托尔斯泰每次读,都会
更加激烈地拒绝这位作家,而萧伯纳则是更加深刻地接受和
理解他。1910年,就在托尔斯泰去世的那一年,萧伯纳写
了一部独幕剧,主角正是威廉·莎士比亚。这部名为《十四
行诗中的黑女士》(*The Dark Lady of Sonnets*)的戏剧,像以
往一样,先有一篇序言,从艺术性来看,这篇序言可能比此
剧本身更出色。在剧中,莎士比亚被表现为一个有着饥饿的
大脑的人,任何数量的印象都无法满足他。在舞台上,这个
大脑被物化成了笔记本的形式。虽然剧情发生在皓月下半明
半暗的夜晚,但这个笔记本庞杂地记录了剧中与他对话的搭
档的几乎所有的交谈。哨兵的粗俗俏皮话、黑女士的嫉妒言
谈、伊丽莎白女王的高谈阔论——所有这些话语都瞬间落入
我们的剧作家的笔下,他只需触及一两个词,一行熟悉的台

词就会跃然纸上。有时甚至无须这样做。……①

在英语中，"genial"一词有两层含义："天才的"和"活泼而充满生命力的、欢快的"。在谈到莎士比亚时，萧伯纳总是试图将这两种含义合二为一。他认为这种天才是对存在的充实感，存在充斥着主体的意识，因此它似乎以艺术创作的形式溢出自身边界。不是每个人都拥有健全的理解能力，但天才总是拥有生机盎然且"健硕的"理解力。令萧伯纳有点儿尴尬的是，莎士比亚的遗产中有三分之二是悲剧、编年史和十四行诗，他的作品似乎充满了悲伤和忧郁。这显然不合萧伯纳的胃口，他自称是一个"经典喜剧作家"，这促使他提出了一个听起来相当粗鲁的问题："萧伯纳如何胜过莎士比亚？"但后来，在分析这位十七世纪初的大师的悲剧时，他得出结论：莎士比亚的悲剧由潜在的"隐蔽的喜剧"组成。仅以前述剧本的序言为例，在题为"莎士比亚的悲观主义"一节中，他多次提到莎士比亚的反讽，他"在悲观主义中顽皮地享受"，他"在普通人心碎之处欢呼"……萧伯纳宣布，任何写下"听，听，云雀在天堂之门歌唱"（《辛白林》第二幕）这句诗的人，都以此昭示了他所有的诗句都是欢乐的——即使他想，他也不可能是一个悲观主义者。

---

① 本段最后，科尔扎诺夫斯基以《十四行诗中的黑女士》中莎士比亚和哨兵的一段对话作为例子。

......①

III

易卜生和契诃夫。剧作家萧伯纳受到了这两位戏剧家的影响。最早是易卜生，早在十九世纪九十年代初；然后是契诃夫。易卜生和契诃夫的相似之处在于，他们的出发点不是传统的戏剧现实，也不是对话式的生活，而是生活和现实本身。然而，在其他方面，这两位作家大相径庭。

理查德·雷蒂（Richard Réti）撰写的一本关于国际象棋新流派的小书里谈到两种类型的棋手：一种棋手，试图把简单的局面想象得复杂，另一种则试图把复杂的棋局简单化。易卜生总是将一个异常具体的、凝练的情境发挥到极致。他的角色布兰德只是一个乡村牧师，他的斯托克曼是一个小镇的医生。②他们都有小而具体的任务，但他们都将这些小任务带至最广阔的抽象领域。相反，在契诃夫那里，抽象之物总是把自己降低到现实生活中的水平，并溶解于其中。药剂师的学徒亨利克·易卜生可能在病人的处方上写了很多次

---

① 原文稿遗缺两页。

② 布兰德是易卜生1865年诗体悲剧《烙印》中的主人公，斯托克曼医生是易卜生1882年的戏剧《人民公敌》中的角色。

"适量"①，直到他在戏剧舞台上将这个公式（《布兰登堡》第五幕）直接抛至九霄云外。契诃夫的所有戏剧都是在适量②（多少）与满足③（足够）的斗争中构建的。为了简化这个问题，我将易卜生的《野鸭子》与契诃夫的《海鸥》进行对比。易卜生的"野鸭子"，是刻意且具有象征性意义的，用萧伯纳自己的话来说："格雷戈·韦勒劝说海德薇格杀死野鸭，以便她得到杀死自己的子弹。"④

在契诃夫笔下，当一只死海鸥被放于脚下时，妮娜·扎列奇纳娅说："这只海鸥显然也是一个象征，但对不起，我不明白……"⑤

……⑥

---

① 原文为拉丁文 quantum satis，按需定量。

② 原文为拉丁文 quantum，多少。

③ 原文为拉丁文 satis，足够。

④ 译自萧伯纳1906年6月发表在《号角报》上的《易卜生讣闻》的结尾。原文更具评判性："格雷格斯·韦勒说服海德薇格杀死野鸭，以便给她一把手枪让她自杀，这种逻辑让我难以置信。"

⑤ 这句话出自《海鸥》第二幕。在本文中，科尔扎诺夫斯基将萧伯纳对易卜生的评价——"给自鸣得意的中产阶级一记耳光"——与他对厌世的契诃夫的解读进行了对比，萧伯纳以为契诃夫只提供了"生活的针尖"。

⑥ 随后，科尔扎诺夫斯基谈到了易卜生和契诃夫对萧伯纳戏剧创作的影响，以及萧伯纳受契诃夫剧作《樱桃园》影响而创作的戏剧《伤心之家》，还谈到了美国剧作家奥德茨的名剧《失乐园》作为契诃夫《樱桃园》在美国土壤的移植。

契诃夫的戏剧作品通常以某种情绪结局。易卜生的戏剧会引出一个公式，一句道德格言。至于萧伯纳，他会强迫笔下的人物留在舞台上，直到找到切实可行的结论和切实可行的出口。正是出于这一原因，萧伯纳在高度评价作为剧作家的契诃夫和易卜生的同时，决然反对这些作家阴郁、悲观的结局。他写道："易卜生戏剧中的灾难总是给我留下臆造的印象，以至于即使释放它们的全部魔力也无法迫使人们接受它们。"[①] 萧伯纳的观点是，没有必要"去停尸房"找结局。

无论如何，在把溺水者拖走之前，必须先尝试给他做人工呼吸。这难道不是在萧伯纳的喜剧中，许多结尾场景给人一种明显的人工仿真的印象的原因吗？毕竟，在旧的资产阶级世界的条件下，真实的生活乐观源泉已经彻底枯竭了。易卜生在他的《培尔·金特》中创造了一个无人能脱离的"伟大弧线"，而萧伯纳则竭力将其拉直，却徒劳无果。

---

① 转自萧伯纳1906年6月发表在《号角报》上的《易卜生讣闻》。

IV

罗丹和惠斯勒。在萧伯纳的舞台室内布景中，悬挂或安置在布景墙上或附近的画作和雕像都扮演着重要角色。这些画和雕像总是紧挨着书架，与后者一起营造出人物生活在其中的知识氛围。它们总是在第一幕的舞台指导中被极其仔细、精确地描述。

阿德尔菲露台十号的宽敞书房的墙壁上，保存着惠斯勒的一两件作品，窗边则是书房主人萧伯纳的大型雕像。正如萧伯纳授权的传记作者阿奇博尔德·亨德森（Archibald Henderson）所证实的那样，萧伯纳先生对这幅由罗丹亲手完成的半身像有一种特别的喜爱。有一次，萧伯纳甚至宣称："我已采取措施，将我的不朽与罗丹的不朽联结在一起。在遥远的未来，传记词典中会有这样的条目：'萧伯纳，罗丹雕塑的一尊半身像的主体，其他不详。'"

关于惠斯勒，他的写法略有不同（萧伯纳不仅从事音乐工作，还一度担任过艺术评论家）。"我还记得，惠斯勒先生为了迫使公众观察他在绘画作品中引入的特质，不得不展出一幅精致的女孩素描，但故意用几笔粗糙的铅笔划掉头部，因为他非常清楚，如果他留下一张清晰的女人的脸，英国的庸众只会大略看一看她是否是一个漂亮的女孩，或者她是否代表了他喜欢的小说中的某个角色，然后就离开了，而看不到任何使这幅画具有价值的艺术特质。"①

我们可以推测，萧伯纳从惠斯勒那里学到了一些制造悖论的艺术。他自己的悖论风格，基本上可以归结为他能够取消通常的理性真理，从而迫使它们变得可以被接受。在一次演讲后，有人向萧伯纳提出一个问题："你对圣母无原罪受孕的态度是什么？"这位演讲者回答说："我认为一切受孕都是洁净的。"自然主义者窥视这条划线，看到并理解了其答案的理性主义意义。但天主教神学家觉得自己有点被一笔勾销了，就强烈谴责萧伯纳。

我们不能忽视的另一个相当重要的情况是：这位伟大的悖论者的悖论往往成对出现。几乎每一个破坏性的悖论都伴随着一个建设性的悖论（我用的是约翰·柯利斯②的术语）。如果萧伯纳在一页书中写道，"在二十四小时中，一个聪明的人一天的工作时间永远不会超过两小时"，那么在同一书

① 这句话摘自萧伯纳1895年7月27日写给《自由》(纽约)编辑的一封长篇公开信《堕落者对诺道的看法》(A Degenerate's View of Nordau)，后被扩充成一本名为《艺术的理性》(The Sanity of Art，1908 年)的小册子，批评马克斯·诺道的畅销书《堕落》(Degeneration)。除了将"她是否代表了他喜欢的小说中的某个角色"这句写成"她是否有诗意"，科尔扎诺夫斯基的译文是准确的。

② 约翰·斯图尔特·柯利斯(John Stewart Collis，1900—1984年)，爱尔兰传记作家和乡村作家，于1925年出版了他的传记《萧伯纳》。这是他的第一本书。之后，他还撰写了斯特林堡和托尔斯泰等人的生平。

页的另一面，他又写道，"一个真正的人会把清醒和睡眠的时间都投入劳动"。如果我们在某处读到，"男人必须用一切可能的方式逃避最迷人的女人的拥抱"，那么就在不远处，同一个作者热心地坚持认为，"最丑陋的老处女也有权要求男人和自己生一个孩子"。将这种相互抵消的悖论列出几十页并不难，这些悖论导致一种介于两者之间的合理判断。在萧式警句体系中，"破坏性"与"建设性"并存，这也解释了国外评论家对萧伯纳作品理解的尖锐分歧：一些人更容易感受到破坏性系统的动态，另一些人则更容易感受到建设性系统的动态。

萧伯纳本人在年近八旬时，曾这样解释他大名晚成且名声与日俱增的原因：随着岁月的流逝，作家的笔、他的思想，就会屈服于年龄，逐渐变得迟钝沉闷，直到它钝化到国内最出色的批评家所能理解的呆板程度。

罗丹和惠斯勒都属于印象派。前者用凿子，后者用画笔，试图"攫取并停驻瞬间"。克劳德·莫奈在巴黎的一个沙龙里展示了十二幅草图，是在同一天内画的同一个干草堆：在同一个太阳下，从不同的角度观察同一个物体。当然，这种写作方式被悖论大师萧伯纳热切地抓住了，他很清楚，他的艺术是就一件事情谈论许多不同事情的艺术，归根结底是转换视点的艺术，聚焦于这一种或那一种意识射线的倾斜率。但他的记忆有漫长的岁月，这使得他能够一次又一次地重新审视每一个瞬间。

萧伯纳与印象派的关系很快就变得复杂起来。不难预料。萧伯纳是一位伟大的抽象主义大师，更为出色的是，他擅长对客体进行细节描述的艺术。让我再重复一遍：客体。

这位作家曾经谈到，他与一位印象派画家就一幅女性肖像所发生的争执。萧伯纳说，模特分开的嘴唇，"在我看来就像满口初雪。画家教训我说，我并没有从我的眼睛，而是从对事实的知识来看。他说，'当你看一个人的嘴时，你看不到一组牙齿的分界，你看到的只是一条白色的条纹。但既然你知道，作为一个解剖学的事实，那里有分隔，你就想让它们在绘画中用笔触来表现。这就像你们这些艺术评论家一样'。"

萧伯纳在谈话的最后说："当他看一排牙齿时，他不仅看见它们之间的分界线，还看到它们的确切形状，包括轮廓和造型，就像我看到它们的总体颜色一样。"这句评论对于描述这位作家的创作特点格外重要。如果这两个定义不是相互重叠，我会说，萧伯纳不是印象派，而是点彩派。萧伯纳的最大特色恰是这种对细节的精确刻画，对图像的精准表现，齿间间隙亦清晰表述。我已经写过两次关于这个问题的文章，无须再重复。

在此，我想以一种扼要的、几乎可以说笼统的方式来说明：经过多年的研究，我现在所看到的萧伯纳——在他的思想中，在他的概念系统中（见前文关于悖论的论述）——始终是印象派的；但在他的形象中，他总是古典式的精确，他不会遗漏任何一个齿间间隙。当他在伦敦的深夜独坐书房，在惠斯勒的油画和罗丹的大理石雕像之间，他只是偶尔会在主观主义和客观主义之间找到某些形式的中间道路。

V

莱布尼茨和叔本华。两人都是德国人，对于这两个人，德语提供了两个美妙的词：Schönfärber（洗白者）和 Schwarzfärber（染黑者）。

乐观主义者戴着玫瑰色眼镜看世界，镜片经常会掉在地上，于是他得重新把镜片戴到鼻子上；悲观主义者一生都戴着一副优雅的黑框眼镜，有时会瞥一眼镜框上方的世界。乐观主义者，我指的是莱布尼茨，在爱情中不幸福，他的钱袋几乎少有硬币造访；悲观主义者，我说的是叔本华，宣称爱情本身就是最大的不幸，他的钱袋从未空过。这位乐观主义者写了六卷书信（见莱比锡版）；悲观主义者一封信都不回，因此省下了大量的五芬尼邮票。乐观主义者不得不撰写一系列不必要的作品，都是关于这个或那个高贵王朝及其家族谱系的著作，这些作品对他来说都是多余的；与此同时，悲观主义者什么也不写，否则就写世界糟糕到了极点；乐观主义者……但是，让我们从这里开启一个新段落吧。

根据莱布尼茨的第一位传记作者格哈特①的说法，这位乐观主义者在晚年患上了疼痛难忍的风湿病，他琢磨出了一个特殊的装置：用螺丝钉把几块板条固定在一起；如果穿上这个木制的机器，把自己的身体像装进盒子一样装进机器里，然后拧紧所有的螺丝钉，那么被这些螺丝钉夹住的疼痛就会消退，一点儿也不疼了。因此，这位理论家在创造了"所有可能的世界中最好的世界"这一理念后，在实践中将其应用于自身。

萧伯纳很少提到叔本华的名字，几乎从未提起莱布尼茨的名字。但他总是位于他们之间，就像电动机的阳极和阴极之间的电火花。

萧伯纳从悲观主义者那里得到了什么？乐观主义。他从乐观主义者那里得到了什么？悲观主义。

读者啊，请再看一下前文，我们谈到，我们的作家在莎士比亚的戏剧中感受到生命的喜悦和高度的张力那一章。尽

---

① 卡尔·伊曼纽尔·格哈特（Carl Immanuel Gerhardt，1816—1899年），德国数学历史学家，他编写了莱布尼茨著作的第一个完整版本。

管威廉·阿契尔[①]曾恶毒地写道，萧伯纳与莎士比亚的相似之处"就像水母相似于赛马"，但萧伯纳本人认为，他超越莎士比亚的原因恰恰在于喜剧性（广义的喜剧性），即以欢乐的方式解决问题。

叔本华曾试图证明，我们的世界是所有可能的世界中最糟糕的，他在理智上对这种终结的、终极的、最糟糕的可能性深感喜悦。正如库诺·费希尔[②]曾经非常恰当且明智地写道（我也曾经提到过），悲观主义者用最黑的黑炭笔画出世界的图景，他从中体验到一种奇特的哲学满足感。简而言之，这就是快乐，是充满张力的思想的乐观感觉，尽管它导致了悲观的结论。

另一位，汉诺威公爵图书馆的馆长、枢密院顾问戈特弗里德·莱布尼茨，创造了一个奇怪的系统，一个完全欢愉的世界，但由于某种原因，人们极度不情愿生活在其中。这些生物只有一个功能：思考。他们彼此之间没有任何交流，只是思考彼此。灵魂没有窗户。生物体是由同一个天文钟运行的时钟，直到永远。钟表匠——上帝，在一劳永逸地确定了

---

① 阿契尔将易卜生的作品翻译成英文，并安排将萧伯纳的戏剧翻译成德文。

② 库诺·费希尔（Kuno Fischer，1824—1907年）：德国哲学史学家，其最著名的著作是1854—1901年间出版的六卷本《现代哲学史》（*History of Modern Philosophy*）。

所有这些秒针在不同时间的滴答声后，可能存在，也可能不存在——无论如何，世界上的一切都不会改变。这种乐观主义只有一条出路：进入悲观主义。

萧伯纳就走过了这条路：他去而复返。他从悲观主义者叔本华那里获取了乐观主义的起始点，又从乐观主义者莱布尼茨那里取得他的悲观主义潜台词。

我们作者几乎所有的喜剧，都提出了一个基本问题：人类幸福的不幸之源究竟是什么？

萧伯纳的戏剧中，冲突总能顺利解决，但又不是完全的顺利，而是败兴的、创伤性的。特伦奇先生与迷人的布兰奇结婚，并再次同意从"鳏夫之家"获得收入。但特伦奇先生的良心戴上了鳏夫的帽子。该剧的结尾并不特别令人愉快。这个世界的社会混乱最明显的表现不是它的不幸（或者更准确地说，萧伯纳和他笔下一些有责任心的角色认为，贫穷是一种堕落），而是它的微不足道，它卑微的小幸福一触即灭。

叔本华认为，世界是一种努力追求不存在的意志。他创造了一个手提灯笼寻找存在目的的盲人形象，盲人是意志，灯笼是表象，是思想。萧伯纳试图消除"盲人（意志）"眼中的白内障，用太阳的光芒取代灯笼的光芒。

在他的所有论著中，重复着一个相同的术语：生命力。生命力是一种比万物更具智慧的力量，是迫使女人在男人中寻找孩子的父亲的东西，是迫使诗人不惜任何代价完成他的诗篇的东西。一些西方评论家赋予萧伯纳的"生命力"以近乎神秘的含义。萧伯纳本人从未这样做。作为一个杰出的人性实验家，他完全按照科学家的方式（众所周知）解释了一个来自自然科学的术语。他希望借助"生命力"的帮助，或者说，通过其最充分的表现形式，颠覆国家的结构，改变世界的面貌。从斯宾塞的教诲中，他探索了这种作为革命因素的生命力，斯宾塞的画像经常与伟大的达尔文的肖像一起，作为陈列物悬挂在萧伯纳戏剧的第一幕。但在这里，我们可以看到作者的弱点（这类证据可以在萧伯纳不少于十篇的预演戏剧论文中找到）。尽管他了解马克思和恩格斯的概念，但他粗略地用纯粹的生物学元素取代了社会学元素。在为更广阔的世界寻求灵丹妙药的过程中，他指向了人为的选择——能确保最好人种的婚姻的社会组织，指向了人性的选择等。在这一点上，他与几乎被遗忘的作家韦德金德[1]在剧本《希达拉或存在和拥有：五幕戏剧》中提供的秘方相差无

---

[1] 弗兰克·韦德金德(Frank Wedekind，1864—1918年)，德国表现主义剧作家和卡巴莱艺术家。今天他作为"露露剧"的作者而出名，其创作了两部以名叫"露露"的女子为主角的剧作：《大地之魂》和《潘多拉之盒》。露露这个角色已经成为文学和戏剧领域的标志性人物，象征着肆无忌惮的欲望的危险和诱惑，以及社会对女性的束缚。《希达拉或存在和拥有：五幕戏剧》(Hidalla oder Sein und Haben: Schauspiel in fünf Akten)写于1905年。

几。英国人有时会用"治愈地震的药丸"这一表达法。有时萧伯纳通过制作这样一种抗震药丸，让自己忙于给人类提出具体而积极的建议。奇怪的是，这样一位摧毁资本主义思想的大师，在创造新世界的理念方面却如此软弱。

VI

萧伯纳阅读萧伯纳。当然，萧伯纳的书架上也放着他自己写的书。书架上整齐摆放着一排长长的绿色和红色封皮装订的小书。长期以来，我一直被一个主题所吸引：作家作为自己作品的读者。很多人，有时甚至是最伟大的大师，都无法足够客观地看待自己的作品。例如，陀思妥耶夫斯基一般不喜欢重读自己写的作品，他抱怨说，在小说的结尾，他经常把自己笔下人物的名字搞混；天才的果戈理是自己相当平庸的读者[1]。

萧伯纳极为专注地阅读自己的作品。他经常采用自我引证的方式，他几乎像研究经典作家那样研究自己。诚然，在他看来，通向认可的道路需要经过三个阶段：首先，人们试图不在意这个作家，忽视他，绕过他；当这一方法失效时，

---

[1] 尼古拉·果戈理于1852年烧毁了他的散文史诗《死魂灵》的第二部，他认为这是恶魔的灵感。

他们就攻击他，以便把他从文学中赶出去；当这一方法也失败时，他们就被迫认可他。也许萧伯纳过于经常地称赞自己，也很少反对自己年轻时不成熟的理论，但他从来没有忘记任何一页，无论那一页是他在多久之前写就的。

……①

临别时，我只想再看一眼阿德尔菲露台的书房，再看一眼书房的主人，他正沉浸于阅读自己：他的脊背瘦长，总是挺得笔直，这使得他很像老船长肖托弗②；他的胡子——正如传记作者所描述的——曾经炽红如火焰，现在似乎烧得发白了；他细长而嶙峋的手指间有一支铅笔在书的页边空白滑动。"不工作的人就没有饭吃，"萧伯纳不久前说，"但这还不够。谁不工作，就让他不敢活着。"

二十世纪三十年代

---

① 科尔扎诺夫斯基还讨论了其他几部戏剧：《人与超人》、简短的幻想闹剧《激情、毒药和石化》(*Passion，Poison and Petrifaction*)，以及萧伯纳从五岁起对书籍的痴迷。

② 古怪发明家肖托弗船长是萧伯纳的"契诃夫式"戏剧《伤心之家》(*Heartbreak House*，1919年)中的角色。

棋盘上的戏剧

以悖论为依据

黑方：b5 b4。

白方：Kg1–g2。

黑方：b4 b3。[1] 如果我是你的国王，我的王冠早就掉了。

白方：果真？

黑方：看这儿，我的小卒正紧紧咬着他的 b 线。只需两三步，我的黑鲍尔[2] 就会把你的木头皇帝的王冠打掉。不是吗？

白方：(假装无所谓) 我投子认输。白方祝黑方长命百岁。

黑方：有点儿迟了。战场上光秃秃。乱葬岗已将他们全部埋葬。既有黑骨，也有白骨。

白方：如果你不觉得无聊，我想退九步棋。依我看，隧道尽头仍有一线曙光。如果我没有移走 e4 位的

① "b5 b4" "Kg1–g2" 与 "b4 b3" 均为国际象棋的步法。

② 鲍尔：德文 Bauer，意为"农民或卒子"。科尔扎诺夫斯基在此利用了这个词的双重含义，将棋盘上的等级制度与更广阔的世界的等级制度联系起来，将德国农民与德皇（Kaiser，这里指棋子王）进行对比。

象，那么……

黑方：我们重赛。说到底，整个生活是由两部分组成
的；首先，你要么赢，要么输，然后你再重来。
当然是在想象里。首先是短暂的陈述式存在，然
后是冗长的虚拟式沉思："如果我……"我记得你
的车最后是在这里？

白方：要不，还是算了吧。我们还是让棋子安息在这个
游戏棋盒里吧。一句拙劣的俏皮话，不是吗？

黑方：嗯……你今天真的不在状态。怎么回事？

白方：哦，你看，我在参与一出戏。我的思绪有点儿分
裂了：有些留在这块木盘上，另外一些则在剧院
的舞台上。

黑方：主题是？

白方：是这样的，平凡之人平凡的爱。不是分离的悲
剧，而是小市民式的无法分离的戏剧。不是罗密
欧与朱丽叶，而是伊万和玛丽亚[①]，开在同一根茎
上的一朵小蓝花和一朵小黄花的故事。

---

① 伊万和玛丽亚，指湿山萝花(*Melampyrum nemorosum*)，一种同时开蓝色和
黄色花朵的开花植物，该植物在俄语中名为"Ivan-da-Marya"。

黑方：我明白了——叠兵 [1]。

白方：怎么讲？

黑方：就像你自己说的，一个平凡的他和一个平凡的她的故事。两个卒子，生活的跟班，一个跟在另一个的背后。他们俩都坚守在棋盘上的同一纵列、同一根花茎上，坚持走同一条路。这就是为什么你在 C 线上搞砸了你的双人组。大概，你的一对已婚角色中，有一个因为自己的前行之路被伴侣阻挡而痛苦，而其同伴又……不过，这一切都如此简单，以至于……

白方：你说得好像这些木头棋子的黑白漆底下有着自己的意志和生命。但是，要知道，它们受制于棋手的手和思想。它们并不移动，而是被移动。

黑方：你相信吗，一盘棋——我是说一盘伟大的棋局——并不是由移动棋子的棋手来进行的？

白方：难以置信。

黑方：我认同。简单说吧，根据长期以来的惯例，国际象棋比赛的参赛者传统上被称为黑方和白方。这种错觉也推动着棋子和戏剧舞台上的角色。如果

① 当两个同色棋子出现在同一竖线上时，其中一个就阻挡了另一个，这两个棋子被称为"叠兵"。

说作者——或棋手，不能营造出一种黑白交锋、
正义与邪恶对抗、正与负对立的幻觉，那就意味
着这个作者是废物，这个棋手一文不值。顺便说
一句，你棋盘上的双卒叠子在你身上没能找到一
位棋手，也没能找到一位剧作家。你得同意，在
我们这个时代，这个主题的半径太小了。我宁愿
换一个，变一变，或者至少重新排布一下，以
便……

白方：Pièce touchée—pièce jouée（触子必行子）①。

黑方：我同意，又不同意。就悲剧而言，是得这样；但
是对于喜剧来说，不是。在悲剧中，最轻微的流
血事件，也就是哈姆雷特所说的几乎看不出来的
"小污点"②，最终都会让人满身污秽，血流成河。
用卡普莱特老人的话说，出鞘的短剑会伤人或杀
戮，它会在所有的身体中、在任何地方寻找刀
鞘，除了那个留在身后的剑鞘。

因此，麦克白在"染指"王冠之后，就被悲

---

① 法文，国际象棋的规则：触碰到棋子，就得走这颗棋子。

② 乍一看，科尔扎诺夫斯基似乎将《哈姆雷特》与《麦克白》中著名的"滚吧，
该死的污点"（out, damned spot）混淆，这是一个令人吃惊的错误。但更有可能
的是，他指的是《哈姆雷特》俄文译本第一幕第四场中的一段话，其中"dram"
一词在俄语中被译为"piatno"，或"spot"。

剧的惯性驱使，沿着犯罪的阶梯一步步"前行"。李尔王也是如此。还有科利奥兰纳斯。有这样一则民间传说，一只乌鸦的翅膀拂过山顶上一簇积雪，导致了冲下山谷的雪崩。但是，喜剧的本质，或者不如说无本质，其轻松缥缈之处在于人们可被触动或是……完全无动于衷。你可能会触及原因，但拒绝结果。喜剧中的主人公先是发誓，然后弃誓。他们甚至否认自己的否认。喜剧中的女主角先是假装恋爱，然后又撤回，悔棋。

我记得，当我还是个小学生时，曾在课桌下发动棋盘战争，虽然下得蹩脚，但很激烈，我们会用一个软木塞或木桩来代替丢失的棋子。当它倒在象棋战的"死亡符"冒号之下时[1]，这根粗糙的木桩就会被替换成真正的棋子。在许多喜剧中也是如此。剧中人物先是对蠢货耿耿于怀，这样他们就可以"采取行动"，在剧终时，与一个漆面的吸引人的毡脚小卒结为连理。例如，哥尔多尼的戏剧[2]或莎士比亚的"滑稽剧"。

---

[1] 科尔扎诺夫斯基使用的是当时的简明符号，其中冒号表示吃掉一个棋子。

[2] 卡洛·哥尔多尼(Carlo Goldoni，1707—1793年)，意大利剧作家，以描写意大利新兴中产阶级生活的喜剧著称。

白方：哥尔多尼、莎士比亚——这两人根本无法企及。有没有更适合我这种人水平的？

黑方：随你。我随便找个剧本。让我们试试——我差点说成"试穿"——《一件制作精良的礼服》①。你会记得最后一幕，当我们这个做工粗糙的无名小卒，穿着制作精良的礼服大衣，看起来像一个拿着公文包的干部，一个拥簇着光圈的零，被弓腰驼背和洞开的钱包环绕。这完全是一个从象棋剧本中走出来的路数——通路卒②的主题。一个卒子，由于政治或其他的博弈技巧，最终从有利的位置上直接突破。有些棋子，包括主要棋子和次要棋子，有些会为它效力，有些则反对它。棋子们互相残杀，为这个小卒扫清道路，它一格一格行进，机敏地升为王后。

这种主题，在西方资产阶级戏剧家的作品中以各种各样的形式出现。或者更确切地说，已经被用滥了。这没啥奇怪的。整个资产阶级社会秩序都惶惶不可终日，恐惧一个天才的崭露，一个

---

① 匈牙利作家加博尔·德雷盖利（Gábor Drégely）的剧本，1931年被改编成美国电影《一个量身精制的男人》。该剧在二十世纪二十年代风靡俄罗斯。

② "通路卒"是指在向第八格进军的过程中没有其他棋子与之对抗的棋子。

蕴藏核爆的原子。有一个由来已久的传统：从最
朽迈、最顺从的长者中挑选教皇。挑选国会议员
也是如此。卒子变的王后比真正的王后的麻烦要
少得多——一个茁壮成长起来的王后。

当我想到扣眼里系着荣誉军团绶带的莫里哀
流氓时[1]，我没有看到一双能够承受善行之重的肩
膀，而只看到一个衣架式的普通木肩，那种木架
只适合挂换制服、燕尾服和常礼服——对任何人
都没有好处，而且还会招来……各种伤害。这都
是虚荣和嘲讽的空虚。仅此而已。

白方：没别的了吗？但我知道有几部喜剧的终局的解
法。我敢说，那是按照象棋的研究思路来解决
的。例如，一个过路卒，在前进到能赋予它王后
权利的位置时，会拒绝这种权利，转而选择一
个次要的社会地位。我们应该公平地说：时不时
地，我们的钻营者对谦虚并不陌生。

黑方：这不是谦虚，而是谄媚。这会让他赢得更快捷、
更激烈。绝对如此。最优雅的喜剧性结局正是以

① 科尔扎诺夫斯基在这里用的词是"prokhodimets"（恶棍、骗子、流氓），源
于动词"prokhodit"，即"经过"（可能是因为这种阴险小人不可能在一个地方久
留），字面意思是"路过者"。这个词与国际象棋的棋子和棋子的运动产生了共鸣。

这种方式展开的。莫里哀的《滑稽女才子》中的侍从脱下他那套华丽的贵族服装，换上了老仆人的衣服。马克·吐温笔下的贫民——我说的是他著名的道德小说的戏剧改编 ①——在晋升为王公贵族之后，他"感动地"满足于君主的"朋友兼顾问"的荣誉称号，而且纯粹是荣誉称号。

这些棋谱的结局见证了一个过渡性时期，在这个时期，封建领主的权力，除了各种陈腐仪式，都不知不觉地转移到了资产阶级手中。封建主义仍在统治，但它已不再控制；而资产阶级，即资本之王，已然掌控了一切，尽管他们还没有统治。

这一时期的喜剧通常是轻松战胜了沉闷，广告牌战胜了纹章，仆人费加罗战胜了有头衔的阿尔马维瓦 ②，小棋子战胜了大棋子。喜剧使情节变得简单了，它成功地将悲剧的厚底靴 ③打掉，舞台所能容许的严肃性的极限仅是小市民式的正剧。

---

① 科尔扎诺夫斯基指的是《王子与贫民》，或者是其苏联戏剧改编本。

② 十八世纪法国剧作家博马舍的喜剧《费加罗的婚礼》中的人物；费加罗是一个仆人，而放纵的阿尔马维瓦伯爵是他的主人。

③ 古希腊、罗马悲剧演员穿着厚底靴进行演出，而喜剧演员则穿平底鞋。

进一步……进一步讲……在棋盘上，象棋的地盘让位于跳棋的了。我们看到的是一模一样的欢快的圆轮形小精灵，而不是身份和地位各异的个性化人物。跳棋游戏的粗糙之处在于，木讷的角色们在纯粹闹剧式的蛙跳游戏中跳来跳去；而悲剧情节的悲怆在于，凶手必须取代被害者的位置，并最终死于自己的谋杀所带来的后果。克劳狄斯剥夺了哈姆雷特父亲的王冠，就像麦克白剥夺邓肯的那样，但王冠也会复仇。那句谚语怎么说来着——"森林在生长，斧头的柄也在长"。

白方：先别急着做斧柄。国际象棋理论的奠基人菲利多尔[①]，就像我们在此所做的一样，将他的注意力集中于卒子的形象。他甚至说，棋局的灵魂就在这颗棋子里。但是，你对棋子的描述不公，是片面的。你把这颗棋子描绘成一种暴发户，一个白手起家的蠕虫般的个体，甚至可能完全就是一个零，一个滚向成功的圆润的零。菲利多尔并没有

---

① 弗朗索瓦－安德烈·达尼康·菲利多尔（François–André Danican Philidor，1726—1795 年），既是歌剧作曲家，也是著名的国际象棋棋手。他撰写的国际象棋理论小册子《国际象棋分析》成为现代国际象棋理论的重要著作。有两种国际象棋组合以他的名字命名。

孤立地看待棋子。不，它始终是在卒链中。

"鲍尔们"，每次移动一个方格，永远向前（与贵族相反），只会反手击杀，它们的强大不在于力量，而在于团结。它们付诸行动时就像手联手。一个卒子的胜利是整个链条共同努力的结果。诚然，小卒并非天生的王后，但它可以被提升到最高级别，作为对它在四角战场上的功绩的奖赏。它并不像你所描绘的那样趾高气扬，确切地说，它只是谦虚而已，或者至少很顽强。

如果你看看十八世纪法国大师棋局中的小卒的角色，或者最近十年（尤其是最近五年[①]）苏联剧作家戏剧中的所谓普通士兵英雄的角色，你就不能无视他们的共同特点：直线，相互依存，以及"撤退"一词已经从他们的词典中被删除了。事实上，我们没有理由远到十八世纪去寻找例子，因为我们有年轻的斯米斯洛夫的一系列比赛[②]……

[①] 本文写作之前的五年包括第二次世界大战及其之后。

[②] 俄罗斯国际象棋界有两位著名的斯米斯洛夫：一位是瓦西里·奥西波维奇·斯米斯洛夫（1881—1943 年），另一位很可能是指他的儿子——苏联特级大师瓦西里·瓦西里耶维奇·斯米斯洛夫（1921—2010 年）。

黑方：好吧，我大致同意群像比个人肖像更能捕捉，或更确切来说是修饰卒子的形象。我刚才想起了伦勃朗为公会绘制的行会成员的群像，它色彩单调，刻画严谨：所有人都手执手杖（或剑），都留着尖尖的小胡须，眼睛都聚集在空间的一个点上。

　　不过，一般来说，这种"知名人士肖像画"①只能是……名人、要人的画像。尽管所有这些"车""象""马"都可能带有客体的名称，但它们的名称是抽象的，它们只是程式化的象棋游戏中约定俗成的权力符号。我们姑且称之为"代数式"的肖像画法，如今大部分已然失效了。我的意思是在舞台上。而在这里，我们正试图把它带到棋盘上。

白方：你在说什么啊？

黑方：我想到了戏剧《六个寻找剧作者的角色》②。皮兰德娄的绝技。这家伙鬼斧神工。你还记得那部戏吗？六个角色。这是种奇怪的巧合：我们的棋盘

---

　　①"知名人士肖像画"指十六世纪下半叶至十八世纪中叶俄罗斯、乌克兰和白俄罗斯的一种世俗肖像画，将圣像画的画法和对现实形象的诠释结合起来，通常描绘沙皇、大公等人的形象。

　　② 意大利剧作家路易吉·皮兰德娄(Luigi Pirandello)创作的剧本 *Sei personaggi in cerca d'autore*，首演于1921年。

上也有六个角色——国王、王后、车、主教、马
和卒。如果断言皮兰德娄的六个人物与棋盘上的
形象完全对应，可能有点儿牵强。但不可否认的
是，两者有相似之处。他的"高贵的父亲"行动
迟缓，表情严肃，就像一个木头国王；他每次只
能移动一个方格，而且千方百计地利用自己的权
力使自己不被移出棋盘。"妻子"是一位年老但
仍有魅力的女主人公，她掌控所有的阴谋（需要
指出的是，尽管她没有手，但她能用脚上的胶毡
垫来掌握剧情）——她沿着任何一条线径向移动。
"象"这个不讨人喜欢的绰号①，应该与剧中的"无
邪的小女孩"联系起来，倾向于保守秘密、叛逆，
善于斜线攻击。有点儿傻气的"女主角"蹦跳着，
像象棋中难以驾驭的马，跃向前方或一旁，径直
越过耸立的障碍。车的运行轨迹与那位推理者对
称，他沿一条不间断的、笔直的轨迹移动。至
于小卒，它的角色是永远顺从地服务于其他所有
人——既可以是卖俏的女秘书，也可以是守礼节
的红颜知己，还可以是葬礼上的女哭灵人。

---

① 棋盘上的主教在俄语里叫 slon，或大象。

白方：但是布阵棋子和演戏是不一样的。

黑方：你说得完全正确。此外，请注意卒子轻松而巧妙
的"形象"，它从你的石墨铅笔芯下转移至皮兰
德娄的彩色铅笔，从守规矩的公会成员转变为俏
皮的女秘书……

白方：为什么要把这些归于……一个死者？皮兰德娄与
象棋不能相提并论。那只是你的剧本。

黑方：那又怎样？我并不以此为耻。就像你那未写完的
手稿，还有你输掉的这盘棋一样，"六个角色"
的平行关系显而易见。但是，我还是要重复一
遍：我们不该把电路图人格化，也不该以几何图
形画肖像。人物、棋子、剧作家或棋手都根本不
存在，就像某个中世纪的共相问题[1]。我的观点
是：奇戈林[2]、奥斯特洛夫斯基[3]、莎士比亚、博
特温尼克[4]，在家里等着你的剧本手稿——至于

---

[1] 原文为拉丁文 universalia。

[2] 在这里，科尔扎诺夫斯基将棋手与剧作家巧妙地结合在一起；米哈伊尔·奇
戈林（Mikhail Chigorin，1850—1908年）以其"浪漫"的棋风而闻名。

[3] 十九世纪俄国著名剧作家亚历山大·奥斯特洛夫斯基（Alexander Ostrovsky，
1823—1886年），不过，科尔扎诺夫斯基在这句话中把棋手和剧作家混为一谈，
也可能是在暗示棋手帕维尔·奥斯特洛夫斯基。

[4] 米哈伊尔·博特温尼克（Mikhail Botvinnik，1911—1995年），苏联特级大师、
世界象棋冠军。

这个，我敲棋盘的这颗棋子……怎么？喝点儿什么？啊，好的，黑咖啡，要浓点儿的（停顿）。而我——我好了，我就像那些总机女接线员一样，把奇戈林和苏霍沃－科贝林[1]、莫菲[2]和莎士比亚，以及你的和我的想法，都连通起来。

白方：至于后者——绝不可能。喂！请奥斯特洛夫斯基听电话……

黑方：不过不是棋手奥斯特洛夫斯基[3]。

白方：为什么不是他？

黑方：请原谅我这么说，但奥斯特洛夫斯基是纯粹的西洋跳棋高手。完全是另一回事。还有，呼号……

白方：好吧，你知道……

黑方：别打断我。当然，当然，奥斯特洛夫斯基很伟大，但他的风格很局限。

等一下再争论。对我来说用跳棋术语就足够了。有一些东西类似于游戏，是传统的近身肉搏的延伸，硬碰硬，一打对一打。我指的是一个黑

---

[1] 亚历山大·苏霍沃－科贝林（Aleksandr Sukhovo-Kobylin，1817—1903年），俄国讽刺剧作家。

[2] 保罗·查尔斯·墨菲（1837—1884年），美国天才国际象棋选手。

[3] 帕维尔·奥斯特洛夫斯基（1909—1929年），一个有前途的俄国棋手，在二十岁时不幸溺水身亡。

色跳棋"狼"和四个白棋"羊"之间的巧妙战斗。狼的任务是将这四只羊撕成碎片，然后突围。羊的任务是团结起来，收拢队伍，"封锁"捕食者。请回想一下罗兰的《科拉斯·布鲁格农》[1]中那两只乐天的羔羊：这两只羔羊准备并肩与敌人作战，用蹄子对抗獠牙。事实上，几乎所有奥斯特洛夫斯基的戏剧都是关于狼和羊的。因此，他的一部剧被命名为《狼与羊》也就不足为奇了。一方面，有基蒂奇、亚努尔、卡巴尼克哈斯、科尔舒诺夫[2]；另一方面，有手无寸铁、没有陪嫁的姑娘，女学生，被殴打的妻子，酗酒的失败者——总之，就是些羔羊。

白方：如果可以的话，我想抓住你的一个矛盾点。狼与羊的相遇可没有真正的喜剧可言，特别是对羊来说。我想到了叔本华对莱布尼茨"所有可能的世

---

[1]《科拉斯·布鲁格农》(Colas Breugnon) 是一部关于十七世纪勃艮第生活的迷人的浪漫小说。这是一部"自传体"小说，故事由科拉斯以第一人称讲述，他回顾了自己五十年的生活，并描述了其中所有的快乐和悲伤。故事轻松幽默，充满了对生活的睿智观察。

[2] 均为奥斯特洛夫斯基的戏剧《大雷雨》《在别人的宴会上宿醉》《贫非罪》中的狼性人物；这里的例外是亚努尔，他似乎并没有出现在奥斯特洛夫斯基的戏剧中。科尔扎诺夫斯基可能想到了《身无分文，突然得了一块金子》(Ne byl o ni grosha，da vdrug altyn) 中一个名叫伊斯图卡里 (Istukarii) 的奸商。

界中最好的世界"的论点基于逻辑的攻击。叔本华指出，狼撕开羊的喉咙所体验到的快感，不过是享受又一顿早餐，而对羊来说，这却是一生一次的致命折磨和剧痛的经历。

黑方：我很清楚这一点，没必要提醒我自己的台词。不仅如此，狼和羊之间的关系比你描述的内容要复杂得多。当狼没吃饱，羊就不是完整的①。我赞同这一点。奥斯特洛夫斯基的少数剧作就属于这一类。当然，反过来说，如果狼吃饱了，羊就能保全一段时间。请注意②！狼的大嘴张开，准备将剧中天真无邪少女整个吞下，摧毁她体内像羊尾巴一样颤抖的灵魂——就在这千钧一发之际，剧作家将一些别的美味塞入狼的嘴里，迫使那些狼的大嘴巴吧嗒着合拢。来自莫斯科河南岸区的小红帽得救了，财富在清高的贫穷面前忏悔自己的恶习，甚至连外婆——被整个吞下但未被嚼碎的老外婆也复活了。在此，我们应该向马利剧院保

① 这是俄语"狼多羊少"的反义词，用来表示双方都能获胜的结果。在国际象棋中，这种结果是不可能出现的，除非（如科尔扎诺夫斯基在前面诙谐地暗示的那样）一方是为了赢而下棋，另一方是为了输而下棋。

② 原文为拉丁文 Nota bene。

留剧目的创作者们致敬——他们在塑造狼的形象方面技艺高超，具有非凡的艺术性：从饥饿的捕食者开始，展现这只动物从吃一点儿，再到吃饱，最后塞得饱胀。《森林》这出戏中的一群动物样本被饱腹弄得昏昏欲睡，本能麻痹，甚至看似滑稽，这完全符合有着波折过往的棋盘角色的特质。

但仅限于饥肠的最初阵痛。这就是为什么，几乎所有奥斯特洛夫斯基的喜剧，通常都在一种宽宏大量的肆意妄为中结束，但是在戏剧之外，很容易变成不那么宽宏大量的肆意妄为，甚至可能是无意义或残酷的行为。

这就解释了，为什么几乎所有奥斯特洛夫斯基的喜剧残局都是非喜剧性的，它们奇怪地令人不安。这部戏的戏外戏——潜在的"第六幕"预兆不祥。当我们凝视这条小路时，会看到小红帽的童话故事让位于克洛诺斯和宙斯的神话：克洛诺斯吞噬自己的孩子；盖娅，在生下儿子宙斯后，将一块石头扔进克洛诺斯的腹中，代替宙斯——

　　黑暗的树林中的"一线光明"①。然后呢……他能

　　做什么？他需要的不是一缕光，而是一把剑。

白方：在你说这些的时候，我的脑海中浮现出一个不

　　那么阴暗的想法。首先是关于奥斯特洛夫斯基

　　的"巴尔扎米诺夫系列"②，然后是更广泛的喜剧。

　　如果我们接受，请允许我重复："如果"——你

　　基于跳棋的费尽心机的理论和喜剧式的求爱，那

　　么，也许，爱情喜剧的理想化平衡只有在……

　　但我已经像跳棋一样跳过了三段论的大前提。悲

　　剧在接近尾声时，会将其人物分为胜利者和失败

　　者。正如我们棋手所言，对局是"为了赢"。当

　　然，也有输的风险。因此，喜剧的结局往往趋向

　　于平局。

黑方：不，我代表喜剧，断然拒绝你提议的平局。

白方：我没有这样提议，我只是提出了问题。你认为喜

_____

　　① 指作家兼评论家尼古拉·杜勃罗留波夫（Nikolai Dobroliubov）就奥斯特洛夫斯基的戏剧《大雷雨》所写的著名文章《黑暗王国中的一束光》。该文章指出在剧中女主人公卡捷琳娜·卡巴诺娃（Katerina Kabanova）身上找到了俄罗斯未来的希望。

　　② "巴尔扎米诺夫系列"是指俄罗斯剧作家亚历山大·奥斯特洛夫斯基创作的以米哈伊洛·巴尔扎米诺夫为主角的三部曲：《午餐前的假寐》（1857年）、《自家狗咬架，别人莫扰》（1861年）、《种瓜得瓜》（或《巴尔扎米诺夫的婚姻》，1861年）。奥斯特洛夫斯基称它们为"莫斯科生活图景"。

剧不同意平局吗？那么，它将撤回平局。

黑方：引用李尔王的话：够了[1]。然后呢？

白方：不，让我来告诉你。同一个李尔王，放弃了王冠，但是并没有放弃他的杂草和石楠花环。在喜剧的最后一幕，死亡和悲伤并非常客。还有第三种方式，一种只有在跳棋游戏和爱情游戏中才可行的方式。我指的是这样一种情况：当一方试图吃掉对方棋子时，另一方却按照自杀跳棋规则走棋[2]。只有在这种转换中——戏剧性的"他"和喜剧性的"她"，补偿与互换——才可能真正双赢。这种在喜剧舞台的条件和限制之下少有的一种奢侈，被转化为日常现实。或者说，每场戏中的现实。让我们至少拿我前面提到的"巴尔扎米诺夫三部曲"举例……

黑方：我建议抛开奥斯特洛夫斯基的《午餐前的节日梦》，换上《仲夏夜之梦》。让我们也回想一下《空爱一场》——或者用伊万·阿克肖诺夫译的这部喜剧的标题："诡计多端的爱"。更确切地说，

---

① 原文为拉丁文 Punctum。

② 科尔扎诺夫斯基在此借用了其早先的中篇小说《未来记忆》中的构思。自杀跳棋规则与一般国际跳棋相反，最快失去所有棋子的一方为胜方。

是比阿特丽斯和本尼迪克特之间的浪漫较量[①]。哦。我可以拿任何戏剧情景、任何剧目进行解释，而不需要求助于棋盘的第六十五个方格[②]。

白方： 对于莎士比亚笔下的雅典人提蒙来说，慷慨会带来贫穷。对于挥霍诺言的人来说，承诺也会带来相同的后果。

我现在要推翻你的棋盘，还有你在上面布置的所有方案，我只问一个小问题：你如何只用象棋符号的语言来解释歌德《浮士德》里的棋钟？

黑方： 棋盘纹丝不动。但是，棋钟的指针必须"急转弯"。这部剧的序幕——它并不完全是一部剧，而是浮士德博士和作家歌德漫长人生的终曲。用歌德自己的话说，每个思想者都有"两个灵魂"：一老一少，一明一盲，一个回望，一个前瞻。在衰老的浮士德与年轻的浮士德多年的一系列博弈中，老人的时钟一直在嘀嗒，而年轻人的时钟还

---

① 比阿特丽斯和本尼迪克特，指代法国作曲家赫克托·柏辽兹（Hector Berlioz）创作的一部两幕喜剧。柏辽兹根据莎士比亚的《无事生非》中的一个次要情节编写了法文剧本。

② 一些国际象棋问题（特别是用两匹马将死孤立无援的国王）只有在棋盘上"添加"第六十五个方格（最有趣的国际象棋"难题"之一）才能解决。

在等待梅菲斯特的钥匙。老人在思索，年轻人沉默。但仔细观察这双面钟，实际上，老人陷入了时间的困境；而年轻的浮士德甚至还没有启动他自己生命之钟的指针，他还没有被允许活着。一旦时钟按钮被按下，年轻的心，那颗在时间中屈服于长者的心——尽管从本质上讲，年轻就是无耐心——就会开始跳动或嘀嗒。或者是我搞错了？如果你想让我详解这个问题，那么……

白方：不，已经很清楚了。别扬扬自得了："清楚"并不一定意味着"正确"。你成功地躲过了一劫。也许是因为我们所说的这部剧并不完全是一出戏。此外，在序幕——真正的序幕中（因为你提到的场景实际上属于第一幕）——剧院导演建议提供一个舞台，让"任何人都可以在其中找到他需要的"。好吧，在这里你正好找到了你需要的。

黑方：你知道吗，我曾经把我的一个对手的大脑想象成一个毛绒针垫。有一种争论的方式，让我觉得难以忍受，比如萧伯纳的方式。在他的小品剧《十四行诗中的黑女士》（当然是指莎士比亚的十四行诗）的长篇序言中，我们的这位职业悖论家宣称，这位埃文河畔斯特拉特福城的伟大儿子，在选择《如你所愿》^①或《皆大欢喜》^②的标题时，把重点放在了"你"上；似乎在说，你可以做你愿意的事，甚至热衷于去做，但我行我素。

白方：你自寻烦恼，与我一点儿关系都没有。

黑方：好吧。现在所有的针尖都插入针垫了，然而……我至少得恼火一下吧。你为什么不抽根烟？战前，我在德国的讽刺杂志《痴汉赛莫斯》(Simplicissimus)上看到一幅漫画。它分两帧。第一帧画面是两个人举着手枪对峙，而他们的见证人站在一边引导着决斗。

在第二帧画面中，对手像以前一样站着，盘旋的烟雾从他们的枪管中升起；见证人躺着，死了。此举纯粹是萧伯纳式的做法：射杀见证人，而不是决斗的二人组。

白方：如果让你自由发挥类比，你就会把秒数^③附加在象棋对决中。

---

① 《如你所愿》(What You Will)是《第十二夜》的副标题，或者更确切地说，在《标题诗学》中被称为"双重标题"。这里黑方说它是"标题"显然是有意为之。

② 英文原名为 As You Like It。

③ 一语双关的文字游戏，在俄语中"секундант"一词兼有"决斗者的见证人"和"秒"两个含义。

黑方：是时候了[1]！

白方：我把萧伯纳先生作为靶子送给你。作为一个戏剧
　　　家。但是，最好是没有愤怒（sine ira）……

黑方：……和偏见[2]（et studio）？那样就行了。近六十年
　　　的戏剧理论和实践为萧伯纳积累了丰富的影响力。
　　　但他在棋盘上的精湛技艺莫过于他对两步棋的掌
　　　握，即"王车易位"。

白方：具体说来？

黑方：何乐不为呢？我想请你注意《苹果车》，这是舞
　　　台大师的一部戏。马格努斯国王身陷困境，即他
　　　有可能被牵制甚至被将死。所有的内阁大臣都向
　　　他发起了攻击，要求通过宪法。国王只有一个机
　　　会：易位。他利用了这最后的机会——国王的侄
　　　子被加冕，匆匆继位。至于国王，他更愿意宣
　　　布参选议会议员，并利用他退位的轰动，跻身于
　　　议会的领导层，在那里他可以推翻拟议的宪法提
　　　案。对此，他的那些目瞪口呆的大臣们一致秒速
　　　回应：

---

[1] 1948年，科尔扎诺夫斯基在脚注中写道：黑方的愿望实现了。在国际象棋比
赛中，秒钟的使用类似于决斗中的见证人，是在二十世纪四十年代开始使用的。

[2] Sine ira（愤怒），et studio（偏见），两处皆为拉丁文。

普罗迪斯：这是背信弃义。

巴尔巴斯：一种肮脏的把戏。

尼科巴：有记录以来最卑鄙的。

普林尼：他将在选举投票中名列前茅。

白方：萧伯纳……他的琴盘很长。但即使是一个键也能出色地奏出漂亮音质。但是普里斯特利[①]呢？这位最前沿的剧作家，带着可调琴桥的单弦琴？

黑方：这个名字总是引发我的联想：一场同时进行的国际象棋比赛——由某个"巡查员"（由作者在无形中协助）从一张桌子到另一张，从一个角色到另一个角色；按照国际象棋巡回赛的传统，在每一个棋盘上排布完全相同的开局。

白方：这只是容器，是剧情被戏剧化包装的方式。内含什么？

黑方：（停顿片刻）。归因于他者的自杀，或是……

白方：你瞧，"或是"。承认吧，你的象棋术语贫乏了。民间故事的世界比我们的小方格世界更广阔、更

———————————

① 普里斯特利（J. B. Priestley，1894—1984年），英国剧作家、小说家和评论家。

丰富。我们是不是该借鉴，嗯？

黑方：我洗耳恭听。

白方：某位"漂泊隐士"拥有一瓶奇迹之水。这种液体是一种超级黏合剂，可以将擦肩而过的接触变成最紧固的黏合体。两位恋人，一次幽会，然后——噗——这对爱情鸟就没法分开了；"拆散者"出现了，呲——拆散者与私会者难以分开；一位邻居听到了骚动，跑了过来，魔法瓶挥舞，嗖——无耻又恶毒的人越聚越多，直到流浪的隐士念出咒语，使神奇水消融。

黑方：这些意象都不陌生，但是……顺着你的思路说吧：在北方村庄的收获季节，当所有的小屋都没人的时候，房主人离开时会用一根棍子或一把扫帚从外面撑住家门。不是为了锁门，不是，而是为了向一些偶然路过的"漂泊者"表明，他们的房子没有从里面锁住。所以这些来自棋谱和童话奇迹的道具也是有其条件的。戏剧应该是一个封闭的系统，从内部密封，而不是……

白方：现在你就像巴巴·雅加①一样，把头从肩膀上拿下来，然后用梳子梳理她的头发。如果进入我们的民间传说，里面就有这样的形象。我们的民间传说包罗万象！

但是，别急着遵循谚语——"如果斧头坏了，就把斧柄扔了吧"——的建议。斧柄仍然可以为我们的目的派上用场。如果我们谨慎使用象棋的类比，就可以给戏剧创作者提供一些建议。例如，我们可以很容易地置换古老的五幕剧结构，即开局；接着进入中局；最终解开残局。这种划分戏剧的方式避免了戏剧的间断性，让戏剧更加有机、更加轻便。

在我看来，在进入类似斯坦尼茨②式的戏剧创作的封闭世界时，这种类比的力量会得到加强。你——我是通过经验和……亲身体验知道这点的——是组合式加激进的安德森式③棋风的信

① 巴巴·雅加（Baba Yaga），斯拉夫民间传说中的女巫，专门偷窃、烹饪并吃掉受害者（通常是儿童）。她是生命之水喷泉的守护者，与两三个姐妹（都被称为巴巴·雅加）住在一座森林小屋中，小屋在鸟腿上不断旋转。

② 威廉·斯坦尼茨（Wilhelm Steinitz，1836—1900年），首位正式的国际象棋世界冠军，国际象棋理论家，"局面弈法"的创新者。

③ 阿道夫·安德森（Adolf Anderssen，1818—1879年），德国国际象棋大师，十九世纪中期的主要棋手，以牺牲式攻击而闻名。

徒。他对基泽里茨基[①]的"不朽"之攻击，之所以不朽，恰是因为，为了换取最后的胜利几乎输光了所有的棋子。这种戏剧的先锋通常是一着险棋。险棋是什么？"特洛伊木马"（在棋盘上，几乎总是一个卒子），是送给敌人礼物以换取一个"好客的"防御漏洞。随后是强行突破。棋局沿着攻击线延伸。但还有另一场战争正在进行：一场由隐藏的狙击手、大范围的侦察队和运输机组成的战争。

黑方：所有这些都非常有启发性。甚至太有启发性了。对你的搭档来说，确实如此。

白方：很抱歉。我只想说，正如梅特林克[②]首先命名的"静态剧"，还有斯坦尼茨引入对局的"封闭阵型"，都包含了一些特征，这些特征即使没有亲缘关系，那至少也有相似的属性。一种不稳固的、摇摆不定的平衡被打破了，或更准确地说，是被破坏了一半又立即恢复了——正是在此基础

---

① 莱昂内尔·基泽里茨基(Lionel Kieseritzky，1806—1853年)，德国国际象棋大师。正如科尔扎诺夫斯基在前文提到的那样，基泽里茨基并不是以胜利而闻名，而是因为他在1851年与前文提到的安德森的所谓不朽对局中输掉了比赛。

② 莫里斯·梅特林克(Maurice Maeterlinck，1862—1949年)，比利时剧作家和评论家，1911年获诺贝尔文学奖。

上……不，这些同属性的存在是颤巍巍的。总的来说，艺术也是如此。我根本无法忍受草地网球——只是因为一连串未被球拍击中的球和一连串的比赛。在艺术中，不应该有"**偏离**"这回事。谁将死了谁对我来说有什么关系呢：X 击败 Y 或 Y 击败 X？我想的是……

黑方：那么——如果你乐意的话！——为什么不去看看中国的杂耍艺人在杆子尖上旋转陶瓷盘子呢？让你的心——哦，多恐怖！——和从杆上掉下来的盘子一起碎掉。生命的战斗！这才是所有主题的主题。在艺术、体育、哲学和战略中都是如此。

让这些棋盘上的独腿居民踩着软软的鞋底无声息地移动吧。但人类的思想没有给它们注入安静的灵魂，而是……哦，说这些有什么用——告诉你一件真事：那是在战前，莫斯科国际象棋比赛期间的一个晚上。在大街上（是在"莫斯科"饭店的大堂前），雨水和冰雹交织——那里挤着一大群雨伞和湿帽子；大厅里人头攒动，礼堂里人挨着人。他们是谁，这些人？美学平衡的守护者？永远正确的使徒？不，他们是决斗者的见证人，也就是你的《痴汉赛莫斯》中所描绘的那些滑稽的人。他们完全被一种战斗情绪所浸染。他们完全不关心是 X 击败了 Y，还是 Y 打败了 X，哦，不，他们随时准备为"自己人"殚精竭虑。我再说一遍，这些都是见证人，而不是旁观者。

而那些来自伦敦或格拉斯哥的足球迷又是怎么回事？他们买来喔嘟棒，以"表达他们的感受"？从本质上讲，这些原始的喔嘟棒在鼓噪什么？鼓噪不那么原始的东西：一个事实，一个人的声音远比他的感情的声音微弱！而你……啊，真是的……

白方：Odtrabiono。

黑方：这又是什么意思？

白方：这是波兰的一个军事术语。字面意思是"吹罢号角"。我们俄语更直接，意为"稍息，抽根烟"。借个火。啊，好的。谢谢。请允许我继续。封闭的棋局被搬上戏剧舞台时，就变成了密闭的对话行为。它的动作是渐进式的，却震撼人心。剧中人物对话的性质——无论是在角色之间，还是在他们内心自白——都极其强烈。在这类戏剧中，人物与老书橱，甚至是"深受尊敬的"书橱

交谈 ①。行动的搏斗是无声的；然而，动机的斗争却非常强烈。微小的优势的积累就是这样发生。民间迷信说，如果继母抚摸孩子的头顶，那么他就会缩矮一罂粟籽的高度；如果他的生母这样做，他就会长高一罂粟籽的高度。你在等我引用契诃夫的话，但我……找到了……我的笔记本，收集了民间习语和俗语……在这儿，"老婆，嘿，老婆！""啥事？""你爱我吗？""嗯？""还是不爱我？""是的。""是的什么？""没什么。"这就是生活的本性：解开绳结，而不是把它们截断。剧作家，比如像奥斯卡·王尔德这样微妙的剧作家，会痛骂这类粗制滥造的剧作，它们竟然把舞台上的剑与盾都没收了。至少该把盾牌留给反角，不管他有多么活该受到谴责。

黑方:（插话）绝不是。以其之盾制其身。茹科夫斯基那句诗怎么说？"仆人变节杀死了骑士"——这是民谣的第一句；而最后一句是"厚重的盔甲

---

① 作者在这里指的是契诃夫的戏剧《樱桃园》，在这部戏剧中，幻想型的地主加耶夫以恭敬而华丽的语言直接对他的书橱说话，这段话后来成了华丽辞藻的某种讽刺性速记。

溺死了他"①。一般来说，在所有这些人尽皆知的平衡理论中，我更喜欢诚实的杆秤，而不是永远摇摆不定的天平。而且我不是一个会被罂粟籽触动的人。

在象棋中，微不足道的小优势的积累只会导致无望感，只会让人预感到，这场能训练我们思想肌肉的最强意志力游戏会被平局杀死。你在棋盘上看到的最令人沮丧的事情就是"和棋"，即束手无策的时刻，窒息而死的时刻，棋子一盘散沙的时刻：五十步就位。

美国剧作家奥德茨追随契诃夫的脚步。在他那部剧《失乐园》中，所有非戏剧性人物②都在四处游荡——这不是玩笑——他们就像"迷失了"。那么"乐园"又是什么呢？一种强制性的美式大团圆的结局？剧中角色一动不动，既不前进，也不后退。这一切取决于被遗忘在抽屉里的一张令人厌倦的彩票，为那些无足轻重的失败者

① 引自瓦西里·茹科夫斯基的诗歌《复仇》。在诗中，仆人因为穿上了从死去的主人那里偷来的盔甲而溺水身亡，这突出了诗歌正义或神圣正义的概念。

② "非戏剧人物"指的是戏剧中不属于主要演员或情节中心的角色，可能是外围人物、临时角色或背景角色，他们的存在有助于营造戏剧氛围或背景，但在推进故事情节方面没有重要作用。

赢得翻身的一天。一夜暴富，数不清的美元。这是什么？是生活吗？不，这是生活的"附录"，就像那些报纸的增刊，订户可以剪下纸片来折叠纸人。

白方：但是，谁是"订户"呢？

黑方：不要插话。我们必须承认，这个奥德茨，把一个古老的传说融入他的戏剧中的方式太聪明了。他是怎么做到的？很久很久以前，人们决定建造一座塔，塔尖直刺云霄，高入星空。起初，工程进展迅速，然后放缓，最后停止了。之后的一代又一代人忘记了伟大的建造者的计划，开始把这座骄傲的高塔一砖一瓦地拆下来，用以建造他们的房子和小屋。就这样，随着时间的推移，他们简陋的房舍越来越多，而那座塔……戏剧是一门壮观的艺术，而戏剧的主角应该有心理上的成长。我能理解一个充满活力的角色，但拒绝理解一个逐渐失序的角色。

白方：（沉默片刻后）我们都醉心于揭示象棋与戏剧策略自行展开时的相似之处。但从逻辑上讲，在做任何事情之前，我们必须先确定这两种戏剧学间的本质差异。这将使我们轻车熟路。就我而言，我相信两者不同的原因之一在于，在封闭的象棋棋局的小世界里（就像其他游戏一样），有所谓的规则："碰了这颗子，就得行这步棋"；而在封闭的（即便是去英雄化的）戏剧世界里，有一条心理定律——也许不是定律，而是归纳法，或者说约定——即"一切都被触动了，但什么都没变动"。

黑方：请允许我使用一个沉默的形象。（停顿）尽管，它是平衡砣①的形状：我们的确可以像你一样，谈论在这些小木头演员身上的戏剧性。对此，别太当真（cum grano salis②），只有操纵木偶的人是活的。我谦卑地恳求你接受这一点。但是，当黑格尔以《安提戈涅》的案例研究构建他的悲剧公式时③，断言"民法"和"神圣法"的碰撞会让观众产生"恐惧和怜悯"的感觉，因为此处的善，事

---

① 平衡砣（counter weight），为了平衡舞台吊挂物的铁砣。

② 拉丁文，字面义"带着一撮盐"，意为"别太认真"。

③ 黑格尔在《精神现象学》中（他有意歪曲了站在安提戈涅一边的索福克勒斯的立场）提出，悲剧的意义在于城邦（克瑞翁）和家庭（安提戈涅）原则的冲突。双方同样有罪，因为他们只从自己的正义观念出发，而没有试图理解对方的逻辑。克瑞翁为了城邦利益颁布与"不成文"法律相抵触的法令是错误的，但安提戈涅为了取悦"不成文"法律而擅自违反城邦法令也是错误的。安提戈涅的死和克瑞翁的不幸命运是他们单方面行为的结果。

实上阻碍了善的实现（一种法律践踏了另一种法律）；他继续说（把正反颠倒过来），喜剧，呈现的不是一个主角与另一个主角、一条法律与另一条法律的冲突，而是无足轻重的人物与其他同样无足轻重之人的争吵，以无法无天来应对无法无天，以诡计对付诡计，从而引发观众的快感和解脱感，因为邪恶事实上阻止了邪恶的实现，然后……哎哟，我还以为自己永远也说不到"然后"了呢。这就是黑格尔式风格的压迫性影响。

简而言之，舞台上的人物要么是坏人，要么是好人，他们的灵魂非黑即白。而棋盘上的人物被黑色或黄色的漆覆盖着，既非正，也非反；换句话说，他们处于道德标准之外。这一点至关重要。

我将扩大这个突破口。我们被自然和历史的问题所包围，"宇宙之谜"，正如海克尔给他的作品起的标题①。这些作为对象呈现于我们面前。我

---

① 德国动物学家、哲学家恩斯特·海克尔 (Ernst Heinrich, 1834—1919年) 在这部作品中对存在的神秘进行了唯物主义的解释。

们要么猜出答案，要么被"大自然—斯芬克斯"[1]扯进深渊——非此即彼。这就是科学家、思想家和人类精神领袖认知的世界。

但除了这些思想家，还有一些天生的玩家。例如，你和我。他们不是世界的伟大谜题的解谜人。不，这些人是新的小谜语的发明者，比如说，适合这个小棋盒的。在无条件的世界之旁，他们创造自己的有条件的世界，并赋予它们玩具真理，然后开始以无比的严肃性，尽心尽力、深思熟虑地沉浸于解决"象棋问题"。重复一下：我是一个棋手，直到咽下最后一口气，但我怎么能反对谢里丹说的，他只"听说有人撞墙撞得脑浆迸裂，但从未听说过有人专门为此目的而建一堵墙"[2]。

（停顿）

白方：请允许我这样说。看来你把我带入了一座密集的

① 引自十九世纪俄国诗人、外交家费奥多尔·丘契夫（Fyodor Tyutchev，1803—1873年）的短诗《大自然是斯芬克斯》，诗人在诗中把世界比作斯芬克斯的考验，虽然并没有真正的谜语或谜底。

② 理查德·布林斯利·谢里丹（Richard Brinsley Sheridan，1751—1816年），英国剧作家。这句话出自托马斯·摩尔的《理查德·布林斯利·谢里丹阁下生平回忆录》（Memoirs of the Life of the Right Honorable Richard Brinsley Sheridan，1825年）。

形象森林，迫使我寻找其边缘，以便……但是，
凭什么？

黑方：就凭悖论吧。

1946年

战争初年的莫斯科

生理学特写（节选）①

窗　户

甚至在战前，它们就已经开始警惕战争了：莫斯科的窗户。纸质的"十"字形或"之"字形图案铺满透明的玻璃。我们用剪刀和胶水给玻璃穿上镂空的白色衣裙。后来，这些白色条纹被换成了深蓝色或紫色——窗户不情愿地变得不习惯于天生的裸露了。对我们这些被征召为裁缝的人来说也是，窗户似乎是一种压抑的装束，既阻挡阳光，又妨碍眼睛，是伦敦人用过的旧物。

战争也是如此，是别人传给我们的。在纸条彩带的后面，是厚厚的蓝色窗帘衬层。与即将到来的暮色一起，卷帘的伪装徐徐展开。

---

① 选自科尔扎诺夫斯基构想的大型系列作品《受伤的莫斯科》的第一本笔记本中的十九篇文章。科尔扎诺夫斯基基于1946年8月开始创作这部作品，在第一本笔记本完成后，曾试图至少发表其中一些文章，但他的尝试失败了。随着病情的迅速恶化，他不得不放弃这部作品。

　　张开你的手：在手掌的表面，线条以"十"字形和"之"字形分布。通过这些纹路，手相师揣测手掌主人的脾性，他们断言，对每个人来说，手掌上的纹路的组合都是高度个性化的，不会重复。也许这是无稽之谈。但如果并非如此呢？自从战争爆发之日起，各种"如果"就从晴空撒向我们。从古至今，从古希腊开始，手相术就一直伴随着我们——让它继续存在吧，至少是以纯粹的假设或窗学的形式。

　　我经常徘徊在看似熟悉的玻璃四方形前，它们一层一层镶嵌在房屋的砖墙上，鳞次栉比，层层叠叠。在它们的侧翼，是入口处的大门，穿着菱形或方形的镜面制服。我现在已经认不出它们了。皱纹和沟壑爬满窗户的平滑表面，每扇窗都有自己的表情，也可以说，有它自己的世界观。

　　有一个不算复杂的谜语：有木头岸的玻璃湖。谜底是：一扇窗。但现在，每扇望向莫斯科街道的窗户都变成了一个谜语，而且比前面的谜语更巧妙、更复杂。在粘贴着 X 形纸条的后面，住着一些两条腿、两只手臂、两只眼的"X"。简单来说，就是粘贴者。他们用剪刀、手和糨糊工作——这已然成了一种表达，这是心理的去蔽。迟缓或敏捷，细心或粗心，消沉或愉快——无论如何，都反映在窗户被粘贴的方式上。不管你愿不愿意，纸的线条都凌乱地显露在玻璃手掌上。窗学的起点：让玻璃失去一些透明度吧，倒是那些生活在玻璃窗后面的人自己变得有些透明了，可被任何过路的眼睛看到，并被理解。但有一个前提：这眼睛必须足够敏锐，而且理解力也晓得自己的职责——理解。

但介绍到此为止吧。让街道继续延伸，让窗户来说话。

瞧那边，二楼右边第一扇窗。纤细的纸条小径贴在玻璃上。它们的末端懒得伸到窗框的边角，有一条甚至已经脱胶耷拉下来。住在这扇玻璃窗后面的人，就像落在窗户上的一滴雨，滑过生活。他不喜欢主动做某事，他宁愿被安排。他的思想与不良伙伴为伍，也许，可能，不知何故，这类话语是他形影不离的密友。他总是匆匆赶往某处，但从来没能准时到达过任何地方。他的本能反应：不耐烦地把手一挥。他的口头禅："会有办法的。""哦，算了吧！""这有什么大不了的？""我想都不会想。"如果一颗德国炸弹挥舞着空气袖子砸向玻璃？该怎么办？这个"也许"和"可能"的朋友会想一想，然后摇摇头说："谁知道呢？"或者"那就是你的一磅肉了！"尽管在这种情况下，用"吨"这个词可能更合适 ①。

半地下室一层的窗户有不同的说法。它表面宽敞，上部

---

① 借用了莎士比亚《威尼斯商人》的台词。夏洛克要求安东尼奥用后者身上的一磅肉来偿还所欠高利贷，这句话已成为要求应得的份儿的隐喻，无论后果多么残酷。

有垂直的横框——它被完全密封在报纸下面。这些报纸在金色阳光的照射下已经泛黄，阳光还试图强行进入窗户里面，进入半地下室居住者的居所。但是徒劳。它们惹错人了。气窗后的人是一个驱赶阳光的疑病症患者，他强硬而执拗。"今天贴白色十字，明天贴蓝色十字，后天有纸窗帘，还有坏天气，到时候再说吧……"而这位气窗后的人，在窗户上涂抹厚厚的糨糊，把纸张贴到纸张上面，一劳永逸地切断了对他的平静和生活常态的进一步侵犯。过去是：昼—夜—昼。现在则是：夜—夜—夜。事实上，天上的太阳或天花板上的灯泡不都是一样？你可以阅读，可以写作，可以吃喝。从书本到眼睛，从盘子到嘴巴，都不遥远，你不会迷失方向。我能清楚地看到他，虽然他躲在报纸的屏风后面，但这个气窗后的人是一张长脸，脸颊凹陷，从鼻翼到生硬下巴的皮肤布着尖刻的皱纹，眉毛浓密，一双猫头鹰般的眼睛已习惯了昏暗的日子。他，这个来自半地下室的人，当然认为自己比别人更有远见。只要看看凝固在他嘴角的笑容就够了。然而，他没有预见到：再过一个月，他们将关闭他所在街区的灯，他的长脸将不得不拉得更长，他的笑容将不得不远离自己的栖枝了。

继续前行。

一幢很小的老房子，阁楼上有半圆形窗户，屋顶佝偻，仍然保留着十九世纪的风貌。这扇窗子的表情更有亲和力。它洗得干干净净的玻璃脸颊反射着阳光，纸条编织得就像粗织的面纱。仿佛这间破旧的阁楼正透过白色的网罩，眯着眼睛暗自思忖："我们已看到了这一切，我们还将看到更多：你会让我们解脱吗，或者至少让我们快乐？"

或者，再拿街对面那一扇来说吧。尽管被街上的灰尘玷污了，但它还是兴高采烈地将窗扇推向世界。顺着玻璃有一些纸质闪电——尖锐的"之"字形，在对角线上交叉着一支停在飞行中的扁平箭头。显然，这个房间的主人，在那里，在向半空敞开的窗后——灵魂也敞开着。不过……

抬眼望。就在屋檐下面，有两个方形窗口：井然并置，一模一样，像一对热恋之人。两者都有紫色的、类似于花架的格子图案。左边一个三角形，右边一个三角形。右边的框格里有一个小方块和一个十字架，左边的框格里也有一个十字架和小方块。窗户后面的生活就像平行线。更正：曾经是那样。现在他在前线，她在等待信件，在他们之间漫游着三角形或方形的信封——先是往来于不同地区，如今，隔着数千公里。

那边是一个阳台的狭长窗玻璃。铁栏杆上的一个花盆里插着花：天竺葵、金雀花、毛茛。天竺葵和毛茛都不知道发生了一场战争，它们盛开得若无其事。它们同样不知道自己只是一年生植物。但我知道——知道它们，却不知道我自身。

我的脚步行过的两侧，有很多这样的窗户在左右密集伫立。有的阴沉冰冷，像被凿开的冰窟窿，竖立着；有的就像垂直的湖泊或池塘，太阳眩光的银色鳞片不时在其表面闪烁。字典里没有足够的语言，想象力亦匮乏于将它们的意象描刻在这纸页上。遗憾的是，艺术家的铅笔正忙于其他更紧迫、更重要的工作，相机也被禁止未经许可按下快门，这也是理所当然的。因此，你们，被战争摹写在莫斯科的窗户之上的象形文字将永不会被描述。但你们留在某些人的记忆中了，像我这样的人，也就是被称为"怪胎"的人。

水边的女孩

水管停水了。好吧，如果水到不了人这里，人就得去找水。主妇们带上水桶和盆子。我不懂家务，不善生计，就从角落里翻找出一个波尔若米①酒瓶子，出门去找水。

在一块蓝色背景上，白色的字母标明着液体。有果汁、矿泉水等。在柜台后面，在三个底部有小水嘴的空玻璃缸旁

────────

① 格鲁吉亚地名。

边，坐着女孩一号，她的手缩在袖口里。在她穿着的那件领子上翘的毛皮大衣外面，罩着一件干净的白色工作服。

"请给我一瓶气泡水。"

"我们只按杯卖。"

"好吧，那就来几杯吧。要是有个小水壶就更简单了……"

"我们没有。而且这是不允许的。"

"不允许什么？"

"把水带走。您得在这儿喝。"

"那我也得在这里洗手了。你要知道，在我们的家里……"

"什么你们的、我们的，全都不关我的事。你喝还是不喝？"

"那不可能。"

在我们的喧闹声中，女孩二号从后面走了出来。她做了一个解释的手势：有可能。

这时，我才注意到：一个大约十二岁的男孩坐在墙边的一张小桌子旁。在他面前有四个杯子。其中两个还在冒泡，第三个已经安静下来，第四个正把明显冰冷至灼烧的液体倒进他的嘴里，就像倒进一个水壶。

对此，还能说些什么呢？第一次对话的速记记录（根据记忆）就这样结束了。

第二次对话。

我把瓶子藏在大衣口袋里。在我面前的是女孩一号和女孩二号，还有另一个——三号。就像在法庭上一样：

"一杯。不，四杯，我喝得来。"

"杯子在那边。但是没有水了。商店已经关门了。"

"那为什么门还开着？"

"门是开着的，但商店关门了。"

"但是门不是通向商店的吗？"

我觉得自己被某种非此即彼纠缠不清了。"毕竟，你们还坐在这里。"

"他们让我们坐在这儿，所以我们坐着。"

"但是——"

最后一个字属于那扇砰响的门。

第三次对话。

商店陷入了半黑暗。柜台前，一盏油灯闪烁，灯光旁边，是女孩二号的头和一本打开的书。我听到潺潺的水声——感谢上帝。

"喏，我带来了水壶。给你。"

"我不能给您。"

"但那里有水。"

"是有水，但没有灯。商店关门了。"

"然而你却在看书。搞什么鬼?"

"公民，我必须请您离开，您都要把灯芯弄灭了。而我是不是在看书，与别人无关。我告诉过您了——现在不卖水了。"

女孩一号和女孩三号从微微打开的后门里惊恐地探出头来。

第四次对话。

黑暗中。没有光亮，没有灯。我问向黑暗。

"有水吗?"

黑暗回答道:"有。"

"灯在哪里?"

"烧掉了。"

"谁干的?"

"煤油。"

"那么……"然后，我转身走向门槛，打开了外面的门。

在冬日明亮的光线下，水边的三个女孩的面孔、大理石漆的柜台和玻璃滴管闪现出来。

作为回应，是三声愤怒的喊叫："把门关上！快点！亏您还是个有文化的人！"

"倒水。倒满。然后我就关门。"

一阵阵冰冷的空气，就像一群口渴难耐的幽灵，从我身后冲过来。

现在我听到的不是喊叫声，而是冰冷的低语。

"听着。关上门。您得理解，呐……大家不会那样做事。"

"水。"

一分钟后，我在柜台上放了三个十戈比的硬币。瓶子变重了，滑入我的大衣口袋。

我紧紧地关上身后的门——一副胶合板造的盔甲。我静静地听到，丝绸般的沙沙声："五戈比找零。"

七月的宝贝

用报刊的语言来说，你的"发布日期"可能是被轰炸莫斯科的第一批炸弹稍微加快了。

七月的宝贝，来自最可怕的一年中最可怕的七月，你应该明白……话说回来，你现在还不理解任何事。这很好，因为一个人可能会死于理解，就像死于白喉、肺炎、肠道疾病。

懵懂是你生存下去的机会。抓住它。但你注定要去理解这世界。有一天你会问："我父亲在哪里？"他们回答说："被杀死了。""为什么？""为了你能活下来。为了那时的你。"

但那些都是说辞罢了。也许你不会问那些问题，人们也不必回答。你父亲的拐杖或他外套的空袖子——会替他回答。

现在，你世界的中心不过是你母亲乳房的乳头，半径先以英寸延伸，然后以米，然后……

七月的宝贝，我常在"避难所"里观察你，在爆炸的轰鸣中，每个人都把焦虑的目光投向天花板。就连那些偶然来这里的士兵也如此。只有你保持完全的平静。听着炮声，抽烟的人们紧张地卷着烟，掩饰颤抖的手。

你，不过是一条吸虫，毫无掩饰，在你那布满水泡、没有眉毛的小脸上没有一丝恐惧。

哦，七月的宝贝，坚持你稚嫩的无畏吧，越久越好。它会派上用场，因为战争仍与我们同在。

1949年

未竟文学的历史（提纲）①

已实现的和未实现的文学构想。未实现的定律：一部作品诞生得越慢，它孕育的新主题就越多。

阻碍构想实现的生物学因素：随着主题和素材数量的增加，生命却会按比例减少。例如，社会原因：主题受阻，情节供需失衡；审查：各种名目的文件吞噬主题等；至关重要之物被急迫之物、次要之物取代；外部强加的文学任务的侵入。

因此，每一位作家在去世的那一刻，都积累了一笔文学的负债，一套仍未物质化的思想，好似它们仍亏欠于社

---

① 本文与之后的《夸张的历史》两篇提纲性质的篇目，同属科尔扎诺夫斯基未竟的学术写作计划的一部分。科尔扎诺夫斯基在1936年11月14日的一封附函中写道："我提出了几个需要深入研究的主题。从前，我想亲自将其构思实现。但如今我认识到：主题仍旧存在，但生命正在消逝。因此，我想至少给出一个粗略的轮廓，一些简要的提纲。据说，在阿拉斯加淘金时，划出特定区域的人会将一根标有自己名字的杆子插在地上，这被称为：预订。我想就一些主题提出一些简短的预订申请，这些主题或由其他人深入研究，或因不必要而沉寂。"八个主题的清单：1. 文学景观；2. 未竟文学的历史；3. 莎士比亚百科全书（两册）；4. 题词辞典；5. 文学中的语义名称（辞典）；6. 夸张的历史；7. 哲学与修辞学；8. 标题诗学。在这些主题中，只有《标题诗学》形成了一个完整（但计划扩充）的文本。

会似的。

一笔"文学遗产"，既包含现实性，也具有潜在性。那些没有充分实现的、半实现的、构思中的、仅作为笔记拟定的对象，为我们提供了一个不断增加的系列，是拥有独特的"未确定的存在"，可能需要对其进行学术研究。

首先出现的，是一系列纯方法论性质的问题：对未实现之物的研究在何种程度上是可实现的？

一个构想何时才能获得充分的文学 – 历史性的可见度？

思想是与它们的创造者的生命一起消亡，还是被传送给其他作家（新的文学世代）来完成？

关于"无继承者的主题"和构想的"执行者"的问题。

我们将方法像撒网一样撒到保证获得最佳渔获之处。我的"从——至——"：从古典主义的结束至象征主义的开始，即从十九世纪初到二十世纪初。这是一个君主制警察国家的时期，它以一系列的书刊审查拒马 ① 来保护自己不受文学传播的思想的影响。在这一时期，主题圈的半径时而扩大，时而（更经常地）缩小，有时几乎缩小为零。文学要么通过"伊

---

① 拒马，法文为 cheval de frise，俄文为 rogatk，是一种反骑兵防御工事，铁丝网的前身，由钉在框架内的钉子制成。

索寓言式语言"（谢德林语 ①），要么通过沉默，即不实现主题来保护自己。

　　在这篇文章的结尾，我将列出一份相当完整的清单，列出这一时期已经构想但尚未能诞生的文学主题的清单，并预先提出这样一个问题：我们是否应该删除十月革命之前最杰出的作家已构思的、但未能实现的主题和情节结构？或者，我们是否应该至少部分地承担前几代人没有清偿的主题或叙事的债务？简而言之：我们是应该在普通的墓地旁建起思想的墓地，还是应该将死者与生者区分开来，履行我们对后者最后的义务？

第一章

　　十八世纪末。贵族阶层对印刷机存在偏见，认为它闯入了手写诗集和私人书信的时代。"少数人"的文学 ②——只为那一人（该体裁滥觞于"书信小说"）——为自己（日记，上

---

　　① 米哈伊尔·萨尔蒂科夫－谢德林（Mikhail Saltykov-Shchedrin，1826—1889年），著名的俄国作家、讽刺作家和剧作家。他以其讽刺作品而闻名，这些作品尖锐批评了十九世纪沙俄社会的各个方面，特别是官僚主义、社会不平等和腐败。

　　② 原文为德文 *Für Wenige*，诗人茹科夫斯基的诗集（1818年）。

锁的)。关于保持沉默的政治理论("沉默的诗人有福了"[1])。寻求"名誉"而非"酬金"的文学作品。

缓慢的节奏和无主题的生活,迫使墨水干涸在墨池中。闲适的诗歌。杰尔查文的第一步[2]。暂时还谈不上无可实现:很快就出现了过度实现的问题,即单一主题的重复和变奏。

《西风》:特列季阿科夫斯基和罗蒙诺索夫最后的作品,在其中可清晰看到作者试图实现关于风格和格律的理论的努力,但最终也只达成了一半。[3]例子(两栏:左边,理论主张;右边,用诗歌来实现它们的尝试。)

卡拉姆津[4]和茹可夫斯基。借助古代和当代西方诗歌的新词及意象。这两位诗人未实现的意图的规模相对较小。

---

① 普希金《一个书商和一个诗人的对话》中的一句诗。该诗首次出现于1824年,是普希金《欧仁·奥涅金》第一章的引言。

② 加甫里拉·杰尔查文(Gavriil Derzhavin,1743—1816年)的形而上学颂歌和挽歌是十八世纪俄国诗歌的最高成就之一。

③ 瓦西里·特列季阿科夫斯基(1703—1768年)和米哈伊尔·罗蒙诺索夫(1711—1765年)的论战著作仿照西方模式规定了音节诗的形式,并试图在自己的诗作中加以体现。

④ 尼古拉·卡拉姆津(Nikolai Karamzin,1766—1826年)写过诗歌,但人们更熟悉的是他的游记、情感故事和巨著《俄罗斯史》。

第二章

普希金和普希金昴星团 ①——诗人对主题的缓慢且成熟的思考（变体见1833年《奥涅金》副本中粘贴页）。主题从一种体裁到另一种体裁的旁支，例如，《普加乔夫叛乱史》《上尉的女儿》《彼得大帝的黑沼泽》（未完成）、《彼得大帝的历史》（未实现）。普希金的书信成为未实现的文学承诺的集合。这位诗人的创作涵盖所有体裁。

我提供了一个流派表。如果只参考诗人已出版的作品，其中的一些框架仍然是空白的。但对他的札记和提纲的研究，会在这些方框中填充主题。

"未实现之构想的继承性"问题——适用于普希金的思想遗产。

莱蒙托夫作为部分地实现的普希金思想的"执行者"。

在普希金的一生中，与果戈理相关的"主题份额"（《钦

---

① "普希金昴星团"是与普希金有关的诗人圈子的传统称谓，科尔扎诺夫斯基在本文中提到了其中的诗人彼得·维亚泽姆斯基（1792—1878年）、安东·德尔维格（1798—1831年）和尼古拉·亚济科夫（1803—1846年）。彼得·恰达耶夫（Petr Chaadaev，1794—1856年），他的《哲学书简》抨击了俄国的落后；亚历山大·格里鲍耶陀夫（1795—1829年），他的诗歌喜剧《智慧的痛苦》（1823年）中的主人公可能就是从恰达耶夫那里获得的灵感；以及帕维尔·纳什乔金（1801—1854年），普希金长子的教父。

差大臣》和《死魂灵》)[1]。

我们的整个文学是普希金情节的谱系树，以各种方式分叉而产生复杂的组合。

全景式例子。

第三章

普希金昴星团。

安东·德尔维格：他口述的两个恋人和一位旁观者的故事。未完成的小品。

尼古拉·亚济科夫：未写的诗。

彼得·维亚泽姆斯基：他的档案，一份进入写作进程但从未寄出的主题列表。

彼得·恰达耶夫：一个未实现的天才。

亚历山大·格里鲍耶陀夫：笔记草稿：大量未写成的作品。

帕维尔·纳什乔金：未竟的回忆录。

这个圈子里的其他一些例子。

---

[1] 果戈理的这些主要作品(以及他的短篇小说《外套》)，显然都是从普希金以及与他有关的逸事中衍生出来的。

第四章

果戈理：未完成的带有理论性特质的作品。其未完成的原因——知识不足或作者的方法不完全。

《死魂灵》第二卷：果戈理关于一个新主题的"梦想"[①]。

第五章

涅克拉索夫[②]：《食腐的缪斯》[③]的诗人们。杜勃罗留波夫的讽刺性实验[④]。布朗热派和海涅派[⑤]。与审查制度的斗争，使

[①] 果戈理的《死魂灵》显然是以但丁的《神曲》为蓝本计划创作的三部曲。第一卷出版于1842年，以"亡魂"（在人口普查中仍被记录为在世的已故奴隶的称谓）的邪恶交易为中心，为描写俄罗斯的精神复兴铺平了道路。随后的各卷将俄罗斯的神圣命运推向顶峰。果戈理完成了第二卷的完整草稿，但在宗教狂躁症发作，绝食之前毁掉了手稿。

[②] 尼古拉·涅克拉索夫（Nikolai Nekrasov，1821—1878年），一位重要的诗人、激进知识分子，也是文学期刊《当代》和《祖国笔记》的编辑。

[③] 十九世纪末的讽刺作品集之一，名字源于在海岸上收集腐肉食用的贼鸥。阿姆菲捷阿特罗夫为其编撰的两卷本十九世纪六十年代的讽刺诗人选集（1914—1917年）选取了同样的名字。

[④] 尼古拉·杜勃罗留波夫（Nikolai Dobroliubov，1836—1861年），一位激进的评论家，与涅克拉索夫的《当代》有联系。科尔扎诺夫斯基在此考虑的是杜勃罗留波夫在诗歌方面的失败尝试："讽刺诗、小品文、模仿诗"。

[⑤] 科尔扎诺夫斯基在这里指的是法国诗人兼作曲家皮埃尔－让·德·布朗热（Pierre-Jean de Béranger，1780—1857年）和德国诗人海涅（Heinrich Heine，1797—1856年），两位政治激进的诗人，他们的作品配上流行的旋律，流传甚广。

得大量思想湮灭无闻。

民粹派文学："被扫除"的主题。

第六章

陀思妥耶夫斯基：小说的构思清单①。这个清单没有实现的原因。

第七章

萨尔蒂科夫－谢德林："伊索寓言式语言"的技巧。谢德林未发表的手稿。一些甚至连草稿都没能完成的构思。

第八章

列夫·托尔斯泰：未完成的《地主的早晨》。未写成的

---

① 陀思妥耶夫斯基的第三部小说《涅托奇卡·涅兹瓦诺娃》因其1849年被流放到西伯利亚而中断。其他未完成的作品包括《俄国的坎迪德》《嫉妒》《谋杀》《作家的浪漫史》《皇帝》《大罪人的生活》《托博尔斯克谋杀案》《死后第四十天》（后三部被并入《卡拉马佐夫兄弟》）。

《前一天的历史》[1]。托尔斯泰在"非有形"领域里的相对繁荣。

第九章

契诃夫：作家的"笔记本"——一张未实现的情节的清单。契诃夫的书信往来，追踪他从未成功实现的主题。

第十章

象征派：未完全实现的理论。艺术作品作为一个主题符号的主题，即在一个主题上发出信号。

伊万·鲁卡维什尼科夫和他的主题和情节的理论，这些主题和情节依附于"或此或彼"的节拍和韵律[2]。

---

　① 托尔斯泰早期的实验性日记《前一天的历史》(1851年)是斯特恩为叙述一天的全部内容所做的努力，托尔斯泰在写了二十五页纸解释自己为何在希望描述的那一天的前一天深夜上床睡觉后，放弃了这篇日记。

　② 伊万·鲁卡维什尼科夫(Ivan Rukavishnikov, 1877—1930年)，与象征主义有关的诗人、小说家和翻译家。

勃洛克：他的未写成的剧作项目（《屋顶上的鹳》等）[1]。

安德烈·别雷：已实现和未实现的主题变化理论。别雷的情节实践。

列夫·伦茨和他关于"可以无尽延展的情节"的想法[2]。

第十一章

关于作者的两个文学的"我"：获胜的"我"和沉寂的、退败的"我"。

高尔基是现实主义作品的作者，也是幻想故事的创作者（《关于魔鬼》《小说中的一个人》等）。

---

[1] 格里高利·丘尔科夫在他的《勃洛克回忆录》中讲述了这样一则逸事："有一天，他宣布在他的灵魂深处萌生了创作一部戏剧作品的想法。对于'这个想法是什么'，勃洛克非常认真地回答道：'屋顶上的鹳鸟和黄昏（Aist na kryshe i zaria）。有人质疑这是一部悲剧的素材，对此，勃洛克向我们保证，虽然他没有其他想法，但'黄昏和一只鹳'对于一部戏剧来说完全足够了。然而，这只'鹳鸟'没有任何结果。"

[2] 列夫·伦茨（Lev Lunts，1901—1924 年），剧作家和评论家，与二十世纪二十年代列宁格勒著名的文学圈"塞拉皮翁兄弟会"有联系。

车尔尼雪夫斯基、屠格涅夫等人的双面性 [1]。

第十二章

提供未实现作品的简明清单的表格。清单按时间顺序列出未写作品。重述这些作品的主题。

名称和主题的索引。

1936年（？）

---

[1] 科尔扎诺夫斯基大概是想利用这些作家(以及他们的后继者高尔基)来证明，梦幻般的想象力的存在，无论这种想象力如何被有倾向性的现实主义扼杀。他可能想到了车尔尼雪夫斯基1863年的小说《怎么办？》中插叙的乌托邦式的《薇拉·帕夫洛娃之梦》，以及屠格涅夫在1852年的《猎人笔记》中津津乐道地叙述农民的迷信和鬼故事。这两位作家经常被配对使用，因为他们最著名的作品有交织：车尔尼雪夫斯基1863年创作的小说《怎么办？》是对屠格涅夫1862年《父与子》的回应。

夸张的历史

◆

1. 夸张。一个词语，也是一种修辞名称。夸张作为一种超量性的修辞。"投石者"，立在世界边缘的一个人，试图把一块石头投出其边界（卢克莱修）。ὑπερβαλειν：超越（向上）的投掷者，类似于植物学中的"顶端分生组织"[1]。垂直向上或水平向外的语言运动。夸张和阶段。抛出的石头，从边缘弹回或飞出去，就是否定式夸张或肯定式夸张。夸张的音阶。

2. 夸张作为修辞。夸张作为一种文体倾向（双曲性）。夸张的称谓。夸张——悲剧风格[2]，夸张——高跷式。通过超夸张（v_2）来戏仿夸张[3]。举例。

3. 夸张的音节（如拉伯雷在梅斯特的演讲中减少了辅音等）。大象化的词[4]，例如莎士比亚《空爱一场》中的

---

[1] 俄文为"tochka rosta"，即"生长点"，是一种植物干细胞，能够发育成植物的任何部分。它分化成初级和次级分生组织，分别垂直和横向生长。

[2] 古代悲剧中庄严、严肃、有时僵硬的表演风格。

[3] 这句话似乎是一个巧妙的文字游戏，利用层层夸张来强调夸张本身的概念。符号"v_2"可解释为这种高度夸张的数学或符号标识。

[4] 大象化的，原文为"elephanticized"，源自拉丁文"elephantus"，此处用以表达词之冗长。

"honorificabilitudinitatibus" [①]。短语过度增大。形象膨胀。

　　夸张的上限和下限。任何特征或文学系数，逐渐增加特征的强度或系数的倍数，以达到超过与现实的任何对应关系的程度，将被视为夸张。但数字上的夸张很少与艺术类的夸张相吻合，如贡戈拉 [②] 和果戈理。通过举例说明，夸张的精细分级不断加深："从一个织工身上抽取三个灵魂……" [③] "战场上有六个里士满，我杀了五个……" [④] 或者 "哦，我真希望他和六个奥菲迪厄斯，或者更多，和他的部落，一起使用我的合法之剑……" [⑤] "哦，二十次的挚爱，再多一次……" [⑥] "让泰伯特被杀死一万次" [⑦]，以及 "如同四万个兄弟" [⑧] 等。夸张的上限——在力度或数量上超越了艺术的界限，如莎士比

---

① 莎士比亚的《空爱一场》第五幕第一场中，角色考斯塔德嘲笑霍洛弗尼的冗长和使用夸张的词语时提到的词，是中世纪拉丁文 "honōrificābilitūdinitās" 的助动词和变位复数，可译为 "不胜荣光"。

② 路易斯·德·贡戈拉·伊·阿尔戈特 (Luis de Góngora y Argote，1561—1627年)，西班牙巴洛克时期的抒情诗人，以迂回曲折的风格著称。

③ 出自莎剧《第十二夜》："我们是否应该唤醒夜莺，从一个织女身上汲取三个灵魂？"

④ 出自莎剧《理查三世》："我想战场上有六个里士满；今天我杀了五个，而却没有杀他。"

⑤ 出自莎剧《科利奥兰纳斯》。

⑥ 来源不明。

⑦ 出自莎剧《罗密欧与朱丽叶》："那'放逐'，那'放逐'两个字，就等于杀死了一万个泰伯特。"

⑧ 出自莎剧《哈姆雷特》："四万个兄弟的爱合起来，还抵不过我对她的爱。"

亚、拉伯雷、果戈理的例子。

4. 夸张的辩证逻辑。夸张的上限和它从量变到质变的标志。举出《格列佛游记》中两个简单的例子。试图将夸张的下限理解为从质变到量变的转化。我对这一点持怀疑的理由。

5. 夸张的历史——文学史就像一条河流，在时间的长河中传递着人物、主题、题材、情节和风格，由此辨识它的平水期和洪汛。夸张，是文学意象和符号的洪流；泛滥，是其特征的巨大化。就像列宁格勒建筑上的深色污渍提醒我们过去的洪水，我也将用文学史上的各种引文，试着在下文中标记出其风格的双曲线式上升。

6. 历史在说话。古代亚述人和巴比伦人的铭文。自我颂扬的夸张。王室的楔形文字，层叠的楔子，就像这些帝国的建筑，将国王的称谓从人提升到神圣。小亚细亚文明特有的多义式夸张。埃及大祭司的夸张：让蜣螂（猩红甲虫）的小腿一直伸向太阳，引自埃及民间故事和《亡灵书》。

7. 希腊。昏昏欲睡的夸张。对尺度的研究。以大地为中心的八层天穹，对应毕达哥拉斯八和弦的重量各异的八根弦①。奇数优先于偶数，有限优先于无限。投掷者卢克莱修

---

① 这里融合了两个不同的传说：一是毕达哥拉斯发现了音乐调音的基础；二是西塞罗在《国家篇》中提出八分音符与天体相对应的理论。

放下他的投石器。埃利亚人的不动之箭①。乌龟超越了阿喀琉斯。慢条斯理的分段演讲——夸张的急速跳跃。荷马和忒奥克里托斯②的引文。解释《荷马史诗》中为数不多的夸张例子（"像上万人的尖叫一样响亮"及其他）。箴言警句③：其反夸张性。

8. 在前文艺复兴的几个世纪里，以植物态存在的夸张。它只蜷缩在信件与手册中，在各种敬谦尊称语中，偶然出现在东方民间故事里。略举几个例子。

9. 夸张在骑士文学时代再次出现。它的前身是一些圣徒言行录以及伪福音书，两者显然都在游戏意象的巨大化。例子：旁经及中世纪传奇故事。

10. 十六至十七世纪。夸张在其纯粹的文体存在中重生并焕发出新的活力。贡戈拉主义④。马里诺主义⑤。尤弗伊斯体⑥。莎翁是这最后一种风格的模仿者，同时也是戏仿者。庞

---

① 此处指芝诺，他制造了许多逻辑悖论，认为箭矢在飞行的每个瞬间里实际上没有运动发生。

② 忒奥克里托斯（Theocritos），希腊诗人、牧歌创始人。

③ 指在古希腊诗歌或有节奏的散文中阐述哲学或道德内容的格言。

④ 起源于十七世纪西班牙巴洛克诗人路易斯·德·贡戈拉·伊·阿尔戈特，又称"夸饰主义"。

⑤ 起源于十七世纪意大利诗人詹巴蒂斯塔·马里诺（Giambattista Marino）的华丽、夸张、奢侈的风格。

⑥ 源自希腊文"euphues"（诙谐、优雅），英国散文中一种夸饰造作的文体，盛行于十六世纪。

大固埃主义（十六世纪）。完整的例子和比较。

11. 斯威夫特（十七至十八世纪）。《格列佛游记》几乎是夸张手法在现实主义领域的唯一尝试。例子。

12. 十七世纪末至十八世纪。古典主义作为一种夸张的体系，在其发展过程中停滞。杜绝过度兴奋。高乃依悲剧中的几段对话。伏尔泰的否定式夸张。

13. 十九世纪。浪漫主义试图通过在时间或空间上的视角转换来夸大意象。异国情调和追忆怀旧的诗学。浪漫主义的第三个也是最后一个手段：通过调动情感来实现意象的巨大化，好比拉伸意象的轮廓。感伤主义。西方文学及我们文学中的例子。

现实主义及其建立文学度量衡的精确分类的渴望。夸张被放逐。在这个动荡的时代，它只能偶尔在"说书人"和政治演说家那里找到栖身处。慕肖森的忏悔式夸张[①]。

夸张的低调蛰伏。自然主义作为一种过度缩简，是微观化的现实，也就是事物的否定式夸张化。例子。

现代性——夸张的生活进程。事件的七步连跨[②]。作家只

[①] 慕肖森男爵是一个典型的虚构人物，他的原型是卡尔·弗里德里希·希罗尼穆斯·冯·慕肖森的冒险故事。科尔扎诺夫斯基著有小说《慕肖森男爵之归来》。

[②] 形容事件发展极快，俄语中数字"七"的文化象征内涵类似于汉语中的"九"，表示"最大"。

需真实地记录历史的步伐，就已经超过了现实主义的惯常取向。生产和文学的路线——"超越计划"，超越西方和我们自己，即夺取对夸张的控制权并将其征服。

无日期

作家手记（节选）

Ⅰ.第一册笔记本

有可能在偶然中遇见真理。但需要记住，与之相遇时它不会点头问候。

（变体：我对真理唯一的认识是，与之相遇时它不会点头致意。）

心总是觉得，自己还够不上一颗心。

形式是指在叙述内容时履行一定的手续。

我的心从未敲开生活之门：见鬼去吧！

"只招平庸之人"。人才招聘。

谁掌勺无关紧要：只要有人喂食就好。[①]

《白老鼠》。

一个沉睡的骑士。一把剑横穿小河。灵魂沿着这把剑过河，

---

① 原文"кормили"是动词"кормить"（喂养）的过去时复数形式，该动词的过去时阴性形式为"кормила"；而句中的"кормила"是名词"кормило"（舵）的单数二格形式；"укормила（стоять/быть）"旧时有"掌舵"之意，后引申为"执政"，为尽可能表现出作者文字游戏的关联，因此意译为"掌勺"。

就像一座桥，遵循自己的职能。返回：水流使剑锋朝上。灵魂被切成两半。

1. 双方协商。

2. 一半被水流带走，另一半返回。

（骑士）带着半个灵魂继续冒险：切面穿过逻辑、爱情、父亲、母亲等。

每条河流的名字，都是流向虚无的河流的名字。

鱼儿学会了用牙齿生活。

一个作家的经历：起先是他读，接着是人们读他，然后是人们在读他之上的阅读。

我想摆脱艺术性（和良心），却不知门在哪里。

思想循着一条总路线行走，或者，沿着刀刃，穿过针眼……

成为一名作家：在一本探访世界之书上签名。

我以自己的默默无闻而闻名。

他非常善良，是素食主义者，但他总得为捕鼠器寻得一小块儿荤油（他无法拒绝捕鼠器的一小块儿荤油）。

把他钉在十字架上，而不用一颗钉子。

故事。

这是个非常受人尊重的人。他生活的街道以他的名字命名。

但出于谦虚，他搬到了另一条街。于是，另一条街也以他的名字命名。很快，城里的所有街道都变成了同一个名字，人们被搞糊涂了，并辱骂起这个受尊重的人。

活着，就是把棍子插入运送我的灵车的车轮里。

使徒彼得弄丢了钥匙。寻找。这时，义人们在门口聚集。他找到了钥匙——开门：义人们——就像排队买黄油一样——为进入天堂在队列中争先恐后。

让知识分子做外壳，壳里是种子：理智[1]。

形式主义者认为，首先是小提琴盒被打开，然后他们才开始构想用什么把它装满。

我的文学技巧面临的任务：加快叙事节奏。于是我们用"马克西姆·高尔基"号[2]来运送我们的小说。

无花果树因对无花果叶（被摘光）的需求而干枯：因没有遮阴而复仇。

多年来我的心都在敲着生活之门，而它从没有被打开。

---

① 原文为拉丁文 intellectus。
② "马克西姆·高尔基"号，二十世纪初对"无产阶级列车"——行驶缓慢、所有站点没有任何便利设施（如水和暖气）的列车——的通称；后来这个绰号转而被用在勉强运人的货运列车上；在苏联去富农化时期，甚至被用来指运送流放犯的畜运列车。

我——一个被论断的人。

如若真有上帝，那他早已自杀。
（变体：……那我们会尽一切努力促使他自杀）。

死亡目前仍是无党派的。

艺术毕竟还是中性的。

我还是做到了"让星星落泪"，至少——有两颗（她的眼睛）。

每个人的袖子里都有一个傻瓜。[①] 如果我们每个人的袖子里都住着一个傻瓜，那么从袖子到手中笔尖的距离就太近了，以至于无法替文学感到放心。

活着，让最后一文钱随最后一口气从口袋里滚出。

他有一个宽敞的地方留给灵魂，但灵魂"处于观望状态"。

她年轻的心——像一只盲目的鼹鼠——力图钻入爱情之中；由此，她心头上的两座鼹鼠丘变大、变圆。

既然我脚下没有土壤，那就需要去土壤下面。

他们的作物轮作没有超出简陋的三圃制[②]，思维轮作也没有超

[①] 每个人的袖子里都有一个傻瓜，原文为英国谚语"人人都有糊涂的时候"（Every man has a fool in his sleeve）。

[②] 三圃制，亦称"三田制""三区轮作制"，欧洲中世纪盛行的一种耕作制度。

出三维。

一个喜剧角色：小时候他被烟囱清扫工吓唬过，到老又被清洗。

如果用脏抹布擦拭这些"纯粹的想法"，它们会变得干净得多。

生活——起初是这般，"没什么"，而之后就没有什么了。

我的道路——循着生活圈的切线。

自杀者。我献出生命，就像有人把钱施与乞丐。虚无在乞讨——它比最穷的乞丐还要穷；我所施舍的是生命。

某些无产阶级作家的作品好似甜菜肉饼或豌豆香肠：形式上荤腥①，内容上比所需要的更荤腥。

1. 形象中的三段论。
形象结论中的中间形象（M）。
2. 把概念当作形象来对待，像对形象一样确立它们的相互关系——这是我文学经验的两个基本方法。

在"革命的锅炉"里，有些人烧得通红，另一些人烧得白热。

这位作家的想象力像座火山。对了，我忘记说，是座泥火山。

请给我来一张从伟大到滑稽的硬座票和一张返程票。

---

① 原文"скоромно"，兼有"荤的"和"猥亵的"两个含义。

我没有什么可失去的，除了一连串……推论。

第一个行三次互吻礼[1]的人，是犹大。

他套上了耳朵听布道（无聊的讲座）。

智慧没有实用功效。这，往远了说，是通晓外语，却不知如何获得外国护照。

智慧是无利的，因为它只会造成痛苦，造成伟大对渺小的侮辱，用思想使事实蒙羞。

结果是，通过淘汰，适者生存（还在适应的则灭绝）。智慧成为残存物。总有一天，它——会像始祖鸟一样——只在几页纸上留下扁平的印记，仅此而已。

示例——文学："愚笨，但有才华。"很快："有才华，但也愚笨。"

聪明人在发疯后，会确保自己恢复理智。

实质上，任何一次形而上学的离题都是一条可以走出理智边界同时又方便原路返回的出路，是一次极其"不具消遣性的"、带着返程票回到起点[2]的旅行。

戏仿是门艺术：回顾过去，走向前方。

我活在如此遥远的未来，以至于我的未来在我看来就像是过去，陈旧而腐朽。

总有一天，我会像一副夹鼻眼镜一样，被随手放入盒子里。

---

[1] 在复活节，东正教徒之间互吻三次以示祝福。

[2] 原文为拉丁文 ortus。

算啦，说实在的，我从来不需要近视。反而是短视需要哲学家。

知识分子，就是那种被推碰到会说"抱歉"的人。

恶棍、"反面人物"和诸如此类的人不仅在生活中，而且在戏剧、小说等作品中都总是能够过得不错。他们总是有更好的表现效果，在艺术上比诚实、善良的那类人更具说服力。

然而浑蛋也可能不幸。他永远处在被拖走处理的威胁下[①]。

童年时惧怕黑暗的房间，老年时惧怕死亡。
（变体：不要用黑暗的房间——死亡来恐吓我。）

地球的黄道——是圆形、扁平的、微微倾斜的眩光。也好，可见这种情况也发生在上帝身上：万事开头难[②]。

对卧石来说情况不错。它是自己的墓石。

如果上帝存在，那人们早就使他落得自杀的下场了。

---

① 原文"сволочь"，作名词有"浑蛋"之意，作动词有"拉下，拖走"之意；原文"рассволочения"是作者根据"сволочь"的动词意义构造的一个动名词，翻译处理为"被拖走处理"。

② 原文"первый блин комом"，俄罗斯谚语，直译为"第一张饼会做成块儿状"。

Ⅱ.第二册笔记本

我不写诗，也足以是个诗人。

在跳棋比赛中，当一方按吃子玩法，一方按净子玩法（即爱）时，双方都会获胜[1]。

致被划掉的人：相信。

我——一个被划掉的人。

带着二月的灵魂，进入十月的事务……

福音书上说：原谅你的敌人。但书里没有任何地方说：原谅朋友。
朋友就是那些我们爱着，却无法原谅的人。

哈姆雷特作为最后的形而上学者，是一个纯粹的存在：不可能被杀死；他也是充斥着无尽幻想的虚无——可怕的不朽。

学会所有语言中的两个词："请"和"多少"——你就可以被整个欧洲视作一个欧洲人。

如果你来到忙碌的人类中，那就创造你自己的生活，然后离开。

人们每天都工作，而思想不会每天工作。

---

[1] "净子玩法"即为"自杀跳棋规则"，科尔扎诺夫斯基在此将其与"爱"相类比。

学者们：思想不去找他们，因此他们去找思想。

有个人就要客死异国他乡，空气不多。对"祖国的空气"的向往成了他的一种躁狂症。这时，有人给他邮购了一个装有他故土空气的气瓶（有标签和邮戳）。之后病人在幸福中死去。

方案1：这确实是空气，只不过……

方案2：气瓶有个洞。

人的痛苦，正如旧沙发中的麻絮。

N先生扬起的眉毛（在进入苏联时），直到离开那天才放下。

零（000）总是力求在右边：否则它们将毫无意义。

一个穿过绝对零度的人，摸了摸死者，说：他发烧了。

我需要将那些像煎锅中烤焦的外皮一样的感情从我身上刮干净。

我的存在是一种单纯的客气。

时间。它在生活中溜达。在医生那里，它听到："人需要消磨时间"——到处都能听到这样的话。深受折磨的时间控诉起这些预谋犯们。

一封信寄出："我主上帝收"。没有签收。退回的信上写着："找不到收信人所在地"。

善待死者的艺术。

　　我们很有礼貌，但只对死者如此。如果您想听人对您来上一段感情充沛的演讲，那就去死吧。

　　有个人偷走狗，又将之归还给狗主人：为了归还的甜蜜——一份酬谢。

　　长草的土墩以为自己是一座山，直到有人踩到它。

　　一个小偷，出版偷来的手稿。

　　一个由三个字母（N. N. A.）命名之人的故事：关于一份手稿。没有人录用它。

　　小偷偷走了装有手稿的手提箱。失望。然后——出于虚荣心——去了一家编辑部，（在那个编辑部）手稿被更好地录用了（动机）。而快要饿死的作家在书店橱窗前看到：他的书。

　　日落之前，事物长长的影子提醒我们，过去的一天也很长，但就像一个影子。

　　我们就像夜晚走在向阳面的人，以为那里更温暖。

　　一个姑娘非常懒。

　　事情是这样的："嫁给我，好不好？"他问她。"好。"她回答道。因为回答"不好"要比"好"多说一个字。于是他们结婚了。

　　到了分娩的时候，她也懒得用力。事情拖了很久，当她终于在丈夫和医生的坚持下克服了懒惰时，生下了一个完全成熟的人——长着胡子，喏——就像您一样。

　　当我死去，不要阻止荨麻在我上方生长：让它蜇刺我。

当我死去，让荨麻在我的坟墓上生长——为了纪念我——蜇刺我。

一个小国。罢工。作为回应，政府也宣布罢工，拒绝统治。不好意思，大家都很满意。

学习的根是苦的，但它的果实……是酸的。

这是一个心地最善良的人：他愿意和每个人分享自己的梅毒。

任何一个想法落在大脑中，就像坐在理发师的椅子坐垫上一样。而你会问："坐得舒服吗？"

视觉的女儿。
（世界，是视觉的女儿。）

市侩气是一种被加热的逻辑。

我失信于对自己的信任。

视觉的艺术在于善于看见自己的眼睛。

身为一个作家……我与谁同列，是多数派，还是少数派？如果按人头数算，我是少数派；但如果按思想数算，难道我不是多数派吗？

梦：他们如何把我的手稿废弃在垃圾箱里。

战争。死神的工作——没有片刻休息。死神死于过度劳累。

卖淫^①是一种被动的恋尸癖。

关于形式和内容的争论——在我看来——完全合乎逻辑：难道不是为了内容而采取"好的"形式吗？

当人们死亡时，有人会将五戈比盖在他们眼睛上；这表示，在他们的一生中，除了五戈比，他们无法、也不想看到任何其他东西。

一个守财奴，想着他死后被放在眼睛上的五戈比："本质上，这并非什么令人不快的场景。"
（变体：一个人请求借五戈比放在他的眼睛上。）

艺术是非臆造的思考。

"страсть（激情）"一词生病了——游离的"a"挤到了"p"的前面，而空缺处鼓起一个死板的圆"o"——成了："старость（老年）"。

对于那些用心血写作的人来说：心是糟糕的墨水瓶。
（变体：文学已成为一种沾人游戏——蘸好小羽毛，千方百计地力求沾染到一个人身上。）

一个老人（在革命中）："我还没有失去脸红的能力。"

尽管思维受到存在的制约，但它本身并未与存在签订任何契约：通过无头的头脑（即存在），它只和真理交谈。

---

① 原文"проституция"，兼有"卖淫"和"出卖灵魂"两个含义。

我们都住在非自愿巷。

"上帝"在自己的……休息日创造了人类。
（变体：上帝先生的休息日。）

只有在迫切需要的情况下才允许职员自杀，且只能在休息日自杀。

大洪水过后——是我们。
（变体：大洪水发生之地，是我们之所在。）

我的意识是穿过存在的林间小路（于存在中伐出的林间空地）。

我唯一的客人：思想。

我和你将在子虚乌有中相遇。

时间，被驱赶到钟表里，像狗一样被拴在链子上（在马甲口袋里）。
（变体1：钟表是一只圆形昆虫，移动着两根黑色触角。）
（变体2：钟表是一只乌龟，从含镍的龟壳下面露出圆形的、有凸纹的脑袋，供正忙着的人使用。）

来自售票处的现实场景。
——我是第一个。
——不，我才是！
——同志们，不要吵——省下力气去建设社会主义吧。

　　我们都是死刑犯：我们都会死去。

　　如果动物冲我狂叫，我也许还能忍受，但如果在动物前加上"社会"——你知道，这就不能再忍了。

　　生活是一场愚蠢的、令人痛苦的失眠。

　　故事。
　　魔鬼从上帝那里租下了世界，但他不遵守上帝的律法。

　　当敌方的侦察机在文化上空盘旋时，头脑中的灯必须熄灭。

　　这里已是文学的尽头。我尽可能地越过了语言的界限，穿行于空隙，跌倒又站起，感到绝望又被绝望的力量点燃。突然，一处前所未见且谁都无法言说的林边景象——透过虚无逐渐映现出来①——向我展露。我环顾四周，并领悟到：我已无法回返到那些话语中了。

　　我的思想聚合为三段论（又分散为一连串的推论），默默地走近展览会。在那里——在被针刺隔开的暮色之外——是属于构思的国度。

　　思想家，并非忠实思考之人，而是忠于思想之人。
　　（不忠于思想，又怎么能忠实思考呢？）

---

　　①"逐渐映现出来"的原文"проконтуриваться"为作者根据名词"контур（外形，轮廓）"构造的一个动词，大意为"逐渐显现在眼前"。

收拾好你的思想，准备好随时进入一个新的世界观。

我的生活由两部分组成：
1）输掉的一盘棋；
2）对败局的分析。

我已死去。我能听到我头顶上方草的生长。这毕竟比听到打在自己脸上的耳光要好。

乘客们争论着窗户（"开——关"），就好像他们是斯拉夫主义者和西欧派，而窗户是"通往欧洲的窗口"。

存在让意识决定自己，但意识不同意。

我已做出选择：有意识地不存在好过无意识地存在。

世上最令人厌恶的事情：天才的思想在平庸者的头脑中度过自己的时光。

酒精的红颜知己：无聊。

为无腿者游行。

假如奥维德在我们中间，他不用诉诸神话学就能寻得自己的《变形记》。

你必须像哨兵移交自己的哨岗一样交付自己的生命。

文学已被拔光了它所有的羽毛。

Ⅲ. 第三册笔记本

直线是一条曲率无穷小的曲线。

艺术是记忆术系统之一。

思想设闸。通过平衡智力水平，思想从一个头脑到另一个头脑里上升或下降。

下游河段总是占优势。

俏皮和悖论——来自智性视觉的斜视。倾斜的逻辑。总有一天（在苏联的制度下），这个症状将得到医治。

我活着是为了延长不愉快。

一个英国人在用剃刀自刎前，会先用它刮完胡子。

一个念头从颅骨缝隙渗出。

决斗（战争）：礼貌地杀人的艺术。

只有无腿之人才不会被绊倒。

我的逻辑性就像疾病一样让我感到难受。治好我的逻辑吧！

我的手稿就像压在我脖子上的重物和压在我灵魂上的石头："水

（灵魂）不会在平卧着的石头下流动"①。

思考的艺术是容易的，而思考周全的艺术是最难的。

既然你不快乐，那就意味着，你是人。

革命是现实的加速，思想来不及赶上。

最慢的过程是将完备的思考注入肌肉、将思想转化为行动的过程。

只有少数人能制定规则。

如果自然界变得没有原则，科学就会终结。

我更喜欢制定规则，而不是遵守规则。

生命始于死亡（唯心主义＝唯物主义）。

生命：一场"零和十字架"的游戏。不驳倒零，我们就会躺在十字架下。

艺术的公理是感觉（感觉的公理性）。

思想在成长过程中需要被移植到越来越大的花瓶……抱歉，也就是头脑中。

---

① 原文 "**под лежачий камень вода не течет**"，俄罗斯谚语，大意是 "如果不行动起来，目标就无法实现""懒人一事无成"。

现在思考生命为时已晚——是时候思考自己的死亡了。

不耐烦是我的本质，而生活却要求我有最大的耐心。

上帝不存在，但他的名字无处不在，甚至在领袖的演讲中，与"要知道"和"可以这么说"一起。

有不负责任的苦恼，也有负责任的苦恼。

我生活在一本书的页边，这本书名为：《社会》。

是的，我爱我自己，但，似乎没有回应。
（变体：我在我自己那里没有得到回应。）

当人们无礼地等待死亡时，这就被称为疾病。

——它和什么一起配着吃？
——已经吃掉了：配着意识形态。

形而上学的历史是一部试图带着自己的章程进入别人的守护神之庙（神圣意志）的历史。

这是马克思主义理论。而你却在争论！

——妈妈，汽车总是穿着四只套鞋走路吗？

假分数在遇到真分数时感到非常羞愧；它感到难为情的是它的不标准、大于一，它有一个令人尴尬的剩余意义。

在睡梦中，人是非道德的，因为他的神经元彼此隔离。在现实中，它们被联结成一个统一的大脑。在睡梦中，被加在一起的神经元从总和中释放出来。

我想成为被爱的人，可只成了随便什么人。

世界上没有酒，也没有水。一切，要么是质量，要么是数量。但质量是定量的。因此，生活就是可量化（去可量化？）。

不能做的比想做的多。

她给我一张进入她内心的一次性通行证。

参孙没有和自己的磨坊搏斗。他长出了头发[①]，也许，还有头发下面的东西：思想。

板球场上的一粒沙子可以被思索为一种有限之物，但迷失在沙漠里的一粒沙子，就已经是一种无限小的模型了。

我有一张文学的写作票。我看到其他人饯别、启程。但我没有迎接或送别任何人。就是这样。

遇见真理时，他并未向它鞠躬，只是微微举起帽子。

我正处在中间——当生命之岸（出生）已经消失，而死亡之岸还未显现。

---

① 神赋予参孙的力量源泉在其头发。

我的俏皮话将一把永远不会切开任何东西的武器磨得锋利。

荒漠之所以是荒漠，是因为其中没有水。我们的文学之所以是一片荒漠，是因为里面除了水，什么都没有。

社会主义是一场为争取闲暇而进行的斗争。闲暇没有权利——它争取自己的权利。人必须（在闲暇时）发明机器——机器必须工作——不得闲暇。

最终，不存在之物声明自己有存在的权力。
（变体：生命的本质——不存在之物夺取存在。）

我的人生是在荒漠中四十年的漂泊。我将从掘墓人的铁锹中得到应许之地。

——你在做什么？
——我在丰富虚无。

死亡及其邻域。
（生命是死亡的邻域。）

在市场上（来自现实场景）：
——你是谁，集体农庄庄员还是投机商人？
——那你是谁？
——我也算是个工厂工人……

想法诞生时是头朝前的。但它们过着头朝后的生活。
（首尾颠倒。）

童贞被偷走，被（破门）抢走或者在拍卖会上被拍卖（心脏的跳动声＝锤子的敲击声）。

我们的蜜月在二月，而且不在闰年。

我观察未来如何变成过去（资本主义将过去看作未来；社会主义拟定计划，将未来像过去一样画上线、打上格）。

地球正在变秃。（森林被剃光。地球被斧子剃头。）

森林人：我们书架上的纸浆也是书的木材；我们坐在木椅上，在木桌前读书，用木制笔书写，我们的书页是木制的……我们生活在森林里。

当人们诉诸灵魂时，它就会变得扭曲：它知道，它唯一需要做的就是扭曲自己。

一场失败者锦标赛。比所有人都失败的失败者感到自己很幸运：他将获得一份使他成为幸运儿的奖品。但失败摧毁了他，他死了，不知道奖品是一团气、一个嘲弄人的零。

剧作。一个富人临终时将一笔财产遗赠给继承人，用于建造继承人自己的墓碑。继承人假装死亡并抢劫了自己的墓碑——被捕——审判。

我对在这个世界上扮演一个失败者感到无聊，并非作为一个演员，而是作为一个观众。

在我们所有人中，高尔基的生活最甜蜜，别德内的生活最富

有 [1]。

在死亡中休假。

当我遇见我自己时，我力求错开。

朋友是一种特别危险的敌人。

一首抒情诗应该是一种小剂量的强烈有效的情感。

我不是用生命去冒险——我是走向不可避免的死亡。
（变体：活着就是走向不可避免的死亡——以或多或少的快步行走。一年就是走向死亡的365步。我们都向着不可避免的死亡而生。）

这里就像母亲的子宫一样拥挤。
（变体：房间——像母亲的子宫。）

（用于《流浪的"奇怪"》[2]。）一个变小的人落入了一个人（他朋友）额头上的皱纹中。朋友想起了他——皱起了皱纹——这个小人儿因被人想起而死亡。

由于未受过教育，我是一个哲学家。

---

① "高尔基"（Горький）这个词在俄语中的本意是"苦的"。杰米扬·别德内（Демьян Бедный，1883—1945年），苏维埃文学的开拓者，社会主义现实主义诗歌的奠基人之一。"别德内"（Бедный）这个词在俄语中的本意是"穷的"。
② 《流浪的"奇怪"》，科尔扎诺夫斯基在1930年创作的一部中篇小说。

人，既然生而为人，就永远是一座桥。一座是横跨水流的木杆，另一座是不够稳固的板桥，第三座是横跨深河的拱形曲梁，而那里还有双跨、三跨、五跨的有复杂图案装饰的混凝土桥——人桥。人桥，那些道路对行人们关闭的人，从今天通往明天。人们从一个时代走向另一个时代，从自我走向自我（最远的距离）。

零是无穷大与自身汇合的时刻，但指向相反的方向。

生活是一份杂乱无章的问卷。每一种感受都是一个问题。

我是生活的外国旅行者。
是时候被遣送回虚无了。
（变体：返回祖国。）

将托尔斯泰的《战争与和平》翻译成法文：俄罗斯平民说着一口流利的法语，而贵族却不可思议地说错法语。

法国王太子的笑。王子变得痴呆：为了维护体面，人们必须找到并"传送"理由。全法国都在寻找爱说俏皮话和好逗乐的人，用好笑动员。为白痴的笑提供各种理由。

有个人富有，但孤独，不断向所有人借钱。他死了。所有人都被（他的病故）惊动。结果发现：从各种人那里借来的所有的钱都原封未动（相同的数字，相同的面额）地放在信封里。
遗言（日记）：死者非常孤独，借了钱（而没有还），这样至少还有人挂念他，想起他。

我尊重上帝，因为他不存在。
（变体：他不存在也足够了。）

对于至善之主来说，存在是一种极大的不正确。）

我们都有点疏远自己。

这不会通过……列宁的眯缝眼。
（骆驼穿过针眼比富人——财富的观念——穿过列宁的眯缝眼
更容易。）

自我意识是"回顾"自己，作为一种延迟的原则。

地球是一颗煮熟的鸡蛋。

对哲学家来说总是如此：要么只说是"什么"而不说是"谁"，
要么只说是"谁"而不说是"什么"。

一个无神论者很好地证明了上帝的不存在。秘密会议：该怎
么办——上帝的不存在已完全清晰明确——同时，证明机构也解
散、不存在了。

我被扔出社会主义，就像一条太小的鱼被甩出了网。

"我的裤子上有补丁，但我的良心没有"（人物的话）。

他做了一件无法补救的蠢事：他一生都很聪明。
（变体：聪明是一件无法补救的蠢事。）

我对自己写作的尝试如此苛刻，因此我有时候想要纵容别人，
也是可以理解的。（请宽恕我的纵容。）

聪明的谎言比愚蠢的事实更真实。

柳树为何而悲伤？它将一百根钓鱼竿抛入水中：没有一条鱼（没有钓到鱼）。就是这样。

我是一个集体；一个意志的集体就是我。

在梦中——在远离运行的梦境图像的地方——有一个售货亭：这里是解释（购买）梦境之处。

地球因旋转而生病。

让我看看他钱包里的东西，我就能告诉你他脑子里有什么。（告诉我他钱包里有什么，我就能告诉你他脑子里有什么。）

叶子不是从根上长出来的，不是从树干上长出来的，而是从树枝上长出来的。没有必要为了每一件小事而打扰"根基"，影响最终结果①。

一位作家被撞见正在勤劳地打磨自己的光泽。

我不写作，我思考。在夏日，偶尔有一个疲倦的想法落在字行上，就像鸟儿落在树枝上，以便休憩过后，继续……

我与今天不融洽，但永恒爱着我。

生物学和数学的结合，微生物和无限小的混合体，这是我的

---

① 原文为拉丁文 causa finales。

逻辑元素。

我和 C.，我们将在虚无中，在神秘的、同样的无声中相遇。

在梦中，特别是当它开始变得稀疏时，我们对现实产生一种宗教态度，须知这现实之于梦境是一彼岸世界。在噩梦中，我们只有凭借对现实的信仰力量才能转入现实，由自己杀死梦境。想必，信徒在"那种生活"（此处已在言说现实）中的心理有点类似于一个人沉浸在不完整的、浅层的梦境中的精神状态。

梦：我和爱人正驶近伦敦。但火车在道岔间迷失了方向并开到了城市近郊某地。我们不得不带着东西一路走向城市。夜幕降临。一切都被悄然刻画。一排黄色灯光。我和她谈论着反常的石墨性景象。隐隐地，我已怀疑起过于概括的——自眼中，而非映入眼帘——不存在的自然景象。但爱人却说："这是伦敦特有的 ① 雾。不要紧，我们会到的。"我的脚尖（无意间）碰到了灌木丛，先是扬起一团尘土，然后是点点尘埃化为乌有。一种奇怪的忧虑：我们不会到的；这之前将会发生点儿什么。我将行李箱放在公路上并说道："我感觉我现在就要醒了。"她说："那我怎么办？你要进入现实了，那我呢？"她握着我的手，我看到她眼含泪水，但我已无能为力：我的头躺在她怀里，梦境在我体内垂死挣扎，隐约中我看见爱人正在远逝的形象……我死入现实。

目的地快到了：死亡。是时候收拾一下思想了。

社会民主党人认为，如果你将敌人的手握得越来越紧，那么你最终会学会掐住他的咽喉。

---

① 原文为拉丁文 London particular。

社会民主党人是社会千斤顶[1]：你转了又转，可只向上移动几毫米。

我也有一个世界观，但我把它交给了我的一个喜剧人物。

我唯一的戒律是：不要对自己做卑鄙之事。

心有自己的想法。

你无法通过思考获得真理：在此必须加入思维能力。

我喝酒，因为每一杯酒都是生命极微小的模拟（生命之水）：最初是对"生命"[2]的期待——然后是少年的兴奋——继而是青年清醒醉酒的感觉，色情形象的出现——接着是惯性感，一杯又一杯，随之而来的是时间之加速的成熟——之后是萎靡，思维混乱，睡眠的预感，淡漠，这是衰老、老年——最后，是老朽、思想衰变，未喝完的一杯，饱和——而最终，是无梦的沉睡，死亡……而这一切都发生在20分钟内。

醉酒带来感受世界的滑奏方式，直到无法感受世界。

我经常开玩笑，而且总是在悲伤的事情上。

上帝不在风格中，而是在真理中。

文明不在于"不吃生肉"，而是在于必要时，强迫自己吃

---

① 在俄文中，"民主党"（демократ）和"千斤顶"（домкрат）两个词相似。
② "生命之水"，原文为法文 l'eau de vie；"生命"，原文为法文 vie。

下……生肉。

哲学家们在幸福中不快乐，在不幸中快乐（不快乐的幸福是最可靠的）。

哲学上的施虐狂。
哲学上的受虐狂。
受虐狂和施虐狂——一种关系：
受虐狂——泛神论、不动心[①]、悲观主义，
施虐狂——批判的唯心主义[②]、唯物主义。
而怀疑主义呢——阳痿，怀疑论者是真理的阉人。

大脑就像一张网（网状系统）。大脑要么是带钩渔网，要么是拖网——为想法而布设或是去捕获想法。

Ⅳ . 写在散页上的笔记、草稿、箴言

在赫尔岑的房子里生活和聚集着那些会被赫尔岑赶出家门的人[③]。

它与文学的相似性，就像动物园与自然的相似性。

---

① 原文"атараксия"，源自希腊文"ataraxia"，意思是"平静、心神安定"，指一种清醒的内在的和谐状态，其特征是持续摆脱内心的纷扰和焦虑。"ataraxia"是皮浪主义、伊壁鸠鲁主义和斯多葛主义共同的哲学主张和追求的目标，但是每种哲学流派内部对其如何实现都有不同理解。

② 批判的唯心主义，或译作"批判的观念论"，是有关康德哲学的一个术语。

③ 赫尔岑生前的住所成为二十世纪苏联培养政治上循规蹈矩的作家的最重要的文学机构之一。

天才：一个可以变成雪崩的雪球。

思维就像把一条虚线连成一条直线。（这就是历史思考现实的方式，只是将它们联系起来，赋予它们连续性。）

思考就是和自己的意见相左。

文学：思想统治者与思想守护者之间的斗争。

聪明的脑袋在愚蠢的肩膀上。

甚至一条鱼，如果鱼钩钩住了它的肠子或心脏，也会发出细微的弦声——这才是真正的抒情。

当我竭力追求生命时，迎接我的是寒冷；当我死亡时，迎接我的是冰封的土地。

成为一具尸体——这没什么，但成为自己的掘墓人……

"把角放在虚无上"。

情绪是一种心理上的奢侈品。我可负担不起。

康德是对的，人是一个靶子，他向其射击。

名声？难道我不能在……嗯，比方说，死后，得到它吗？现在是得不到了。

死后的名声：隆隆作响的"生命之车"，空车前行。

发言——意味着将自己的个人意见添加到公共意见中。

梦。两种场景：

1）从无所事事的天堂流放到劳动的世界；

2）从劳动的天堂流放到无所事事的世界。我已经历过后者（失业者之梦）。

他只知道酒中的真理。

我像上次一样被打败了。我很高兴：如果我是最次的，而其他人都更好，那么我们的联盟就会获胜。我的不幸万岁。我的死亡万岁。

生活。

自然界："按照这个来"。

人：首先是"存在"，然后是"为什么"。

自杀＝对自己的出生提出上诉＝对存在的判决提出上诉。

理想主义者就像一条比目鱼：能看到上面，却看不到下面（比目鱼无法看到自己下方）。

用于《夸张的历史》。

1）暗含的夸张法。隐性的。情感输出超越语言的限度。冰山（3/4在水下）。

2）夸张法的放大。用尚未打造的草叉在已经干涸的水面上书写①。

---

① 原文化用俄罗斯习语"用草叉在水面上书写"(Вилами по воде писано.)，指"不大可能或难以实现的事"。

头已断，又何惜其发（又何哭秃颅）①（夸张法的过度夸大）。

3）关于夸张法的限度。

黑海般肥大的裤子（果戈理）。

哈姆雷特——否认……夸张的表达。（地球是一团烂泥，世界是一座监狱等。）

人说：活到（某种地步）。作家说：写到（某种程度）。官员说：坐到（某个位置）。

一个作家的人生：写作——抄写——补写——署名，以及……文思枯竭。

在塔钟上，铁匠们的身影锻造着时间。

灵魂和肉体就像丈夫和妻子。起初它们和谐地生活在一起；然后它们开始吵架，因此产生疾病——这些病症是肉体和灵魂之间的家庭（病灶处的）口角；而最后是离婚：死亡。

给自己的墓志铭
　　当我死时，而这件事就快到来，
　　我不需要泪流不止的（有点驼背的爱哭鬼）柳树、
　　鲜花、瓷瓶中的紫罗兰，
　　这些很容易记住——因为这件事就快到来——
　　让荨麻在我上方生长，针刺，
　　让它蜇刺所有人，就像蜇刺着我的一个念头：
　　愿土地对我来说是沉重的，像过去一样。

---

① 原文引用俄罗斯谚语"头已断，又何惜其发"(Снявши голову, по волосам не плачут.)，意思是"做了后悔莫及的事再去计较细枝末节已毫无意义"。

文化：转化为自我才能的一种劳动。

记忆作为一种配景缩小法。

一棵树朝地面弯下腰，仿佛在寻找一片落叶。

画一个人时画出他的疣子①——把一个人的所有疣子都画出来。自然主义：一个人是他的疣子的附属品。

作家们习惯于预支生活。道德上也是如此。

我们的文学列车上没有一节禁烟车厢……需要熏香。

——您是一位有才华的讽刺作家，但您需要接受再教育。
——是吗？讽刺难道不是一种未受教化的艺术吗？

思维领域是这样一片田野：若不了解整个领域的轮廓，哪怕是一小片田地也无法耕耘。
但是，我们要么垂着眼睛看犁沟，要么沿着边缘徘徊，以设定田界。

他说："努力取悦你的良心，要知道，这就是卖弄风情。"

译者应该是伴奏者，而不是演奏者（为原文、原作者伴奏）。

思想中的情感是音调中的泛音。

---

① "画一个人时画出他的疣子"，原文为英语习语"不加修饰地描绘一个人"（Paint one with his warts.）。

反对正在向我迫近的虚无是没有用的。沙地上的脚印能与风争辩吗？

应该向生活学习，而不是教导生活，哪怕是出于对长者的尊重。

有两种类型的聪明：
a）人们对其中一种说："多么聪明的男人啊！"
b）对另一种说："多么聪明的女人啊！"

有些想法像云一样飘浮在思想者的头上。

一种清淡的味道，因认可和称赞而变得浓厚。

像铅笔与橡皮一样和睦友爱。

头脑是一张复写纸，一个思想的孵化器。

我每天扫过房间门槛的碎屑垃圾，粘在门槛上的尘粒……不，每一颗尘粒都比宏大的虚无亿万倍鲜活、有意义。

爱情是一种暴风雨般的好感。
（变体：在所有类型的好感中，爱情当然是最汹涌澎湃的。）

一个温顺地来迎接自己的晚年的人，当他得知火车晚点时，并不生气。
（变体：当你去迎接自己的晚年时，你会幻想：唉，要是火车晚点就好了。）

我并不孤单。我们有两个：我和坟墓。

身体是帆，灵魂是风。死亡是无风的平静。仅此而已。

当一个男人"深深地尊重"时，他自然会到达尊重底部之下，即他同时开始爱上她。

基督："不是和平，而是剑。"
苏联："不是剑，而是和平。"

悖论者（萧伯纳）担心一件事：人们同意他的观点。

在意识形态的迁移中，人是自己的搬运工。

在我艰难的一生中，我一直是一个文学上的不存在者，诚实地为存在而工作。

从伟大到荒谬只有一步之遥，而从荒谬到庸俗的距离不到半步。

自然－现实本身将耐心的头脑投向猜测；不耐烦的头脑从何而来，去往虚构——来源：民间传说、诗歌。

我懊悔，但并不忏悔。

幽默是区分精神层级较高的人和精神层级较低的人的一条界线。所有的人都可以分成两半：一半在幽默的这面，一半在那面。幽默是思维的好天气。在天气阴沉的日子里，思维的工作更吃力。

知道还不够。你必须能够了解、掌握自己的知识。

鲜活的、真诚的悲观主义比勉强做出的乐观主义更令人愉快。

（变体：健康的悲观主义在某种程度上比虚弱的、官方的乐观主义更快乐。）

那些说白就是黑，而黑就是白的人令人不快。但更加令人难以忍受的，是那些一生都在教导他人"白就是白，黑就是黑"的人。

那种在笑的皮肤下没有藏着严肃性的笑话并不高明。

虚构的情节——方式：起初向客观现实借债，请求允许幻想化，偏离实际情况，而之后通过遵循事实的纯粹现实主义与最精确的逻辑推论来偿清对自然－债权人的债务。

如果你像砍掉鸟儿的翅膀一样，砍掉时间的翅膀，你不就得到了所谓的永恒吗？

对陀思妥耶夫斯基的乐观修正。
伊万·卡拉马佐夫威胁说要退还他的"入场券"。有一点，他无疑是搞错了：这不是入场券，而是免票凭证。没必要制造哲学上的丑闻。

他就像一只在冬日巢穴里的松鼠，啃着自己的问题。

一个善良的人是会对自己生气的人。

植物是潜伏的动物（它们四肢着地，立着移动）。

书的灵魂。
如果它想自刎，那么，当然是用裁书刀。

在我等你的时候，日子衰老了（变得渐近老年）。

对话。

年轻哲学家：老师，您建议我证明什么？是灵魂不朽，还是相反的观点？

老哲学家：你有自尊心吗？

年轻哲学家：我有。

老哲学家：自尊心很强吗？

年轻哲学家：是的。

老哲学家：那就证明灵魂不朽吧。

年轻哲学家：为什么？

老哲学家：更明智。当你证明灵魂存在的永恒时，即使你错了，你也不会知道。但是，上帝保佑，当你证明灵魂的死亡时，如果你错了，那么自尊心会毁掉你的所有永恒性。

当一个人无意中发觉认识真理的过程中有趣的一面时，他就会放弃自己的哲学地段并转向艺术，将概念诉诸形象的法庭。

（艾特 译）

译后记

◆

　　阳光普照，取用不竭，可有谁收到过太阳的账单？科尔扎诺夫斯基的小说集《未来记忆》里有一个令人印象深刻的角色：潦倒的、靠兜售哲学体系为生的斯瑞特。他认为：阳光其实是给所有被太阳照耀之人的一笔赊账，需以"才华"偿付，而"才华"一词的希腊文"τάλαντον"意为"秤"与"平衡"，即在给予和回报之间保持均衡。科尔扎诺夫斯基一生艰难，遗留的三千多页手稿在他去世几十年后才被发掘出来，整理成六卷俄文作品集陆续问世。这是一笔丰盛的文学遗产，也可视为我们后来者需要继承并清偿的文学债务，一项仍存在于世的"本体论任务"。

　　迄今，广西科学技术出版社已出版五本汉译科尔扎诺夫斯基的小说集，我和先生冯冬合译了其中四本：《骷髅自传》《未来记忆》《慕肖森男爵之归来》《不知情大街》，《字母杀手俱乐部》由方军与吕静莲译出，这些小说展现了科尔扎诺夫斯基写作的高度原创性与哲学化倾向。不过，他的文学成就不仅限于小说，像他这样一位具有深度思考能力并通晓多种语言的作家，还有大量别的创作，比如戏剧学（剧本《第三个人》、表演理论）、哲学论文、文学评论、随笔札记、视觉碎片等。《不存在的国度》是科尔扎诺夫斯基的非虚构写作集，其体裁和风格多样，旨在进一步展现他的想象力和创作范围，内容广涉哲学、美学、民俗学、戏剧学等。这些文字大多是在苏联肃反运动最激烈的那些年代写出，那也是社会主义现实主义被宣布为唯一被认可的艺术方法的时期。科尔扎诺夫斯基这些匪夷的幻想和隐含讽喻的文字不合时宜，他将自己的博学、睿智和语言天赋倾泻于纸上，展开一篇又一篇奇妙的思想之旅，尽管在当时几乎没有一篇能够发表。《不存在的国度》被思辨式思维和哲学化论述贯穿，文本密集，组织精密，书中含有大量特立独行的观点，犹似抽象的利刃，游刃在文字游戏与奇绝的意象之间，正如他所说"生物学和数学的结合，微生物和无限小的混合体，这是我的逻辑元素"。这些文字的阐释方式不止于逻辑论证，就像他的小说一样，作者以想象力诗学地构建其文本，远远超过了一般意义上的散文。我想，若是有"思想艺术家"的称号的话，科尔扎诺夫斯基当之无愧。

本书收录的每一篇文章都独具个性，早期的三篇短文中，《爱作为一种认知方法》《思想与词语》分别是对爱、思想、语言以及世界之可认知性的沉思。科尔扎诺夫斯基擅长以微妙的洞察力，运用词语元素，达到扩展表达与意义的目的。第三篇《阿尔戈和埃尔戈》(*Argo and Ergo*)是他对科学与艺术、哲学与文学的二分法式论辩，具有象征主义色彩。在此篇中，科尔扎诺夫斯基将希腊神话中伊阿宋乘坐的一艘船"Argo"与拉丁词语"Ergo"（因此）并置，讨论现象（物质）世界与本体（观念）世界的关系，暗示这些所谓的世界之间的差距可能只是一个字母。另外一个例子是他早期的哲思小说《雅可比与"仿佛"》("*Iakobi i iakoby*")，虚拟了德国哲学家海因里希·雅可比（Iakobi）与人格化的虚拟词"仿佛"（iakoby）之间展开的关于存在与本质的对话。科尔扎诺夫斯基是人格化的大师，他能像吹送生命气息给泥人的创造者那样，赋予笔下的角色或思想以灵性，如在《不知情大街》中的小说《灰色软呢帽》里，"为何活"这一念头从一个人颅骨溜出，钻入其他人的头脑，进行了一系列存在主义的冒险。

本书中篇幅最长的是《标题诗学》，它原是科尔扎诺夫斯基生前唯一出版的著作，写于1925年。1931年，科尔扎诺夫斯基为了不被驱逐出莫斯科而应急出版（由朋友们和出版社的人筹资印刷）。他列举了大量有趣的例子，告诉我们通过分析书名，就可以看到特定时代的侧影。这本小册子只有34页，但其博大深刻的剖析仿佛可以无尽地延伸。《不存在的国度》这一篇创作于1937年，直到1994年才得以出版，是作者从丰富的俄罗斯文学和民俗传统中虚构出来的一系列幻想国度，具有社会讽喻性，比如只有短短两句的"铁器岛"："那里没有青草和鲜花，从土地上长出来的是铁丝、长矛和箭矢。树枝上挂着钳子和匕首状的果实，这些钢铁果实，透过龟裂的皮鞘壳，闪闪发光。"《未竟文学的历史》提纲性地展示了科尔扎诺夫斯基的学术计划，他希望实现前人未竟的作品和未实现的想法，这也隐含着他渴望实现自己的文学才华的愿望。在《夸张的历史》中，科尔扎诺夫斯基不仅将夸张作为一种修辞来探讨，还检视了夸张的辩证逻辑、几个世纪的夸张手法，不同时期作家与艺术家对此手法的运用特点，从古巴比伦、古埃及的大祭司式的夸张修辞，到拉伯雷、斯威夫特，再到"夸张被现实主义放逐"，他暗示，在苏联，"作家只需真实地记录历史的步伐，就已经超过了现实主义的惯常取向。生产和文学的路线——'超越计划'，超越西方和我们自己，即夺取对夸张的控制权并将其征服"。

与同时代其他人相比，科尔扎诺夫斯基的命运可能不算最糟，他逃过了苏联的肃反运动、被流放或作品被公开禁止的厄运，但由于长期生活贫困以及战争的动荡，他的健康日渐衰退，作品始终无法获得出版也令他抑郁，这导致他二十世纪四十年代之后的写作质量参差不齐。但令人惊讶的是，1946年，在精力完全耗尽之前，他仍写出了奠基于哲学对话传统的《棋盘上的戏剧》，该篇借助棋盘上的黑白棋布局，以一系列精彩的象棋—戏剧—现实的类比性讨论，丰富的剧作实例，来揭示国际象棋与戏剧原理的相似与差异之处，以及戏剧剧情的建构原则与艺术张力。科尔扎诺夫斯基逝于1950年12月，多年酗酒、中风摧毁了他。在生命的末期，科尔扎诺夫斯基患上了失读症，无法阅读，无法与人交流，他不得不费力地重新学习俄语字母表。我想不出，对一个作家来说，还有什么是比这更糟糕。

　　本书的英译者们做了出色的工作，他们为每一篇文章都加上标题阐释（版权原因未能汉译）和文本注释，为后来者给出了有用的参考。但每一种语言都有其不可传达的独特性，在向其他语言的转译过程中，或多或少会流失一部分原语言的特质。科尔扎诺夫斯基俄文原作中含有很多双关语和文字游戏，混合着同音字、叠字，可惜无法在汉语中呈现。可以说，翻译这本书，试图借助汉语的语法和语言习惯来理解科尔扎诺夫斯基的思想结构以及写作的深层用意，是一项巨大的挑战。为了缩小与原作在时代与语言上的差距，在完成本书翻译初稿之后，我和策划人黎幺商议，这本书须经俄语校对才能出版，于是，我们邀请俄语译者艾特加入。艾特细致的工作为本书的校准提供了可贵的帮助，最后一章《作家手记》亦由艾特自俄文译出，其中包含许多科尔扎诺夫斯基特有的灵妙之念，为本书画上了圆满的句号。在此我想感谢所有为本书付出劳作的编辑、出版人。最后，我希望科尔扎诺夫斯基能原谅我们在翻译过程中的疏漏，祝愿读者通过阅读他的作品，能寻获透过语言隔层与裂隙发光的那些珍珠。

王嵘

2024 年 10 月，青岛

图书在版编目（CIP）数据

不存在的国度 / (俄罗斯) 西吉茨蒙德·科尔扎诺夫
斯基著; 王一笑, 艾特译.-- 南宁 : 广西科学技术出
版社, 2025. 7. -- ISBN 978-7-5551-2371-2

Ⅰ. I512.064

中国国家版本馆CIP数据核字第20254SN738号

不存在的国度

BU CUNZAI DE GUODU

[俄] 西吉茨蒙德·科尔扎诺夫斯基　著

王一笑　艾特　译

策　　划：黄　鹏	责任编辑：冯雨云　安丽燊
责任校对：郑松慧	营销编辑：刘珈沂
装帧设计：梁　良	责任印制：陆　弟
封面设计：Jerzy Hulewicz　王一笑	校　　读：艾　特

出 版 人：岑　刚　　　　　　　　出版发行：广西科学技术出版社
社　　址：广西南宁市东葛路 66 号　邮政编码：530023
网　　址：http://www.gxkjs.com　　编 辑 部：0771-5827326

经　　销：全国各地新华书店
印　　刷：广西民族印刷包装集团有限公司
开　　本：889mm×1194mm　1/32　印　　张：9.375
字　　数：170.5 千字
版　　次：2025 年 7 月第 1 版
印　　次：2025 年 7 月第 1 次印刷
书　　号：ISBN 978-7-5551-2371-2
定　　价：68.00 元